Bernhard Hatterscheidt

Tote singen keine Lieder

Ein KRIMINAListenROMAN

LEMPERTZ

Impressum

Math.Lempertz GmbH
Hauptstr. 354
53639 Königswinter
Tel.: 02223-90 00 36
Fax: 02223-90 00 38
info@edition-lempertz.de
www.edition-lempertz.de

1. Auflage - April 2022

Produktion: CPI
Printed and bound in Germany

MIX
Papier aus verantwortungsvollen Quellen
FSC® C083411
www.fsc.org

ISBN: 978-3-96058-447-6

Text: Bernhard Hatterscheidt

Umschlaggestaltung: Ralph Handmann
Satz: Hilga Pauli
Lektorat: Laura Liebeskind-Weiland
Cover: ©Adobe Stock: M.studio, Pixxs.

Vorwort

Dieser Roman beruht auf Tatsachen. Die Ermittlungen und Vernehmungen orientieren sich an der Wirklichkeit des kriminalpolizeilichen Alltags. Keine der genannten Personen ist so existent, es sei denn, es wurde ausdrücklich gewünscht. Namensähnlichkeiten sind daher zufällig. Jede Ähnlichkeit mit tatsächlichen Geschehnissen sowie mit lebenden oder verstorbenen Personen ist aber nicht immer rein zufällig. Dieser Roman soll vor allem ein KRIMINAListenROMAN sein, der sich an der kriminalpolizeilichen Realität orientiert. Deshalb sind einige Textpassagen bewusst protokollartig verfasst.

www.kriminalistenroman.de
info@kriminalistenroman.de
https://www.worldofdinner.de/der-hauptkommissar-hautnah/
www.facebook.com/kriminalistenroman
google: DER HAUPTKOMMISSAR hautnah

Tote singen keine Lieder

Die beiden Musikstudenten Marvin und Malte Cantus waren an diesem wolkenverhangenen Tag mit einem mulmigen Gefühl im Bauch zum Polizeipräsidium nach Köln-Kalk gefahren, um ihre Mitbewohnerin und Kommilitonin Lene Lemmerling als vermisst zu melden. Nach einer kurzen Wartezeit im Foyer saßen sie nun in einem Büro der Kriminalwache und erzählten dem Beamten, dass sie bereits seit drei Tagen nichts von Lene gehört hätten und sich nun doch Sorgen machen würden.

Nachdem sie viele Fragen beantwortet hatten, wollte Malte Cantus wissen: „Was wird die Polizei denn jetzt unternehmen, um Lene zu finden?

Der Beamte seufzte. „Leider werden jeden Tag Leute als vermisst gemeldet. Da können wir nicht sofort in jedem Fall einen Rundumschlag an Maßnahmen ergreifen. Überdies erweckt das Fernbleiben Ihrer Mitbewohnerin auch nicht den Anschein, dass hier zwangsläufig ein Gewaltverbrechen vorliegen muss. Erwachsene sind eben manchmal komisch. Es ist doch ganz normal, wenn man mal ein paar Tage nicht erreichbar ist, etwa weil der Akku am Telefon defekt ist oder man einfach mal Zeit für sich braucht. So etwas kommt ständig vor, und wenn man da jedes Mal das gesamte Repertoire an Maßnahmen durchführen würde, dann käme die Polizei zu nichts anderem mehr."

In den Gesichtern der Zwillingsbrüder machte sich Enttäuschung breit. Sie waren fest davon ausgegangen, dass sie mit ihrer Anzeige wenigstens eine große Suchaktion auslösen würden.

„Wie jetzt?", entrüstete sich Marvin Cantus. „Das war's? Also, wenn die Polizei nicht nach Lene suchen will, was bringt dann diese Anzeige und wieso haben Sie uns dann so mit Fragen gelöchert?" Marvin ließ dem Beamten keine Möglichkeit zu antworten und schob die nächste Frage gleich hinterher: „Wie lange muss denn für die Polizei jemand verschwunden sein, bis die sich mal auf die Suche begibt? Können Sie sich eigentlich vorstellen, wie allein gelassen wir uns gerade fühlen?!"

„Es tut mir wirklich leid!", meinte der Beamte. „Wie ich Ihrer Reaktion entnehme, sind Sie mit meiner Antwort nicht wirklich zufrieden. Deshalb hole ich mal ein bisschen weiter aus und erkläre es Ihnen gern noch einmal ausführlicher, damit es nachvollziehbarer wird."

Die Brüder sahen ihn erwartungsvoll an.

„Also: Erstens gibt es grundsätzlich keine pauschalen Zeitvorgaben dazu, nach welcher Frist eine Person als vermisst gilt. Das wäre ja auch unverantwortlich! Dementsprechend bewerten wir jeden Einzelfall und es macht schon einen Unterschied, ob zum Beispiel ein Kind in einem Supermarkt oder eine orientierungslose Seniorin gesucht wird. Dies ist ganz entscheidend für eine akute Lagebewertung und für etwaige Fahndungsmaßnahmen. Und im vorliegenden Fall, also bei Frau Lemmerling, ist es zwar für sie ungewöhnlich, dass sie am Sonntag nicht nach Hause gekommen ist, aber eine besondere Gefahrenlage habe ich jetzt so nicht erkennen können. Sie ist weder suizidgefährdet noch psychisch labil. Zumindest haben Sie mir nichts dergleichen geschildert! Weiterhin liegen mir auch keine Hinweise vor, dass sie Opfer einer Straftat geworden sein könnte."

Malte runzelte die Stirn. „Unterm Strich heißt das trotzdem, dass die Polizei gar nichts macht? Den Weg hierher hätten wir uns besser sparen können und uns stattdessen selbst auf die Suche gemacht!"

„Das ist so nicht richtig! So habe ich das nicht gemeint. Für uns als Polizei gilt eine Person als vermisst, wenn sie ihren gewohnten Lebenskreis ohne erkennbare Gründe verlassen hat, ihr aktueller Aufenthalt unbekannt ist und eine Gefahr für Leib oder Leben angenommen werden kann. Und für letzteres haben wir keinerlei Anhaltspunkte. Zum Glück! Aber zu Ihrer Beruhigung: Ich werde Ihre Mitbewohnerin in unserem System zur Aufenthaltsermittlung ausschreiben. Mit etwas Glück wird sie vielleicht irgendwo kontrolliert, wir bekommen darüber Kenntnis und wissen, wo sie ist. Klingt das okay für Sie?"

Marvin warf entnervt die Arme hoch. „Das ist alles? Sie können also nicht jemanden losschicken, der unsere Freundin sucht?"

Der Beamte nickte. „Im Moment ist das leider alles, ja! Sollte sich die zuständige Sachbearbeitung zu weiteren Maßnahmen entschließen, wird man sich bei Ihnen melden. Ach, äh, können Sie mir bitte ein Foto von Frau Lemmerling per E-Mail schicken? Wenn Sie haben, auch gern mehrere. Das wäre unter Umständen sehr hilfreich."

***

Knapp zehn Tage später war Lene Lemmerling noch immer nicht in die Wohngemeinschaft zurückgekehrt. Marvin und Malte Cantus hatten mittlerweile endlich Lenes Eltern erreicht, die in Australien im Urlaub und nur sporadisch erreichbar gewesen waren. Sie waren über Lenes unerklärbare Abwesenheit völlig entsetzt gewesen und hatten sich sofort um einen Rückflug bemüht. Die Sorge um ihre Kommilitonin hatte jetzt ein Level erreicht, bei dem sich die Zwillingsbrüder nicht mehr nur mit warmen Worten zufriedengeben wollten. Ihr Anruf wurde von der Vermittlung an die Vermisstenstelle durchgestellt und am anderen Ende der Leitung meldete sich eine freundliche weibliche Stimme: „Kuhnig, Vermisstenstelle. Mit wem spreche ich und wie kann ich Ihnen helfen?"

„Ja, äh, guten Morgen", stammelte Marvin. „Mein Name ist Cantus, wir haben unsere Mitbewohnerin vor über einer Woche als vermisst gemeldet und wollten mal fragen, ob es was Neues gibt."

„Ich kann gern nachschauen, aber dazu müssten Sie mir schon sagen, wie Ihre Mitbewohnerin heißt. Wir haben leider mehr als nur eine vermisste Person."

„Lene Lemmerling, ich habe hier auch ein Aktenzeichen, wenn das weiterhilft. Das haben wir bekommen, als wir die Anzeige erstattet haben."

Hauptkommissarin Sylke Kuhnig tippte die Daten in die Abfragemaske und einen Moment später öffnete sich der Vorgang. „Da haben wir es ja. Lene Lemmerling, 24 Jahre, Musikstudentin. Vermisst seit zehn Tagen. Und Sie sind?"

„Ich bin Marvin Cantus, mein Bruder ist auch hier. Ich habe den Lautsprecher auf laut gestellt, damit er mithören kann."

„Haben Sie denn bis dato gar kein Lebenszeichen mehr von Frau Lemmerling erhalten, keine Nachricht oder irgendwas?"

„Dann würden wir wohl kaum anrufen und bei Ihnen nachfragen. Wir machen uns wirklich große Sorgen! Lene ist immer zuverlässig und einfach so zu verschwinden passt überhaupt nicht zu ihr. Sowas würde sie nie tun! Das haben wir aber auch schon Ihrem Kollegen genauso gesagt, aber wir hatten nicht den Eindruck, dass ihn das sonderlich interessiert."
„Wie kommen Sie darauf? Wenn ich das hier richtig sehe, hat er sofort das Nötigste veranlasst."
„Das ist genau der springende Punkt!", schnaubte Marvin. „Das Nötigste. Also ganz offensichtlich nicht genug, denn Lene ist immer noch verschwunden! Hören Sie? Sie ist immer noch weg! Und das ist völlig untypisch für sie. In so was ist sie ziemlich pedantisch, sie ruft sogar an, wenn sie sich nur ein paar Minuten verspätet. Wann gedenkt denn die Polizei endlich etwas zu unternehmen?"
„Haben Sie denn zwischenzeitlich selbst mal alle Freunde und Bekannten angerufen, ob sie vielleicht dort ist oder jemanden angerufen hat?"
„Ja, natürlich! Niemand hat etwas von Lene gehört. Auch ihre Eltern wissen nicht, wo sie ist und hätten sie auch schon als vermisst gemeldet, wenn wir das nicht schon getan hätten. Wissen Sie, wir machen uns ernsthaft Sorgen, dass ihr was zugestoßen sein könnte."
„Gibt es denn dafür Anhaltspunkte? Hatte sie vielleicht Feinde oder einen Streit mit jemandem, bevor sie verschwunden ist?"
„Lene ist der liebste Mensch, den man sich nur vorstellen kann. Sie hat definitiv keine Feinde und von einem Streit wissen wir nichts. Das hätte sie uns bestimmt auch erzählt."
„Okay. Könnten Sie heute noch mal ins Präsidium kommen und ein paar Dinge mitbringen, die uns weiterhelfen könnten?"
Marvin atmete tief durch. „Ja, klar. Wir könnten sofort zu Ihnen kommen."
Sylke Kuhnig forderte sie auf, sich Notizen zu machen und folgende Dinge von Lene mitzubringen:

- Haarbürste
- Zahnbürste
- eine Liste von Freunden, Bekannten, Kommilitonen

„Das ist kein Problem. Bringen wir mit."

Nach über zwei Wochen gab es von Lene Lemmerling noch immer kein Lebenszeichen: keinen Anruf, keine E-Mail, keine WhatsApp-Nachricht, keinen eigenen Post in den sozialen Medien. Das war völlig untypisch für die quirlige Studentin, die ansonsten sehr präsent war. Niemand hatte sie gesehen. Inzwischen interessierten sich auch die örtlichen Tageszeitungen und Radio Köln für den Fall, denn Lenes Eltern sowie Marvin und Malte Cantus hatten nichts unversucht gelassen, um sie zu finden. Gegenüber Tom Steinhuder vom Kölner Stadt-Anzeiger erklärten sie: „Lene ist zuverlässig! Sie würde nicht einfach so verschwinden. Und schon gar nicht ohne ihre ganzen Sachen. Das ergibt keinen Sinn, so was würde sie nie machen. Wir sind uns sicher, dass sie irgendwo gegen ihren Willen festgehalten wird.“
Im Stadt-Anzeiger erschien der Aufruf, in leerstehenden Gebäuden, Kleingärten und auch Kellern nachzuschauen. Darüber hinaus waren in dem Artikel auch die Kleidungsstücke abgebildet, in denen Lene Lemmerling mutmaßlich die Wohnung verlassen hatte.

***

Sylke Kuhnig wollte unbedingt herausfinden, wohin Lene Lemmerling am besagten Abend verschwunden war. Die Experten der IT-Unterstützung hatten nämlich herausgefunden, dass sie vor dem Verlassen ihrer Wohnung auf WhatsApp Nachrichten geschrieben und auch empfangen hatte. Dies hatte die Auswertung des WLAN-Routers eindeutig ergeben. Nur war es leider nicht möglich gewesen, die Nachrichten zu lesen, geschweige denn den anderen Teilnehmer zu identifizieren. Marvin und Malte Cantus hatten auf Bitten der Ermittlerin freiwillig ihre Mobiltelefone zur Auswertung und zwecks Abgleiches der Routernutzung an die Vermisstenstelle gegeben, aber auch diese Spur half nicht weiter. Die mittlerweile völlig verzweifelten Eltern hatte Sylke Kuhnig bereits noch einmal befragt – ohne Ergebnis. Also hatte sie erneut die Zwillingsbrüder ins Präsidium geladen, um den gesamten Ablauf noch ein weiteres Mal zu rekonstruieren. Sie wurde das Gefühl nicht los, dass sie entweder irgendetwas übersehen haben könnte oder ihr vielleicht sogar wichtige Informationen vorenthalten wurden. „Malte, erzählen Sie bitte noch einmal, seit wann Sie und Ihr Bruder mit Lene Lemmerling zusammenwohnen und wie der gewohnte Tagesablauf ist", forderte sie ihn auf. Malte seufzte. „Das habe ich doch schon alles erzählt, warum fragen Sie mich das schon wieder? Meinen Sie, dadurch finden Sie Lene schneller? Indem Sie alle Fragen doppelt und dreifach stellen?"

Auf die Ermittlerin wirkte er sehr angespannt. Dennoch blieb sie unbeeindruckt und führte ihre Befragung fort. „Vielleicht haben wir alle etwas übersehen. Auf jeden Fall aber möchte ich heute nochmal Ihr persönliches Verhältnis zu Lene näher beleuchten. Ich werde das Gefühl nicht los, dass da mehr ist und mir nicht alle Informationen vorliegen." Sie wartete auf seine Reaktion. Malte schien wie vom Blitz getroffen. „Was soll das denn jetzt? Verdächtigen Sie mich etwa?"

„Ich verdächtige Sie nicht. Dafür gibt es bislang keinen Grund. Aber Ihre Reaktion ist schon ein wenig, na sagen wir mal, heftig." Wieder schaute sie ihn einfach nur an und erwartete seine Reaktion. Malte schüttelte den Kopf. „Also, Frau Kuhnig, um das ein für alle Mal klarzustellen: Ich mag Lene und ich finde sie auch sehr attraktiv. Aber wir haben keine Liebesbeziehung, falls es das ist, was Sie denken. Da hätte ich bei ihr auch nicht die geringste Chance."

„Wieso, Sie sind doch ein sympathischer Mann, wenn ich das so sagen darf."

Malte lächelte schief. „Danke! Aber Lene war einfach nicht der Typ für eine feste Beziehung. Sie hatte es gern … abwechslungsreich. So im Sexuellen."

„Ach so! Sehen Sie, genau deswegen sitzen wir hier. Diese Information ist mir neu. Das haben bislang weder Sie noch Ihr Bruder erwähnt."

Der junge Mann zuckte die Achseln. „Mir erschien das nicht als wichtig. Außerdem hat bis jetzt niemand danach gefragt."

„Nun: ICH frage jetzt! Was gab es denn für Männer in Lenes Leben? Oder auch Frauen."

„Sie meinen, ob sie sowohl als auch …?"

„Ja, meine ich!"

Die nächste Antwort kam zögerlich. „Ja, schon. Sie war ziemlich experimentierfreudig." Malte Cantus räusperte sich. „Also, mir fällt noch eine Sache ein. Ich weiß nicht, ob das wichtig sein könnte. Lene hatte letztens ihren Laptop offen und da habe ich im Vorbeigehen gesehen, dass sie mit jemandem gechattet hat."
Sylke Kuhnig wartete einen Moment, ob Malte Cantus noch weitererzählen würde, aber er blieb stumm. „Und mit wem?"
„Das habe ich nicht gesehen. Ich habe auch nicht genau hingeschaut. Woher hätte ich denn wissen sollen, dass ich mal danach gefragt werde? Außerdem geht mich das auch nichts an."
„Haben Sie denn irgendetwas im Vorbeigehen gesehen, woran Sie sich erinnern und was uns heute helfen könnte?"
Malte überlegte angestrengt, bevor er antwortete: „Tut mir leid. Ich kann mich wirklich an keinen Namen erinnern. Ich weiß nur noch, dass ich mir dachte, dass der ja ganz gepflegt aussieht."
„Wer?"
„Na, der Typ auf dem Bild. Er hatte dunkle Haare und einen Drei-Tage-Bart."
„Können Sie was zum Typus sagen?"
„Was meinen Sie?", fragte Malte verwirrt.
„Zum Beispiel eher südländisch oder europäisch oder südeuropäisch oder …?"
Er schüttelte den Kopf. „Dazu kann ich nichts sagen. Wie gesagt …"
Sylke Kuhnig fiel ihm ins Wort: „… haben Sie nicht hingeschaut. Verstehe. Falls Ihnen noch was einfällt, melden Sie sich bitte bei mir. Ist denn der Laptop noch in der Wohnung?"
„Ich meine, ja. Aber ich kann gleich gucken und Sie dann anrufen."

***

In den folgenden Wochen gingen mehr als 200 Hinweise aus der Bevölkerung am Hinweistelefon ein. Allerdings war kein entscheidender Hinweis auf den Aufenthaltsort der Vermissten dabei. Lene Lemmerling blieb wie vom Erdboden verschluckt. Ebenso konnte das Technische

Hilfswerk mit seinen Bodenradargeräten in den nahegelegenen Waldgebieten ihres Wohnortes keine Auffälligkeiten im Erdreich feststellen. Zuvor waren diese Areale überdies durch eine Hundertschaft und mit extra ausgebildeten Leichenspürhunden großflächig durchkämmt worden. Ebenfalls brachte die Suche mit einem Hubschrauber, der mit einer Wärmebildkamera ausgerüstet war, keinen Fortschritt in den Ermittlungen. Mehrere Tage lang wurde auch auf dem Wasser des Fühlinger Sees nach Lene gesucht. Die Vermisstenstelle hatte die Hoffnung gehabt, dass Leichenspürhunde mögliche aufsteigende Verwesungsgase erschnüffeln könnten. Als dies auch negativ verlaufen war, war Sylke Kuhnig zwar ein wenig beruhigt darüber, dass Lene wohl nicht im See versenkt worden war, aber es gab noch immer nicht die leiseste Spur von ihr. Von Malte Cantus war zwischenzeitlich der Hinweis gekommen, dass der Laptop nicht mehr da sei. Ein paar Tage später hatte Sylke Kuhnig noch den Einfall, einen so genannten Mantrailer einzusetzen, um hierdurch mögliche Hinweise darauf zu erlangen, welchen Weg Lene Lemmerling genommen haben könnte. Da sie damit noch wenig Erfahrung hatte und dies nur vom Erzählen kannte, rief sie eine Expertin an.

„Und Sie sagen, die junge Frau ist schon ein paar Wochen vermisst? Ist das der Fall aus der Presse? Die junge Musikstudentin?"

„Ja, genau. Wir haben schon alles versucht und ich dachte, ein Mantrailer ist vielleicht meine letzte Hoffnung, doch noch eine Spur zu finden."

Die Expertin atmete hörbar tief durch, bevor sie antwortete: „Nun ja, es gibt immer verschiedene Faktoren dabei, ob eine Suche noch erfolgreich sein könnte oder nicht. Und bei mehreren Wochen, muss ich Ihnen sagen, tendiert die Chance gen Null."

„Also ist es Ihrer fachlichen Einschätzung nach von vornherein sinnlos, es zu versuchen?", hakte Sylke Kuhnig nach. Die Expertin seufzte.

„Grundsätzlich sollte die Suche innerhalb von 48 Stunden beginnen. Mein Hund ist dann immer noch in der Lage, zumindest fast immer, Spuren von Fußgängern zu erkennen. Wir haben im Training aber auch schon versucht, ältere Fährten aufzunehmen. Das hat dann auch schon mal funktioniert, wenn die Spuren nicht älter als neun bis zehn Tage waren, aber bei Wochen halte ich das für gänzlich ausgeschlossen."

„Also, wenn ich das richtig verstanden habe, ist es wohl aussichtslos, oder?", meinte Sylke Kuhnig resigniert.

„Ganz ehrlich? Ich denke, ja. Wahrscheinlich ist ja auch unklar, ob die Person zu Fuß weg ist oder vielleicht sogar mit dem Auto oder liege ich da falsch?"

„Das wissen wir nicht, aber macht das denn einen Unterschied?"

„Na, und ob! Welche Geruchspartikel sollen denn aus einem geschlossenen Fahrzeug durch die Lüftung nach außen dringen? Es sei denn, es war ein Cabriolet. Aber dann haben wir noch immer den Fahrtwind und sonstige Umwelteinflüsse. Wissen Sie, ich mache das jetzt seit über 12 Jahren und ich bin von meinen Hunden überzeugt, aber eine Hundenase hat auch ihre Grenzen. Ich wünschte mir sehr, ich könnte Ihnen was anderes sagen."

„Haben Sie denn überhaupt schon mal jemanden gefunden, der mit dem Auto weg war?"

„Wir trainieren in alle Richtungen. Wenn jemand zu Fuß oder von mir aus noch mit dem Fahrrad weg ist, finden wir den in der Regel. Aber eine Person im Auto? Tut mir leid. Das hat noch nie funktioniert. Leider! Und in Ihrem Fall wissen wir das gar nicht und es ist Wochen her. Sorry, wir helfen gern, aber ein Versuch macht hier leider überhaupt keinen Sinn mehr."

„Ich danke Ihnen trotzdem. Wie gesagt, ich wollte nichts unversucht lassen. Nächstes Mal müssen wir eher daran denken."

„Viel Erfolg! Ich hoffe, dass die junge Frau am Ende doch noch lebendig gefunden wird."

***

Sechs Wochen später: Paul Westhoven, seines Zeichens Leiter der Mordkommission 6, war mit seinen Gedanken noch bei seiner Tochter Fiona. Die pubertierende Jugendliche hatte ihn in den letzten Tagen sehr auf Trab gehalten und auch ab und an zur Weißglut getrieben. Fast ein Dutzend Mal hatte er hilflos wahlweise in ihrem Zimmer oder vor der verschlossenen Zimmertür gestanden. In seinen Gedanken hatte er ihr mehrfach links und rechts eine Ohrfeige verpasst. Aber ihm war klar, dass das auf keinen Fall die Lösung ihrer Probleme wäre und alles nur schlimmer machen würde. So langsam verstand er seine Kolleginnen und Kollegen, die in der Vergangenheit immer mal wieder über ihre Kinder im Teenageralter gestöhnt hatten. Seinerzeit hatte er darüber nur den Kopf geschüttelt, weil seine Wochenenden mit Fiona immer harmonisch verlaufen waren. Das hatte sich aber geändert, seit Fiona nach einem heftigen Streit bei ihrer Mutter aus- und bei ihm und seiner Frau Anne eingezogen war. Seitdem hatte sich seine Einstellung zu diesen Dingen um 180 Grad gedreht, sein ruhiges Privatleben war völlig auf den Kopf gestellt worden. Erst hatte er sie in flagranti beim Haschisch-Rauchen erwischt. Dann hatte die Klassenlehrerin x-mal bei ihm angerufen: Ein Schulverweis stand quasi schon vor der Tür, weil Fiona sich in der Schule total danebenbenommen hatte. Das alles ließ ihn nicht los. Und dann war da noch dieser schmierige Typ, der ihr Freund und noch nicht mal in der Lage war, vernünftig „Hallo“ zu sagen. Kein Wunder also, dass bei ihm der Haussegen schiefhing.

Daher war es nicht verwunderlich, dass er in der morgendlichen Frühbesprechung der Mordkommission zwar körperlich anwesend war, sein teilnahmsloser Blick aber davon zeugte, dass seine Gedanken ganz woanders waren. Als sein Chef die Besprechung beendet hatte und alle wieder zu ihren Büros gingen, meinte Heinz Dember, Teil der Mordkommission 6, auf dem Weg dorthin zu Westhoven: „Dann hoffen wir mal, dass die Studentin sich einfach nur irgendwo vergnügt und wir nicht in unserer Rufbereitschaft alarmiert werden.“

Westhoven legte verwirrt die Stirn in Falten. „Welche Studentin?“

„Na, die, von der der Chef eben erzählt hat. Die seit mehreren Wochen spurlos verschwunden ist, die Musikstudentin, die als vermisst gemeldet wurde.“

Westhoven seufzte gereizt. „Was willst du mir jetzt damit sagen, Heinz? Da haben wir doch gar nichts mit zu tun. Darum kümmert sich doch die Vermisstenstelle.“

Dember musterte ihn besorgt. „Alles in Ordnung bei dir, Paul? Du

wirkst ein wenig, na, sagen wir mal, angekratzt und irgendwie abwesend. So kenne ich dich gar nicht. Der Chef hat doch eben gesagt, dass man langsam nicht mehr davon ausgeht, dass sie noch lebt."
„Ach, es ist nichts", winkte Westhoven ab. „Nach müde kommt bekanntlich dumm, oder? Ich habe die letzte Nacht einfach nur schlecht geschlafen und mich dauernd hin- und hergewälzt. Und weil es ansonsten so ruhig im Haus war, habe ich jedes Geräusch gehört und am Ende nur darauf gewartet, dass der Wecker klingelt und ich endlich aufstehen kann. Ist das Verhör jetzt beendet?"
„Okay, verstehe. Aber wenn du mal drüber reden möchtest – ich würde zuhören. Du hast mir auch schon oft geholfen."
„Lass mal gut sein jetzt!" Mit dieser schroffen Bemerkung wandte Westhoven sich ab und holte sich einen frisch aufgebrühten Kaffee in der Teeküche. Mit der Tasse in der Hand schlurfte er in sein Büro und schloss entgegen seiner sonstigen Gewohnheit die Tür hinter sich. Die dampfende Tasse stellte er neben die Tastatur, ließ sich in den Bürostuhl fallen und drehte diesen zur Seite, um anschließend seine Füße mit ausgestreckten Beinen auf den Tisch zu legen. Nach wenigen Augenblicken fielen ihm die Augen zu. Im Traum beobachtete er sich selbst, wie er mit beiden Fäusten gegen Fionas Zimmertür schlug. Als die Klopfgeräusche immer lauter wurden, schreckte er hoch. Eine Sekunde später öffnete sich seine Bürotür und sein Team, bestehend aus Heinz Dember und Toni Krogmann, stand vor ihm. Mit dem blöden Gefühl des Ertapptseins setzte er sich aufrecht hin und rieb sich die Augen. Der Schluck aus der Kaffeetasse schmeckte nur noch lauwarm und fad.
„Warum stürmt ihr hier so rein?", grollte er.
„Eine Streife hat in Köln-Kreuzfeld die Überreste einer verwesten Leiche gefunden. Wir sollten uns das mal anschauen", erklärte Toni.
„Und weswegen soll jetzt, bitte schön, die Mordkommission dahin fahren? Nur weil die Leiche verwest ist, heißt das doch noch gar nichts, oder gibt's Hinweise auf ein Tötungsdelikt?"
„Mensch, Paul", mischte Dember sich ein. „Was ist denn los mit dir? Normalerweise wärst du doch der Erste, der uns antreibt."
Westhoven verzog das Gesicht. „Sorry, aber ich habe grad echt andere

Sorgen als so eine blöde, stinkende ‚Gammel-Leiche'. Wenn es unbedingt sein muss und die MK 5 das nicht übernehmen kann, obwohl die ja wohl seit Wochen Leerlauf haben, dann fahrt ihr zwei verdammt noch mal dahin und guckt euch das an."
Von seinem Verhalten überrascht, verließ Toni zuerst sein Büro. Als sie weg war, meinte Dember: „Paul, willst du nicht doch drüber reden?"
„Ich habe es dir vorhin schon gesagt, es gibt nichts zu reden!", schnaubte Westhoven gereizt. „Fahr jetzt mit Toni nach Kreuzberg, guckt euch die Leiche an und meldet euch, wenn es etwas für uns ist. Und schließ die Tür – von außen bitte." Er ließ sich auf seinen Bürostuhl fallen und griff zum Telefonhörer. Völlig genervt wählte er Annes Rufnummer. Nach einigem Klingeln meldete sie sich ungewohnt wortkarg: „Hallo?"
„Anne! Bitte! Es tut mir leid." Westhoven hörte, wie sie tief Luft holte. Ihm war klar, dass sie immer noch ziemlich sauer war.
„Das sollte es auch!"
„Ich weiß echt nicht, was ich noch tun soll. Am liebsten würde ich einfach ausziehen."
„Sag mal, geht's noch? Du spinnst wohl! Das ist auch keine Lösung. Schließlich ist Fiona DEINE Tochter. Dann bin ich ja mit ihr ganz allein."
„Schatz! Sternchen! Ich konnte doch nicht ahnen, dass sie sich so dermaßen pubertär benehmen würde. Und selbst wenn, was hätte ich tun sollen? Sie auf die Straße setzen?"
„Nein, natürlich nicht! Wie gesagt: Sie ist deine Tochter. Und im Grunde freust du dich doch auch, dass sie da ist. Aber es gibt Regeln fürs Miteinander und Fiona denkt wohl, dass sie tun und lassen kann, was sie will."
Westhoven seufzte genervt. „Dann sag mir doch einfach, was du von mir erwartest. Was soll ich deiner Meinung nach machen?"
„Rede mit ihr! Mach ihr klar, dass es Regeln gibt. Dass es so nicht weitergeht und sie ansonsten zurück zu ihrer Mutter muss."
Westhoven starrte mit leerem Blick zum Fenster und sagte nichts.
„Paul? Bist du noch da?"
„Ja, ich …" Da klingelte sein Bereitschaftstelefon. „Sternchen, tut mir leid. Telefon! Ich muss da rangehen."

Ohne das andere Gespräch zu beenden, nahm er den Anruf von Toni Krogmann entgegen. „Wir sind jetzt hier vor Ort. Das ist definitiv ein Tötungsdelikt. Du musst herkommen!"
„Was macht euch da so sicher?"
„Reichen dir gefesselte Arme, ein hochgeschobener Rock und eine runtergerissene Strumpfhose?"
„Klingt nach einem Fall. Ich mach mich auf den Weg, bin gleich da."
Danach hielt er sich den anderen Hörer wieder ans Ohr. „Anne, bist du noch dran?"
„Ja! Wir waren gerade dabei, dass du unbedingt …"
„Tut mir leid, ich muss los", fiel Westhoven ihr unsanft ins Wort. „So wie es scheint, haben wir einen neuen Fall. Ich kümmere mich später darum. Ich kann jetzt nicht. Es kann heute spät werden. Ich melde mich. Ich liebe dich. Tschüss!" Insgeheim war er erleichtert, dieses Gespräch jetzt nicht fortführen zu müssen, auch wenn ihm natürlich bewusst war, dass Verdrängung nicht weiterhelfen würde. Ihre wütenden Worte „Das kann doch wohl jetzt nicht dein Ernst sein!" hörte er nicht mehr.

***

Tief in Gedanken versunken fuhr Westhoven über die Zoobrücke in Richtung Kölner Norden. An der ersten Einmündung hinter Blumenberg wäre es sogar fast zu einem Zusammenstoß mit einem Radfahrer gekommen, der wütend schimpfte, ob er denn keine Augen im Kopf hätte und der fest mit der flachen Hand auf die Motorhaube schlug. Aufgeschreckt und verärgert über sich selbst setzte er die Fahrt fort. Keine Minute später hatte er sein Ziel in Kreuzfeld erreicht und parkte hinter dem Streifenwagen am Fahrbahnrand. Als er gerade das Flatterband mit der Aufschrift „Polizeiabsperrung" nach oben riss und sich darunter durchbeugte, kam ihm eine junge Streifenbeamtin entgegen.
„Stopp!", fuhr sie ihn an. „Gehen Sie bitte sofort wieder hinter die Absperrung! Die hängt da nicht zum Spaß!"
Westhoven hob abwehrend die Hände. „Ich bin auch nicht zum Vergnügen hier, sondern …"

Energisch unterbrach sie ihn: „Stopp, stopp, stopp! Sie gehen jetzt bitte sofort wieder hinter die Absperrung. Die Presse hat keinen Zutritt."
Westhoven grinste. Man hatte ihn ja schon des Öfteren mal verwechselt, aber dass man ihn für einen Journalisten hielt, war ihm tatsächlich noch nicht passiert. „Mein Name ist Westhoven, ich bin vom KK 11.[1]"
Die junge Beamtin schluckte kurz, fasste sich aber schnell. „Na, dann ist ja alles gut. Steht Ihnen ja nicht auf die Stirn geschrieben."
„Kein Problem, ich bin ja froh, dass Sie so wachsam sind. Ich gehe dann mal zu meinen Kollegen." Westhoven kam indes keinen Meter weit, da sie ihm weiterhin beharrlich den Weg versperrte. „Zeigen Sie mir bitte zur Sicherheit noch Ihren Dienstausweis! Wissen Sie, ich kenne so ziemlich alle Tricks der Journalisten. Und morgen gibt's ein großartiges Foto vom Tatort im Express und ich krieg den Ärger. Nein, danke!"
Westhoven war klar, dass er nicht an ihr vorbeikommen würde, ohne seinen Ausweis zu zeigen. Mit einem Ruck an der Kette zog er seine Kriminalmarke aus der Hosentasche und hielt sie ihr hin. „Kann ich jetzt durch?"
Sie musterte ihn streng. „Ich will nicht unhöflich erscheinen, aber ich hatte Sie nach einem Ausweis gefragt. So einen mit einem Bild von Ihnen drauf, wissen Sie?" Sie machte keine Anstalten, zur Seite zu gehen.
Da erklang Toni Krogmanns Stimme von weiter hinten: „Schon okay, der gehört zu uns! Sie können ihn durchlassen!"
„Kann ich *jetzt* durch?", schnaubte Westhoven ungeduldig.
Die Beamtin nickte. „Sie finden Ihre Kollegen dahinten, den kleinen Weg rechts rein."
Als Westhoven bei ihnen eintraf, sah Toni Krogmann ihn fragend an. „Was ist dir denn für eine Laus über die Leber gelaufen?"
Er winkte ab. „Ach, frag nicht! Sag mir lieber was zur Leiche."
„Ich denke, das solltest du dir besser selbst anschauen. Viel zu erkennen ist ja nicht mehr."
„Aber du hast mir doch am Telefon gesagt, sie sei gefesselt und ihr Rock sei heruntergerissen. Wissen wir denn schon, wer die Tote ist?"

---

[1] *Kriminalkommissariat 11, zuständig für u. a. Todesermittlungen und Kapitalverbrechen*

„Ich sag ja, schau dir die Leiche an und dann sag du mir, ob du hier noch anhand eines Ausweises eine Identifikation vornehmen kannst.“ Westhoven seufzte genervt, als er sich den Spurensicherungsanzug anzog und seine Schuhe in die Plastiküberzieher zwängte. Es besserte seine Laune nicht, dass er bei dieser Aktion fast das Gleichgewicht verlor und auf einem Bein hin- und herhüpfen musste, um nicht doch noch hinzufallen. Nachdem er es endlich geschafft hatte, bat er wie schon in etlichen anderen Mordfällen zuvor um absolute Ruhe, während er sich einen Überblick verschaffte. Niemand sollte ihn stören, wenn er die Augen schloss und die Umgebung auf sich wirken ließ. Wenige Augenblicke später trat er an den in Verwesung übergegangenen und verfaulten Leichnam heran. Sogleich nahm er den penetrant süßlichen, ekligen Geruch in seiner Nase wahr und einen Moment später schmeckte er ihn auch pelzig auf der Zunge. Unwillkürlich erinnerte ihn das an den verwesenden Torso, den seinerzeit ein verliebtes junges Pärchen in einem schwarzen Plastiksack im Pyramidenpark gefunden hatte. Westhoven war nun hochkonzentriert. Leise summten und brummten die ekligen Schmeißfliegen um den Leichnam herum, und mit ein wenig Einbildung glaubte er das Schmatzen der dicken, fetten Maden zu hören, die ihm über die Schuhe tanzten oder zerquetscht unter seinen Sohlen klebten. Toni Krogmann hatte nicht übertrieben. Eine Identifizierung durch einfache Inaugenscheinnahme wäre grob fahrlässig gewesen. Niemand konnte hier noch von einem Gesicht sprechen und wie man so oft sagte, würde nicht mal die eigene Mutter hier ihr Kind erkennen. Als er sich vorsichtig dem Leichnam weiter näherte, hörte er ein leises Zischen, fast schon ein Fauchen. Nach dem anfänglichen Schreck war er nun wiederum auch fasziniert: Noch nie zuvor hatte er einen lebenden Necrophorus Vespillo, einen Aaskäfer, gesehen, und hier schien gleich eine ganze Schar im Rücken der Toten ein Zuhause gefunden zu haben. Und je mehr er sich dem Leichnam näherte, desto umtriebiger wurden die mittlerweile gut zwei Zentimeter großen, schwarzhörnigen Totengräber. Einige der farbenprächtigen Aaskäfer stellten sich sogar auf ihre behaarten Hinterbeine, um größer zu wirken und so den potenziellen Angreifer zu vertreiben. Westhoven ließ sich jedoch nicht davon abschrecken und schaute sich die Tote von allen Seiten an. Er konnte nur ansatzweise erahnen, wie sie wirklich gestorben war. Die gefesselten Arme ließen wie der zugeklebte Mund, der hochgeschobene Rock und die heruntergezogene Strumpfhose Spielraum für Spekulationen. Er hörte sich nähernde Schritte und drehte sich um. „Ach, der Erkennungsdienst ist auch schon da. Hallo, Michael! Ich habe mich schon gefragt, wann du hier auftauchen würdest."

Michael nickte ihm zu. „Hi, Paul. Können wir denn mit der Spurensicherung beginnen oder brauchst du noch einen Moment?"

Westhoven schüttelte den Kopf.

„Wisst ihr denn schon, wer die Tote ist?"

„Nicht wirklich, aber den Klamotten nach zu urteilen, könnte es die vermisste Musikstudentin sein."

„Du meinst die, die seit ein paar Wochen spurlos verschwunden ist?"

„Ja, genau die! Möglicherweise. Das ist euer Job, das jetzt festzustellen. Ich wäre euch wirklich dankbar, wenn es schnell geht. Je eher wir Gewissheit haben, desto eher können wir anfangen, den Fall aufzuklären. Ich gehe jetzt mal zu Toni und Heinz. Halte mich auf dem Laufenden. Ich bin über Handy immer erreichbar, okay? Meine Nummer hast du ja."

„Na klar, Paul! Wie immer."

Toni und Heinz standen zusammen mit Staatsanwältin Steinmann in einiger Entfernung und unterhielten sich.

„Hallo, Sarah, bist du schon lange hier?" Westhoven gab ihr die Hand.

„Erst ein paar Minuten. Und? Was haben wir hier? Handelt es sich beim Opfer um die vermisste Studentin?"

„Seit wann weißt du über unsere Vermisstenfälle Bescheid?"

„Heinz und Toni haben mir eben davon erzählt. Und außerdem war das in den letzten Tagen *das* Gesprächsthema der Stadt. Das ist auch an mir nicht vorbeigegangen."

„Ganz ehrlich? Den Kadaver da hinten kannst du nicht mehr ohne weiteres identifizieren. Ich sage bewusst Kadaver, denn das arme Mädchen ist eine Art Speiselokal für sämtliche Insekten und anderes Getier. Aber du machst dir besser selbst ein Bild davon."

„Also ist es die Studentin oder nicht?“
Westhoven seufzte. „Wie gesagt: Keine Ahnung! Anhand der Bekleidung würde ich spontan ja sagen, aber was ist, wenn jemand anderes die Sachen anhatte oder einfach nur die Ähnlichkeit groß ist?“
Sarah Steinmann runzelte die Stirn. „Verstehe! Dann sagen wir den Angehörigen zunächst mal noch nichts, bevor wir keine Gewissheit haben.“
Toni ergänzte: „Wir sollten dann vielleicht auch erstmal die Obduktion abwarten.“
Sarah Steinmann schaute sich um. „Wo bleibt denn eigentlich die Rechtsmedizin?“
Wenige Minuten später traf Dr. Elmer ein. In Spurensicherungskleidung gewandet besichtigte er zunächst den Fundort, um dann in der Hocke und im Entengang um den Leichnam herumzueilen. Währenddessen griff er zielstrebig mit der Pinzette nach Insekten und bugsierte sie in kleine Fläschchen. Es war eine mühsame Tätigkeit, denn einige von ihnen schafften es immer wieder zu flüchten. Sarah Steinmann schmunzelte und zeigte auf die vielen Glasbehältnisse, in denen die Insekten hektisch nach dem Ausgang suchten. „Ich nehme mal an, Sie wollen mit den Tierchen den Todeszeitpunkt bestimmen oder eingrenzen?“
Dr. Elmer packte vorsichtig die Gläser ein. „Ganz genau! Ich denke, die Bestimmung der Todeszeit anhand von Temperaturmessungen dürfte aussichtslos ein.“ Er deutete Richtung Leichnam. „Aber ich will nichts unversucht lassen. Anhand des Wachstums der Insekten können einige Biologen bestimmen, wie alt diese Tierchen sind. Das gibt uns zumindest einen ungefähren Anhaltspunkt, wie lange der Leichnam schon hier liegt.“
„Dann drücke ich uns mal die Daumen, dass es funktioniert.“
Dr. Elmer nickte zustimmend, aber er hatte sich schon wieder abgewandt, um sich die Leiche näher anzuschauen.
Westhoven und Dember bestellten die beiden Spaziergänger, die die Leiche gefunden hatten, zur Befragung ins Präsidium, während Toni zur Rechtsmedizin fuhr. Sie traf nahezu zeitgleich mit Staatsanwältin Sarah Steinmann auf dem Parkplatz der Rechtsmedizin am Melaten-

gürtel ein. Gemeinsam standen sie nun vor dem beschilderten Lieferanteneingang und warteten darauf, dass sie jemand hereinließ.
„Und?“, fragte Sarah Steinmann und vergrub ihre Hände tief in den Manteltaschen. „Was denken Sie, was mit der jungen Frau passiert ist?“
Toni verzog das Gesicht. „Na, was soll schon mit ihr passiert sein? Sie haben den Tatort doch mit eigenen Augen gesehen. Das sah doch nun wirklich nicht aus wie ein natürlicher Tod! Hätte ich auch nicht gedacht. Nein, das arme Ding ist brutal vergewaltigt und dann umgebracht worden. Wahlweise auch umgekehrt. Es gibt ja genug Perverse, die auch auf so was stehen.“
Sarah Steinmann hob beschwichtigend die Hände. „Schon gut, schon gut! Das war ja auch mein erster Gedanke. Hoffen wir, dass wir dieses perverse Schwein kriegen und für immer wegsperren können.“
„Vielleicht waren es auch mehrere“, murmelte Toni.
„Was?“
„Nun, wir haben keine Anhaltspunkte, ob hier einer allein oder vielleicht sogar mehrere beteiligt sind. Und für immer wegsperren ist ja wohl bei unserer Justiz auch nicht an der Tagesordnung.“
„Wie meinen Sie das?“
„Na, für immer wegsperren! Am Ende verdreht sowieso wieder so ein schmieriger Anwalt die Fakten und im schlimmsten Fall war sie es auch noch selbst schuld. War zu aufreizend angezogen oder so ein Scheiß. Oder es war nur eine Körperverletzung mit Todesfolge oder es gab mal wieder schuldmindernde Aspekte, weil der Täter traumatisch belastet war und nicht anders konnte. Wäre ja wohl auch nicht das erste Mal. Oder, oder, oder!“ Toni hätte noch mindestens eine Handvoll Beispiele hierfür liefern können. Die Staatsanwältin seufzte. „Schnappen wir doch erstmal den Täter, drehen ihn durch die Mangel und dann gucken wir weiter. Ist ja schließlich nicht der erste Fall für uns, wo wir jemanden mit der besonderen Schwere der Schuld versenkt haben.“
Toni grinste schief. „Nichts für ungut, ich meine Sie ja gar nicht persönlich. Sorry!“
Sarah Steinmann wollte gerade etwas darauf erwidern, als die Tür von Präparator Pahl geöffnet wurde. „Ah, das ist gut, da brauche ich nicht

zweimal zur Tür laufen. Kommen Sie rein. Es ist angerichtet." Überschwänglich winkte er mit beiden Armen wie ein Parkplatzeinweiser in Richtung Sektionssaal.
„Pahl!", schnaubte Toni. „Tu mir bitte den Gefallen und mach heute keine abfälligen Bemerkungen oder Witze über die Tote."
„Also, Toni ...!"
Toni Krogmann hob die Hand. „Bitte! Heute nicht! Mir ist absolut nicht nach Scherzen zumute."
Pahl, der für seine makabren Äußerungen schon über die Stadtgrenzen hinaus bekannt war, fiel es zwar außerordentlich schwer, der Bitte nachzukommen, aber er willigte grummelnd ein.
Im Sektionssaal roch es trotz der eingeschalteten Lüftung ziemlich streng nach Verwesung. Sarah Steinmanns und Toni Krogmanns Blicke fielen sofort auf die stark fäulnisveränderte Leiche, die auf dem kalten, stählernen Tisch lag. Ihr Kopf, oder vielmehr, was davon noch übrig war, hing nur noch an Hautfetzen, so dass man ihn in alle Richtungen hätte bewegen können. Der entsetzliche Anblick erinnerte an eine der vielen Serien, in denen der „Zombievirus" ausgebrochen war. Der schwarze Rock der Toten war bis über die Hüften nach oben geschoben, während die zerrissene Netzstrumpfhose und der String-Tanga bis auf die Knie heruntergezogen waren. Der penetrante Geruch der lehmverdreckten und mit Fäulnisflüssigkeit durchtränkten Kleidung war ekelerregend. An der ehemals hellen Bluse fehlten die Knöpfe. Als Dr. Elmer mit spitzen Fingern die Bluse ausgezogen hatte, sah man darunter mehrere faustgroße, zerfetzte Hautdurchtrennungen. Nachdem er weiter die bis zu 40 cm langen, filzartigen Haare zur Seite geschoben hatte, kam eine goldfarbene Kreole im rechten Ohr zum Vorschein. Danach hob er die Haare noch weiter an, woraufhin eine Ansammlung von tausenden schwärzlichen Insekten auf einem 2-Euro-Stück großen Areal im Nacken sichtbar wurden.
„Meine Damen, schauen Sie hier." Dr. Elmer zeigte auf die leeren Augenhöhlen und das skelettierte Nasenbein. „Die Glaskörper fehlen komplett und das Nasenbein ist regelrecht zertrümmert."
„Wie kommt so etwas zustande?", fragte Toni Krogmann.

„Nun ja, da die Tote auf weichem Untergrund gefunden wurde, nehme ich mal nicht an, dass das beim Sturz geschehen ist. Dafür ist die Trümmerung viel zu ausgeprägt. Vielmehr gehe ich davon aus, dass ihr jemand entweder kräftig mehrmals mit der Faust oder einem harten Gegenstand ins Gesicht geschlagen hat. Vielleicht können wir nach der feingeweblichen Untersuchung mehr dazu sagen, wobei ich denke, dass es ein harter Gegenstand gewesen sein dürfte. Immerhin fehlen ja auch ein paar Zähne im Ober- und Unterkiefer."
„Könnten die denn nicht einfach rausgefallen sein im Rahmen der Zersetzung?", hakte Toni nach.
„Nö, dann hätten Sie die Zähne ja bestimmt auf der Klebeseite des Panzerbandes gefunden. Die Zähne fehlten schon vor dem Zukleben des Mundes – ganz sicher!"
Am Ende der äußeren Besichtigung diktierte Dr. Elmer fürs Gutachten, dass der gesamte Körper mit wie Madenfraß anmutenden Gewebsdefekten übersät war. „Nächster Absatz. Innere Besichtigung."
Dr. Elmer eröffnete mit dem Skalpell gekonnt den Brustkorb, beziehungsweise, was davon noch übrig war. Ein extrem übler Gestank von Verwesung schwängerte augenblicklich die Luft um den Sektionstisch herum. Die Anwesenden pressten reflexartig die Lippen aufeinander. Nachdem er mit der Rippenschere einen Teil des maroden Brustkorbs entfernt hatte, diktierte Dr. Elmer weiter: „Unter der fettwachsartigen Brusthaut ist deutlich die gelbliche und bröckelige Fettschicht zu erkennen. Sämtliche Organe sind nur noch ansatzweise vorhanden, dafür aber gut 200 ml einer glitschigen, mit Insekten gutsituierten Flüssigkeit. Die rückwärtigen Partien sind großflächig eröffnet und vereinzelt finden sich der gemeine Totengräber Necrophorus Vespillo und weitere nicht mehr identifizierbare Insekten, so wie sie auch zahlreich am Fundort vorhanden waren und gesichert wurden. Das in Ansätzen noch vorhandene Herz scheint intakt."
Während Dr. Elmer durchatmete, beugte sich Sarah Steinmann vor und inspizierte das Gewebe am rechten Handgelenk. „Was ist das Glitzernde da?"
Dr. Elmer hob den Unterarm an und vergrößerte die Stelle mit einer

Lupe. „Das sieht aus wie der Rest von so einem Freundschaftsarmband oder so was in der Art." Mit einer Pinzette zog er den winzigen Rest aus der ledrigen Haut und übergab ihn zur Asservierung an den Präparator Pahl.

Nach gut drei Stunden war die Sektion vorbei. Während Pahl den Leichnam, so gut es eben ging, wieder zunähte, diktierte Dr. Elmer sein vorläufiges Ergebnis: „Am Leichnam der jungen Frau finden sich ausgedehnte Verwesungs- und Tierfraßzeichen. Nach Angaben der Kriminalpolizei sei die Leiche im unwegsamen Gelände von Spaziergängern gefunden worden, deren Hunde angeschlagen haben. Weiter waren beide Arme gefesselt. Todesursächlich dürften die Durchstechungen im Rücken im Bereich der Lunge gewesen sein. Zumindest sind auffällige Areale trotz der fortgeschrittenen Verwesung zu erkennen. Die Lungen sind nur noch teilweise vorhanden, aber aufgrund der Beschaffenheit ist ein Pneumothorax nicht gänzlich auszuschließen. Darüber hinaus dürfte starkes Verbluten nach innen und außen ebenfalls todesursächlich gewesen sein, also zentrales Regulationsversagen. Von einem nicht natürlichen Tod ist auszugehen. Die diagnostizierten Verletzungen sind definitiv nicht mit dem Weiterleben vereinbar gewesen."

„Was ist denn mit den Verletzungen im Gesicht? Waren die eventuell auch todesursächlich?", wollte die Staatsanwältin wissen. Dr. Elmer schüttelte den Kopf. „Nein, ich habe nach der Schädeleröffnung keine Hinweise auf ein subdurales oder epidurales Hämatom feststellen können. Sie ist vermutlich durch die massive stumpfe Gewalteinwirkung vor Schmerzen bewusstlos geworden, was sogar sehr wahrscheinlich ist, aber daran ist sie ganz sicher nicht gestorben."

„Na, für mich spricht das dann aber eher für einen Einzeltäter, der sein Opfer gefügig machen wollte", kommentierte Toni. „Ich meine, wenn es mehrere gewesen wären, hätte man sie doch einfach festhalten können, ohne ihr die Nase zu zerdeppern und die Zähne auszuschlagen, oder?" Sarah Steinmann antwortete: „Das kann schon sein, aber ich möchte nicht, dass wir uns zu früh an einer möglichen Theorie festklammern und uns so selbst bei den Ermittlungen behindern." Sie wandte sich an Dr. Elmer: „Welche Aufträge benötigen Sie noch, was schlagen Sie vor?"

„Im Grunde das volle Programm, DNA, Blutalkoholuntersuchung und eine chemisch-toxische Analyse. Ich habe hierzu Muskelgewebe und Teile der noch vorhandenen inneren Organe einbehalten und asserviert."
„Auftrag erteilt! Und es wäre schön, wenn das zuerst erledigt würde und das abschließende Gutachten alsbald auf meinem Schreibtisch läge. Ginge das?"
„Kein Problem, Frau Steinmann. Ordnen Sie dann auch bitte noch das Mazerieren[2] der knöchernen Asservate an, insbesondere auch für den Schädel. Das könnte später vielleicht von Nutzen sein für die Ermittlungen!"
„Wenn Sie das für notwendig erachten, ordne ich das selbstverständlich an. Solange ich beim Prozedere nicht danebenstehen muss." Sie verzog das Gesicht. „Diesen Gestank, der dabei entsteht, kriegt man ja nicht mehr aus der Nase." Dr. Elmer wirkte überrascht. „Ja? Finden Sie? Bei einer Warmwassermazeration ist das doch halb so wild. Mit der nötigen Dosis Soda lässt sich hier sogar der Fäulnisgestank auf ein erträgliches Maß minimieren. Außerdem geht's dann auch deutlich schneller als bei der kalten Methode."
Sarah Steinmann hob abwehrend die Hände. „Wie Sie meinen. Das ist Ihr Metier. Trotzdem, ich bleibe dabei – ohne mich."
Während Pahl die Leiche zurück zur Kühlkammer rollte, sagte er leise zu ihr: „Tja, Mädchen! Das war es für dich. Tote singen keine Lieder!"

Gegen 19.00 Uhr fand im Sozialraum der Mordkommission die Abschlussbesprechung des Tages statt. Westhoven nahm einen Schluck aus seiner alkoholfreien Bierflasche und ergriff dann als verantwortlicher Leiter als Erster das Wort: „Also, um es kurz zu machen: Die beiden Finder konnten uns in der Sache leider nicht weiterhelfen. Bis auf den Umstand, dass sie, beziehungsweise ihre Hunde, die Leiche gefunden haben – Fehlanzeige."

***

[2] *Rohskelett anfertigen, indem man die Haut, die Organe und alle Muskel-, Fett- und Bindegewebsanteile eines biologischen Objekts so weit entfernt, wie dies ohne Beschädigung des Knochens möglich ist*

Dember ergänzte: „Bevor jetzt jemand fragt: Selbstverständlich haben wir uns von denen eine Speichelprobe geben lassen. Man kann ja schließlich nie wissen, ob die uns angelogen haben."
Toni Krogmann räusperte sich. „Na, dann berichte ich mal von der Obduktion."
Sie hatte gerade angesetzt, da klingelte Westhovens Mobiltelefon. Anstatt das Gespräch anzunehmen, drückte er es weg. Allerdings mit mäßigem Erfolg, denn keine Minute später klingelte es wieder und aufgrund der Klingelmelodie wusste auch jeder, dass es Anne war, die da versuchte anzurufen. Abermals nahm er das Gespräch nicht an und brummte nur: „Jetzt nicht."
Einen Moment später ertönte der Nachrichtenton. Westhoven las: „Was soll die Wegdrückerei?!!!" Hinter die Nachricht hatte Anne zur Betonung ihrer Entrüstung drei rote Wut-Emojis gesetzt. Verstohlen schaltete er das Gerät in den Stummmodus und legte es mit der Displayseite auf die Sitzfläche. „Tschuldigung! Obduktion. Toni."
„Also nochmal." Toni nickte Westhoven zu. „Die Obduktion hat mal wieder ewig gedauert und es hat trotz der Lüftung gestunken wie Sau. Außerdem sind mir ständig die Maden auf die Schuhe gefallen und die Fliegen kreisten immerfort um mein Gesicht. So, habt ihr jetzt alle Bilder im Kopf? Aber nun zum Wesentlichen: Als vorläufiges Resultat habe ich mir ein paar Dinge notiert, die unser lieber Dr. Elmer gesagt hat. Demzufolge ist unserem Opfer zu Lebzeiten ordentlich Gewalt angetan worden. Das Nasenbein war zertrümmert und einige Zähne ausgeschlagen. Das soll mit an Sicherheit grenzender Wahrscheinlichkeit durch stumpfe Gewalt verursacht worden sein."
„Waren diese Verletzungen denn todesursächlich?", hakte Westhoven sofort nach. Toni schüttelte den Kopf. „Nein, wie es scheint, wohl nicht. Vermutlich waren das vielmehr die Stiche in den Rücken. Elmer hat eine Perforation der Lungen festgestellt und sich da auch ziemlich festgelegt. Pneumothorax und so. Kommt häufiger mal vor – ihr kennt das ja."
Westhoven wollte es genau wissen. „Und was ist mit den gefesselten Armen und der Lage? Konnte unser Aufschneider denn Anhaltspunkte dafür finden, dass sie vergewaltigt worden ist?"

„Nein, das wäre reine Spekulation. Aufgrund der Verwesung war eine entsprechende Spurenlage nicht mehr zu finden. Aber wer weiß. Vielleicht ergeben die vielen Abstriche doch noch ein brauchbares Ergebnis. Wenn überhaupt ein Ergebnis erzielt werden kann."
„Und welchen Spruch hat Pahl diesmal von sich gegeben?", fragte Dember neugierig.
„Keinen! Das habe ich im Keim erstickt, weil ich ihm gesagt habe, dass ich es absolut unpassend fände, einen seiner schrägen Kommentare loszulassen."
„Und er hat dann auch wirklich keinen Spruch losgelassen?", meinte Dember perplex. Toni nickte grimmig.
„Komisch, hätte nicht gedacht, dass er sich darum schert. Oder was hast du ihm dafür versprochen?", grinste Dember anzüglich. Toni zeigte ihm den ausgestreckten Mittelfinger. „Idiot!"
Westhoven klatschte in die Hände. „So, Leute! Schluss für heute. Morgen ist auch noch ein Tag."
Auf dem Weg zum Büro frotzelte Dember schon wieder: „Komm schon, Toni, mir kannst du es doch sagen? Wie hast du den Pahl wirklich davon abgehalten?"
Toni musterte ihn verächtlich. „Es gibt halt auch Männer, die ein Gehirn haben!"
Das ließ das dämliche Grinsen aus seinem Gesicht verschwinden.
„Schöne Grüße an Doris und Klein-Dember!", ergänzte Toni. „Ach ne, was sag ich? Du fährst ja bestimmt erst noch in die nächste Spelunke und baggerst da wie blöde herum. Ich vergaß."
Jetzt hatte sogar Dember kapiert, dass er es wohl ein wenig übertrieben hatte und ruderte zurück: „Ist ja schon gut. Selbstverständlich fahre ich nach Hause. Doris hat mir schon zig Nachrichten geschrieben, wann ich denn da sei. Und außerdem kann ich dann Leon noch was vorlesen."
„Na dann, schönen Abend!"
„Dir auch! Bis Morgen. Tschö mit ö!"

***

Nachdem Westhoven die Tür hinter sich geschlossen hatte, spürte er sofort dieses unbehagliche Gefühl, das einen befällt, wenn etwas nicht in Ordnung ist. Aber wie sollte es auch? Nicht nur, dass er einfach das Telefonat beendet hatte. Nein, dann hatte er auch noch Annes Nachrichten ignoriert und sie zu guter Letzt einfach weggedrückt.
So leise wie möglich schloss er die Tür ab, zog sich die Pantoffeln an und hängte seine Jacke an der Garderobe auf.
„Ach, der Herr Starermittler kommt auch schon nach Hause?!" Die vorwurfsvolle Stimme kam für ihn aus dem Off, denn er wusste nicht, in welchem Zimmer Anne war. Auf gut Glück ging er Richtung Wohnzimmer, um zu retten, was zu retten war. „'tschuldigung, Sternchen. Wir haben einen neuen Fall und es hat einfach mal wieder länger gedauert. Tut mir leid! Ehrlich."
Diese Worte klangen in Annes Ohren wie eine abgedroschene Phrase. Schon dutzende Male hatte sie das gleiche von ihm zu hören bekommen, ihm aber immer wieder verziehen und es ertragen, dass er neben ihr auch mit seinem Beruf verheiratet war. Wie oft schon hatte sie sich als Ehefrau zweiter Klasse gefühlt, die im direkten Vergleich mit aktuellen Mordermittlungen nicht mithalten konnte. Der angestaute Frust und die brodelnde Wut in ihrem Bauch suchten nach einem Ventil. Gereizt konterte sie: „Das ist mir scheißegal! Vor allen Dingen ist es kein Grund, mich den ganzen Tag zu ignorieren. Was glaubst du eigentlich, wer du bist? Es ist immer das Gleiche! Mir reicht es! Hörst du?! Mir steht's bis hier mit deinen Scheißermittlungen und deinen neuen Scheißfällen!" Sie funkelte ihn wütend an. „Was ist mit *mir*?! Zähle ich denn gar nicht?! Ich ertrage das nicht länger!"
Anne saß bebend vor Wut auf der Couch und hielt dabei ein halb volles Glas Rotwein in der Hand. Die leere Flasche stand neben ihr auf dem Fußboden. Auf dem niedrigen Glastisch vor ihr lagen eine aufgerissene Chipstüte und eine angebrochene Tafel Schokolade. Westhoven stand nun vor ihr und hob beschwichtigend die Arme. „Jetzt beruhig dich mal!", sagte er – ein Fehler, den er schon häufiger begangen hatte. Dementsprechend explosiv fiel ihre Reaktion aus. Mit einem einzigen großen Schluck kippte sie den restlichen Wein herunter und schrie ihn

dann lallend an: „Ich soll mich beruhigen?! Ich zeige dir jetzt, wie ich mich beruhige!“ Schwungvoll schleuderte sie das geleerte Glas in seine Richtung. Reflexartig duckte er sich zur Seite, während es hinter ihm an der Wand in tausend Stücke zersprang. Die Glassplitter lagen glitzernd um ihn herum auf dem Fußboden.

Westhoven war völlig fassungslos. Die eben noch in ihm aufsteigende Wut wandelte sich in Ratlosigkeit. Langsam ging er um den Tisch herum auf sie zu. „Anne! Schatz, jetzt …“

Wie von der Tarantel gestochen sprang sie auf und hob die Hände vor sich, um ihn auf Abstand zu halten. „Lass mich! Komm mir nicht zu nahe! Es hat sich ausgeschatzt.“ Tränen der Wut liefen in kleinen Rinnsalen an ihren Wangen herab. Westhovens Versuch, erneut die Sturmwogen zu glätten, liefen ins Leere. Anne steigerte sich noch mehr in ihren Zorn hinein. „Deinen ganzen Müll lädst du bei mir ab und lässt mich damit alleine – verdünnisierst dich auf die Arbeit. Ganz nach dem Motto: ‚Nach mir die Sintflut‘.“

Ratlos stand er nun vor ihr. „Was meinst du denn jetzt damit?“

„Na, was schon?! Seit deine Tochter hier eingezogen ist, ist doch alles noch schlimmer geworden. Du lässt mich mit diesem Pubertier allein. Wenn ich was sage, ignoriert sie mich und meint, ich sei nicht ihre Mutter! Und dann das wieder – hier!“ Anne schnippte ihm den Rest eines abgerauchten Joints entgegen, der gegen seine Brust prallte und vor seinen Füßen liegenblieb. „Ja! Da guckste jetzt doof aus der Wäsche. Den habe ich im Badezimmereimer gefunden.“

Westhoven versuchte ruhig zu bleiben und verfolgte weiter seine Deeskalationsstrategie. „Ich rede mit ihr. Versprochen!“

Anne lachte bitter. „Du redest mit ihr?! Wie schön! So wie beim letzten Mal. Wie man sieht, hat es ja auch was gebracht. Offenbar interessiert es Fiona einen Scheiß, was du sagst. Zum einen Ohr rein, zum anderen raus!“

Obwohl er es hatte vermeiden wollen, wurde er nun doch lauter. „Was, verdammt noch mal, soll ich tun? Soll ich sie verprügeln, soll ich sie doch rauswerfen? Was? Sag schon! Was erwartest du von mir?“

„Dass du mich nicht mit dem Problem allein lässt! Das erwarte ich von dir!“

„Aha! Also geht es hier vorrangig gar nicht um meine Arbeit! Es geht darum, dass Fiona jetzt bei uns lebt und es grad nicht ganz einfach ist mit ihr?!"
Anne starrte ihn an. „Das hast du ja schön gesagt. ‚Nicht ganz einfach' ist ja wohl mehr als untertrieben. Kapierst du es denn nicht? Unsere Ehe geht so langsam den Bach runter und du stehst tatenlos daneben! Muss ich erst in die Psychiatrie eingeliefert werden oder ausziehen, bevor du wach wirst? Mensch, Paul, mach die Augen auf!"
„Also", schnaubte Westhoven, „ich finde, jetzt übertreibst du aber! Meine Güte!"
Das brachte das Fass zum Überlaufen. Wutschnaubend sprang Anne auf. Als sie an ihm vorbeistürmte, rempelte sie ihn an, dann verschwand sie in Richtung Schlafzimmer. Westhoven ging ihr hinterher und betrat gerade den Raum, als Anne ihren Koffer vom Schrank zog und aufs Bett knallte.
„Jetzt lass doch den Scheißkoffer!" Westhoven legte seine Hand auf den Deckel, um den Koffer wieder zu schließen. Danach wiederholte sich die Situation: Sie öffnete den Koffer wieder und er machte den Deckel wieder zu. Westhoven schien es, als wäre Anne kurz vorm Durchdrehen. Instinktiv packte er sie. „Anne! Bitte beruhig dich!"
Sie riss sich los und trommelte mit ihren Fäusten gegen seine Brust. „Ich kann nicht mehr, Paul! Ich kann einfach nicht mehr!" Im nächsten Moment vergrub sie ihren Kopf an seiner Schulter und schluchzte.
Westhoven strich über ihre Haare und streichelte ihr die Schulter. „Es tut mir leid!", murmelte er. „Es tut mir wirklich leid, Schatz! Ich liebe dich und will dich nicht verlieren. Ich brauche dich! Ich verspreche dir, dass ich das in Ordnung bringen werde." Doch schon als er diese Worte sagte, hatte er keine Ahnung, wie er das anstellen sollte.

***

In der allmorgendlichen Frühbesprechung mit allen Kollegen des KK 11 berichtete Westhoven kurz und knapp über den neuen Fall und bat Toni Krogmann um ergänzende Worte zur Obduktion. Ihm entging nicht, dass der eine oder die andere bei der detaillierten Beschreibung des Verwesungszustandes der Leiche das Frühstücksbrötchen noch mal zur Seite legte.

Danach übernahm Westhoven wieder das Wort und erzählte, dass sich die „MK Musik" wie gewohnt zunächst um das engste und dann um das weitere Umfeld kümmern würde. Ebenso sollten weitere Kommissionsmitglieder Fahndungsplakate aufhängen.

„Denkt daran, das Hinweistelefon muss besetzt werden. So wie immer eigentlich, wenn wir noch keinen richtigen Ermittlungsansatz haben und im Trüben fischen. Sämtliche Kommilitonen aus Lene Lemmerlings Kursen müssen befragt werden. Außerdem ist es wichtig, die letzten Minuten vor ihrem Verschwinden zu rekonstruieren. Jedes noch so kleine Detail könnte ein Hinweis auf das Tatgeschehen sein. Das heißt, wir werden die Unterstützungsteams zur Musikhochschule[3] schicken und alle befragen, die Lene Lemmerling gekannt haben. Weiter versuchen wir mit Hilfe unserer IT-Kollegen eine Zeitleiste aus den vorhandenen Daten zu visualisieren. Mit dem Leiter der IT habe ich schon gesprochen und er hat seine Zustimmung gegeben." Westhoven ging in Gedanken noch mal durch, ob er etwas vergessen hatte. Dann fiel es ihm ein. „Und ich will, dass die Wohnung, insbesondere ihr Zimmer, noch mal auf links gedreht wird. Der Erkennungsdienst weiß schon Bescheid. Ich will sichergehen, dass wir die Wohnung als möglichen Tatort ausschließen können. Den entsprechenden Durchsuchungsbeschluss hat Sarah schon beim Ermittlungsrichter beantragt. Reine Formsache."

Westhoven blickte in fragende, teils überraschte Gesichter. „Ach ja, das hatten wir ja noch gar nicht erwähnt: Unserem Opfer wurde das Nasenbein ein- und ein paar Zähne rausgeschlagen. Die Spurensicherung und auch wir haben jeden verdammten Quadratzentimeter im Umfeld der Leiche abgesucht. Nix! Da wir die Zähne nicht am Fundort gefunden haben, frage ich mich, wo die sind. Die müssen ja irgendwo sein. Die Frage ist nur: Wo? Und mit etwas Glück finden wir Blutspritzer in der Wohnung. Dann wäre der ominöse Fall schnell gelöst, aber das ist

---

[3] *Hochschule für Musik und Tanz*

natürlich reine Spekulation. Der Beschluss müsste gleich per Fax ankommen. Sarah hat in ihrem Antrag das Amtsgericht gebeten, diesen vorab per Fax zu übersenden. Das ist hoffentlich gleich der Fall."
Ein Kollege fragte, ob er denn davon ausgehe, dass die beiden Mitbewohner etwas mit dem Fall zu tun hätten. Westhoven zuckte mit den Schultern. „Keine Ahnung! Aber wie ich schon sagte, möchte ich mir später nicht den Vorwurf gefallen lassen, dass wir genau da nicht hingeguckt hätten. Ihr wisst doch noch, wie das bei der „MK Pyramide" damals war: Stefan Päffgen wurde doch schön mitten in der Wohnung in seine Einzelteile zerlegt und in Müllsäcke verpackt[4]. Und außerdem: Wie oft schon war der Melder selbst der Täter? Das kennen wir doch zur Genüge."
Nach der Besprechung blieben die Mitglieder der „MK Musik" noch sitzen, während alle anderen zurück in ihre Büros gingen beziehungsweise ihre eigenen Ermittlungen fortführten. Westhoven begrüßte schon mal Sigrid Stotzem-Randerath, die vom Kriminalkommissariat 12 entsandt worden war.
„Ich habe mir gedacht, ihr zwei bildet wieder ein Team." Er deutete auf Sigrid und Guido D'Angelo, der mittlerweile festes Teammitglied in der Mordkommission war. Beide nickten zustimmend, denn die Chemie zwischen ihnen stimmte und das wusste auch Westhoven.
„Was hat sie eigentlich genau studiert? Musik oder Tanz oder beides?", fragte Sigrid.
„Lehramt Musik", antwortete Sylke Kuhnig und ergänzte dann noch: „Gesang und Klavier waren ihre Hauptfächer dabei, sie hat aber auch Geige gespielt. Ehrlich gesagt, weiß ich aber nicht, ob sie nicht auch noch Tanz studiert hat. Ich habe das noch nicht abgefragt, aber jetzt ist es an der Zeit, das herauszufinden."
Westhoven nickte. „Mach du das, bitte! Je eher wir wissen, wie groß der Kreis der zu Befragenden ist, desto mehr kann ich Druck machen, dass wir noch ein paar Kräfte bekommen. Sonst dauert das Klinkenputzen ja ewig und drei Tage." Dann wandte er sich an Toni und Heinz:

[4] *KRIMINAListenROMAN „Puzzlemord in Deutz"*

„Und ihr zwei Hübschen fahrt erstmal mit dem Erkennungsdienst in die Wohnung."
Dember gab grinsend zurück: „Darf man auch erfahren, was du tust?"
Westhoven gefiel die Frage nicht. Entsprechend schroff fiel auch seine Antwort aus: „Ich leite diese Kommission. Oder was genau willst du jetzt von mir wissen?"
„Was ist denn mit dir? Verstehst du keinen Spaß mehr?", fragte Dember regelrecht erschrocken. Westhoven seufzte gereizt. „Sorry, Heinz, aber für mich klang das eher wie ein versteckter Vorwurf und nicht wie ein Scherz! Aber sei es, wie es sei. Sobald ihr durch die Tür seid, werde ich mal unsere Pressestelle informieren und versuchen, eine gemeinsame Presseerklärung mit der Staatsanwaltschaft abzustimmen. Zufrieden?"
„Ist ja schon gut". Dember drehte sich zu Toni um. „Komm, wir machen uns startklar. Spuren suchen."

***

Als Toni Krogmann mit Dember zurück in ihrem Büro war, schloss sie entgegen ihren sonstigen Gepflogenheiten hinter sich die Tür. „Was war das denn, bitte? Ist mir was entgangen? Hast du schon wieder was angestellt, von dem ich wissen sollte? So eine Art ‚Dember Reloaded'?"
Toni erinnerte sich nur ungern an die Geschichte, als Dember seinen Führerschein hatte abgeben müssen und sich zu allem Übel auch noch plump an sie herangemacht hatte. Auch damals war insbesondere Westhoven gar nicht gut auf Dember zu sprechen gewesen.
„Sag mal, geht's noch?!", platzte es empört aus Dember heraus. „Das ist Jahre her und das schmierst du mir jetzt aufs Brot?" Er schüttelte verständnislos den Kopf. „Aber um dich zu beruhigen: Ich habe diesmal nichts angestellt! Ich bin nicht schuld, wenn es bei ihm zuhause nicht rundläuft. So ein Affe, kann wohl Berufliches nicht vom Privaten trennen. Echt jetzt!"
„Was ist denn bei ihm zuhause los?"
Dember winkte ab. „Frag ihn doch selbst. Mich interessiert das ab sofort nicht mehr. Der hat doch den Schuss nicht gehört. Was glaubt der,

wer er ist, mich hier so anzublaffen?“
„Jetzt sag schon, du Mimose!“ Toni wollte jetzt wissen, um was es eigentlich ging.
„Ruf lieber Michael Drees an und frag, ob die abfahrbereit sind. Ich habe keine Lust, den ganzen Tag mit der Spurensicherung rumzuhängen.“
Nach einem kurzen Telefonat legte Toni den Hörer auf und schaute zu ihrem Kollegen hinüber. „Der Erkennungsdienst ist jetzt auf dem Weg.“
Dember sprang sofort auf. „Na dann, komm! Ich will Weihnachten wieder zuhause sein.“
Während der Fahrt zur Wohnanschrift gab Toni natürlich keine Ruhe. „Also, raus mit der Sprache! Was läuft da mit Paul und dir, das ihn so nervt?“
„Boah, Toni. Du kannst dermaßen penetrant ätzend sein. Gar nichts läuft da und mit mir schon mal gar nicht. Ich bin diesmal tatsächlich unschuldig. Soweit ich weiß, wohnt seit kurzem seine Tochter bei ihnen. Und um es mal gelinde auszudrücken: Die sorgt wohl für richtig Ärger.“
„Aha! Ich wusste gar nicht, dass unser lieber Paul überhaupt eine Tochter hat. So, wie der mit seinem Job verheiratet ist. Aber sag mal, wie alt ist sie denn?“
„Hmh, lass mich kurz nachrechnen - Fiona müsste jetzt so 15, 16 Jahre sein.“
Toni verzog das Gesicht. „Eine typische Jugendliche eben, wohl mit pubertären Auswüchsen. Ist doch eigentlich ganz normal, dass die anders ticken. Wenn ich da an mich selbst zurückdenke, hätte ich mich wahrscheinlich an Stelle meiner Eltern an die Wand geklatscht. Eine richtig komische Person war ich. Das ist mir heute noch teilweise peinlich, wie ich mich benommen habe. Aber damals fühlte es sich gut und richtig an. Hauptsache das Gegenteil von dem machen, was meine Eltern gerngehabt hätten. Idiotisch eigentlich.“ Sie presste die Lippen zusammen und dachte eine Weile an einige besonders markante Szenen aus ihrer Teenagerzeit. Dember schaute sie mit großen Augen an. „Du machst mir ja vielleicht Mut! Ich hoffe, mit Jungs ist das anders.“
Sie zwinkerte ihm zu. „Na klar!“

Den Rest der Strecke konzentrierte Dember sich aufs Fahren, während Toni rechts aus dem Fenster schaute.

***

Marvin Cantus bat die Ermittler und das Team des Erkennungsdienstes herein und führte sie allesamt ins Gemeinschaftswohnzimmer. In der Hand hielt er den Beschluss des Amtsgerichts und las diesen aufmerksam durch. „Also, hier steht, dass Sie die Wohnung auf Spuren untersuchen wollen. Was denn für Spuren? Lene ist doch gar nicht hier."
Michael Drees wollte gerade antworten, als Toni Krogmann ihm zuvorkam: „Wir suchen ganz allgemein nach Spuren, die uns bei unseren Ermittlungen weiterhelfen könnten."
Die Erklärung reichte dem jungen Studenten nicht. „Sorry, aber das verstehe ich jetzt immer noch nicht. Sind mein Bruder und ich jetzt irgendwie im Verdacht?"
„Nein! Das erkennen Sie auch an der Vorschrift, die auf dem Beschluss steht." Sie nahm diesen nochmal in die Hand und tippte mit dem Finger auf § 103 StPO. „Das bedeutet Durchsuchung bei anderen Personen, im Grunde also bei Dritten. Für Beschuldigte gilt nämlich ein anderer Paragraph. Ist Ihnen der Unterschied jetzt klar?"
Es war nicht zu übersehen, dass Marvin Cantus immer noch skeptisch war. „Trotzdem! Wieso kommen Sie mit einem solchen Beschluss? Sie hätten doch einfach anrufen und sagen können, dass Sie noch mal in die Wohnung müssen."
Toni lächelte. „Das sagen Sie! Wir haben schon ganz andere Erfahrungen gemacht und deshalb ist es reine Routine, sich einen solchen Beschluss zu besorgen. In einem solchen Fall überlassen wir nichts dem Zufall."
Marvin Cantus legte den Kopf schief. „Aha! Und was hätten Sie gemacht, wenn niemand zuhause gewesen wäre? Die Tür eingetreten?"
„Nein, hier tritt niemand eine Tür ein. Aber ist ja auch egal, Sie sind ja da." Dass man die Tür zwar nicht eingetreten hätte, aber unter Umständen durch einen Schlüsseldienst gewaltsam hätte öffnen lassen – vorausgesetzt, man hätte die Cantus-Brüder nicht telefonisch erreichen

können –, behielt sie für sich. Marvin Cantus breitete mit einem herablassenden Lächeln die Arme aus. „Dann machen Sie mal. Vielleicht finden Sie ja was."
„Also sind Sie nun einverstanden mit der Maßnahme oder was soll ich hier gleich auf dem Formular ankreuzen?"
Er ließ sich mit einem „Pfff" auf einen Stuhl sinken, nahm sein Smartphone und tippte darauf herum.
„Herr Cantus, ich werte das mal als Zustimmung. Ist sowieso nur eine reine Formalität, durchsucht hätten wir hier und heute auf jeden Fall. Ach ja, auch noch eine Formalie: Wünschen Sie, dass ein Durchsuchungszeuge anwesend ist?"
Die Antwort war ein flüchtiger Augenkontakt und ein Kopfschütteln.
„Okay, ein Durchsuchungszeuge wird auch nicht gewünscht. Michael, dein Team und du, ihr könnt loslegen."

***

Da wie erwartet auf der Dagobertstraße kein Parkplatz zu finden war, hatte das Ermittlertrio Stotzem-Randerath, D'Angelo und Kuhnig seinen zivilen Dienstwagen kurzerhand vor den Stufen zur Musikhochschule abgestellt. Sie orientierten sich an den Wegweisern im Gebäude und gingen zielsicher zum Büro der Kanzlerin. Auf der Tür klebte der Hinweis „Eingang Büro 201". Nachdem Guido D'Angelo geklopft hatte, kam von drinnen ein freundliches „Ja, bitte?"
D'Angelo stellte sich und seine beiden Kolleginnen der adrett gekleideten Mittfünfzigerin kurz vor und fragte, ob es möglich sei, sich kurz mit der Chefin des Hauses zu unterhalten.
„Sie meinen sicher unsere Kanzlerin. Sind Sie denn angemeldet, also, haben Sie einen Termin? Sie ist nämlich gerade in einer Besprechung und das kann noch dauern. Kann ich Ihnen vielleicht weiterhelfen? Worum geht es denn?"
Guido D'Angelo lächelte, zückte seine Kriminalmarke und hielt ihr diese an der Kette baumelnd vors Gesicht. „Wir brauchen, glaube ich, keinen Termin, denn wir ermitteln in einem Tötungsdelikt und gehen deshalb

jeder Spur nach. Da können wir nicht immer vorhersehen, wohin uns die Ermittlungen führen. Sie können uns auch bestimmt ohne Termin helfen!" D'Angelo ließ bewusst seinen italienischen Charme spielen.

Der nun offen stehende Mund der Assistentin sprach Bände. Sie brauchte einen Augenblick, um ihre Gedanken zu sortieren. „Tötungsdelikt? Was hat das zu bedeuten und was hat denn unsere Kanzlerin damit zu tun?" Kaum hatte sie diesen Satz gesagt, hielt sie sich die Hand vor den Mund, so als ob sie etwas völlig Verbotenes ausgesprochen hätte.

„Könnten Sie vielleicht jetzt die Besprechung kurz unterbrechen und nachfragen, ob Ihre Che…, äh, ich meine natürlich die Kanzlerin, kurz für uns Zeit hätte?"

„Selbstverständlich. Unter diesen Umständen … Ich versuche es." Nachdem sie ihre Brille auf dem Nasenrücken zurechtgerückt hatte, nahm sie den Hörer ab und drückte eine Taste. Man hörte leise am anderen Ende jemanden sprechen. „Ich weiß!", beteuerte die Assistentin. „Aber es ist wirklich wichtig, sonst würde ich nicht stören. Hier sind zwei Damen und ein Herr von der Kriminalpolizei. Die möchten nur mit Ihnen sprechen." Pause. „Es geht um ein Tötungsdelikt … Nein, keine Ahnung … Weiß ich nicht … In zwei Minuten. Okay, vielen Dank."

Also würde sich die Kanzlerin Zeit für sie nehmen. D'Angelo bedankte sich, und noch bevor sie der freundlichen Aufforderung, sich doch solange zu setzen, nachkommen konnten, öffnete sich auch schon die schwere, schallgedämmte Tür zum Büro der Kanzlerin.

„Guten Morgen, Sie sind sicher von der Kriminalpolizei." Sie machte einen Schritt auf das Trio zu. „Mein Name ist Hammerschmidt, ich bin die Kanzlerin unserer schönen Hochschule."

Nach gegenseitigem Händeschütteln bat sie die drei in ihr Büro. Ihrer Assistentin rief sie noch zu: „Keine Anrufe jetzt und keine Störungen bitte", bevor sie die Tür hinter sich zuzog.

„Bitte nehmen Sie Platz und bedienen Sie sich." Sie zeigte freundlich auf eine Thermoskanne, kleine Mineralwasserflaschen sowie die passenden Gläser und Tassen auf einem Tischchen. Nachdem sich alle hingesetzt hatten, räusperte sich Frau Hammerschmidt. „Also, meine Assistentin hat mir vorhin gesagt, dass Sie wegen eines Tötungsdelikts hier sind. Und zugegebenermaßen hatte ich da sofort ein flaues Gefühl im Magen. Geht es um unsere verschwundene Studentin Lene Lemmerling? Heute Morgen habe ich nämlich im Kölner Stadt-Anzeiger über einen Leichenfund gelesen." Sie griff nach der Zeitung auf ihrem Schreibtisch und hob sie hoch, sodass die ersten beiden Zeilen zu lesen waren.

Weibliche unbekannte Leiche gefunden

von Tom Steinhuder

Köln. Zwei Spaziergänger, die mit ihren Hunden unterwegs waren, haben auf einem Brachgelände in Kreuzfeld den Leichnam einer offensichtlich getöteten Frau gefunden und die Polizei alarmiert. Ob es sich dabei …

Sylke Kuhnig nickte. „Ich bin von der Vermisstenstelle und seit Wochen mit dem Fall betraut. Es spricht vieles dafür und bislang leider nichts dagegen, dass es sich bei der Leiche um Lene Lemmerling handelt. Die letzte Gewissheit wird uns im Laufe des Tages ein DNA-Ergebnis liefern, vielleicht auch ein Abgleich des Zahnstatus. Aber das scheint nur noch eine Formalie zu sein und deshalb wollten wir auch dieser Spur recht früh nachgehen."

Die Kanzlerin schaute sie bestürzt an. „Sie wissen nicht hundertprozentig, dass es sich bei der Leiche um Lene Lemmerling handelt?" Sie hielt sich die Hand vor den Mund und murmelte: „Mein Gott, das arme Kind!" Dann wandte sie sich wieder an die Ermittler: „Wissen Sie, mein Cousin ist bei der Feuerwehr und was der schon so alles erzählt hat … Ich mag mir das gar nicht ausmalen."

Sylke Kuhnig verzog das Gesicht. „So ist es leider. Anhand eines Ausweises können Sie den Leichnam leider nicht mehr identifizieren. Niemand könnte das! Unmöglich! Der Verwesungszustand ist einfach schon zu weit fortgeschritten."

Frau Hammerschmidt hob die Hand. „Schon gut! Bitte keine Bilder mehr produzieren. Sagen Sie mir, wie ich helfen kann."

„Wissen Sie vielleicht, ob Lene Lemmerling mit irgendwem Probleme hatte?", fragte D'Angelo. Die Kanzlerin schüttelte bedauernd den Kopf.

„Herr Kommissar, das kann ich nur mit Nein beantworten. Ich leite zwar diese Hochschule, aber um irgendwelche Probleme meiner Studierenden kümmere ich mich nicht. Bevor die junge Frau verschwunden ist, wusste ich nicht mal, dass sie hier studiert. Tut mir leid, da kann ich leider nicht helfen."
D'Angelo lächelte verständnisvoll. „Hätte ja sein können, obwohl ich Ihnen da recht gebe. Mein Präsident weiß ganz sicher auch nicht über mein Leben außerhalb der Polizei Bescheid. Ist wahrscheinlich auch besser so. Aber lassen wir das. Anderes Thema: Sie können uns trotzdem auf jeden Fall helfen, wenn Sie uns sämtliche Kurse mitteilen, an denen Lene Lemmerling teilgenommen hat. Also die und auch die Namen und Erreichbarkeiten aller Kommilitonen aus diesen Kursen. Wir werden alle befragen müssen."
„Ich bin mir zwar nicht sicher, ob ich Ihnen einfach diese Daten geben darf, aber ich werde meine Assistentin gleich darum bitten, diese Listen zu besorgen und Ihnen zur Verfügung zu stellen. Außerdem schlage ich vor, dass Sie auch die Kurspläne bekommen, damit Sie wissen, wer wann hier im Haus ist. Ich nehme an, Sie werden die Befragungen hier durchführen?"
„Das wäre auf jeden Fall die effektivste und schnellste Variante. Wäre es vielleicht möglich, dass Sie uns hierfür zwei Räume der Hochschule zur Verfügung stellen könnten?"
„Selbstverständlich. Meine Assistentin wird sich auch darum kümmern."
„Das ist sehr großzügig. Vielen Dank! Auch wenn die Hoffnung sehr gering ist, so hoffen wir immer noch, dass wir hier an der Musikhochschule an der falschen Adresse sind."
Die Kanzlerin seufzte. „Das hoffe ich auch."
Aus Sylke Kuhnigs Handtasche dröhnte ein brummendes Geräusch. „Mein Handy, tut mir leid." Sie kramte eifrig im Innenleben der Tasche. „Das ist Paul! Ich muss da rangehen. Moment!" Sie nahm das Gespräch an. „Hallo, Paul, wir sind noch im Gespräch mit der Kanzlerin. Ist es eilig oder kann ich gleich zurückrufen?"
„Ich weiß doch, wo ihr seid. Wenn es nicht so wichtig wäre, würde ich nicht anrufen. Zu eurer Info: Bei der Toten handelt es sich definitiv um

Lene Lemmerling. Elmer hat eben angerufen."
„DNA oder Zahnstatus?"
„Beides, die Ergebnisse lagen wohl zeitgleich vor. Das offizielle Gutachten kommt später, aber unser lieber Aufschneider wollte es uns schon mal mitteilen. Kommt ihr gut voran?
„Kommen wir. Ich melde mich nachher, okay?"
„Alles klar. Ich werde jetzt erstmal Lene Lemmerlings Eltern kontaktieren und sie bitten, ins Präsidium zu kommen." Er seufzte. „Daran gewöhnt man sich wirklich nie, so eine Nachricht zu überbringen. Dann bis nachher!"
Nachdem sie das Mobiltelefon wieder zurück in die Handtasche gesteckt hatte, wandte sie sich an die anderen: „Ich sage es wirklich nur ungern, aber wir sind hier richtig. Beim Opfer handelt es sich um die vermisste Lene Lemmerling."
Bestürzt schlug die Kanzlerin die Hand vor den Mund. „Das arme Mädchen! Die armen Eltern!", brachte sie heraus.
„Es tut mir leid!", meinte Sylke Kuhnig. „Auch wenn wir es alle geahnt haben – sobald es dann eindeutig feststeht, ist es doch immer etwas anderes."
„Da haben Sie vollkommen Recht! Wie gesagt, wenn Sie etwas brauchen, Sie haben meine volle Unterstützung. Soll ich denn jetzt die Eltern informieren oder …"
D'Angelo hob die Hand. „Nein, nein! Das übernehmen wir. Wir müssen sowieso mit den Eltern sprechen, bevor sie es am Ende noch aus der Zeitung erfahren. Das wäre wirklich nicht schön und würde ihren Verlust sicher noch verschlimmern."
„Da bin ich erleichtert. Ich habe noch nie jemandem eine solche Nachricht überbracht, aber ich erinnere mich noch gut daran, als meine jüngere Schwester bei einem Verkehrsunfall ums Leben kam und zwei Herren von der Polizei vor der Tür standen. Man kennt das zwar aus dem Fernsehen, aber im wahren Leben ist man darauf nicht vorbereitet. Die beiden Polizisten waren zwar sehr einfühlsam, aber dennoch hätte ich nicht mit ihnen tauschen wollen. Und wenn ich mir jetzt vorstelle, ich müsste… Nein, danke, dass Sie das

machen. Aber richten Sie bitte den Eltern unser aller Beileid aus."
„Das machen wir gern", versicherte ihr D'Angelo. „Können wir denn gleich kurz mit den Studenten aus den Kursen sprechen, in denen Frau Lemmerling war?"
„Alle aus den Kursen werden im Moment nicht im Haus sein. Aber ich habe vielleicht eine bessere Idee. Was halten Sie davon, wenn wir alle anwesenden Studierenden in den größten Hörsaal bitten? Das ginge sicherlich ziemlich rasch und Sie könnten über eine Sprechanlage reden."

***

Mittlerweile hatte Westhoven auch Toni Krogmann angerufen und sie darüber informiert, dass die Leiche definitiv Lene Lemmerling war. Sie hatte Marvin Cantus bereits die traurige Gewissheit mitgeteilt, der nun blass und mit versteinertem Gesichtsausdruck vor sich hinstarrte. In der Wohnung begann die Spurensicherung mit der Arbeit.
„Wonach genau sollen wir suchen?", fragte Michael Drees. „Oder suchen wir allgemein?"
„Genau, Michael!", meinte Toni. „Wie immer: Zimmer für Zimmer. Wir drehen alles auf links. Die Vermisstenstelle war hier zwar schon, aber eine Art Tatortaufnahme wurde hier noch nicht durchgeführt."
Das ließ Marvin Cantus hellhörig werden. „Was soll denn das bitte schön heißen – Tatortaufnahme? Das heißt doch, Sie glauben sehr wohl, dass Lene hier in der Wohnung ermordet wurde!"
Toni Krogmann wandte sich ihm zu. „Ich glaube gar nichts. Wir machen hier nur unsere Arbeit, so wie bei jedem anderen Tötungsdelikt auch. Aber ich gebe Ihnen insofern recht, dass es natürlich sein könnte, dass hier etwas stattgefunden haben könnte. Und um das zu überprüfen, machen wir das hier. Auch zu Ihrem Schutz und dem Ihres Bruders."
„Außerdem wollen wir uns später nicht sagen lassen, wir hätten unseren Job nicht gemacht", fügte Dember hinzu. Marvin Cantus atmete tief durch. „Bitte entschuldigen Sie, aber bei mir liegen die Nerven blank. Ich habe schließlich gerade erst erfahren, dass Lene tot ist und ich mache mir so schreckliche Vorwürfe deswegen."

„Wenn Sie nichts damit zu haben, brauchen Sie sich auch keine Vorwürfe zu machen“, kommentierte Toni schroff. „Das müssten Sie nur dann, wenn Sie uns etwas verschweigen, was uns irgendwie weiterhelfen könnte.“
Marvin Cantus starrte Toni an. „Frau Krogmann, ich versichere Ihnen, dass ich Frau Kuhnig schon alles gesagt habe. Mir fällt nichts mehr ein.“ Plötzlich hielt er inne. „Oder … Moment! Vor ein paar Wochen …“

***

Beim Anblick des voll besetzten Saals schlotterten D‘Angelo leicht die Knie. Niemals zuvor hatte er vor so vielen Leuten etwas sagen müssen. Zu seinem Glück stand auf der Bühne ein Rednerpult. Daran konnte er sich nicht nur festhalten, sondern er empfand es auch als kleinen Schutz zwischen sich und den Leuten da unten. Sogar auf den Treppenstufen hatten sich einige Studierende ihren Sitzplatz gesucht. Alle blickten neugierig zu den Ermittlern. D‘Angelo stellte das Mikrofon an und setzte an: „Ich darf mich …“
„Lauter!“, wurde er prompt durch lautes Zurufen aus dem Publikum unterbrochen. Frau Hammerschmidt trat ans Rednerpult heran und stellte noch die Sprechanlage an. „So, jetzt müsste es gehen.“
D‘Angelo pustete fest ins Mikrofon und aus den Lautsprechern dröhnten zischende Geräusche. Nach diesem erfolgreichen Soundcheck kam er ohne Umschweife direkt zum Thema. „Ich darf mich Ihnen kurz vorstellen. Mein Name ist D‘Angelo, die beiden Kolleginnen hier sind Frau Stotzem-Randerath und Frau Kuhnig. Wir sind von der Kölner Kriminalpolizei und ermitteln in einem Tötungsdelikt. Es geht um Ihre seit Wochen verschwundene Kommilitonin Lene Lemmerling, die gestern leider tot aufgefunden wurde.“
Ein Raunen ging durch den Saal. D‘Angelo machte ganz bewusst eine Pause, denn ihm entging nicht, dass einige der Anwesenden anfingen zu weinen und sich zwischen vielen leise Gespräche entspannen.
„Uns ist natürlich klar, dass das ein Schock für Sie sein muss, aber wir haben uns bewusst dazu entschieden, Sie auf diese Weise aus erster

Hand zu informieren, auch damit Sie wissen, wer wir sind. In den nächsten Tagen werden wir hier zwei oder mehrere Räume beziehen und mit den Befragungen beginnen. Wir haben von Ihnen allen die Erreichbarkeiten und würden Sie kurz anrufen, wenn Sie an der Reihe sind. Das scheint uns die sinnvollste und effektivste Methode zu sein, um Sie alle in kürzester Zeit zu sprechen. Selbstverständlich haben Sie auch die Möglichkeit, uns sofort zu kontaktieren. Falls Sie also sachdienliche Hinweise für uns haben oder denken, dass wir etwas wissen sollten, dann zögern Sie bitte nicht. Unsere Visitenkarten sind bereits am Schwarzen Brett in der Bibliothek angebracht." Er atmete kurz durch. „Gibt es Ihrerseits jetzt noch Fragen?"
„Woran ist Lene Lemmerling gestorben?", rief jemand aus dem Publikum.
„Bitte haben Sie Verständnis dafür, dass ich dazu keinerlei Angaben machen kann. Nur so viel: Ihre Kommilitonin ist eines gewaltsamen Todes gestorben. Weitere Fragen?" Er blickte in die Runde. Niemand meldete sich, aber im Grunde hatte er das in dieser großen Runde auch nicht ernsthaft erwartet. „Wie gesagt, wir rufen Sie jeweils an. Vielen Dank!"
Als die Studierenden gingen, fiel ihm eine rotblond gelockte junge Frau auf, der die Tränen unablässig über das Gesicht strömten. Er drehte sich zu Sigrid Stotzem-Randerath um und zeigte in Richtung der Frau. „Sigrid, hast du die gesehen? Mit ihr fangen wir an. Kannst du sie bitte ansprechen? Das wäre prima. Ich informiere nur kurz Paul, was wir hier machen."
„Na klar." Sie folgte der jungen Frau und tippte ihr auf die Schulter. Als diese sich umdrehte, fielen der Ermittlerin sofort ihr leidender Blick und ihre tränenverquollenen Augen auf. Sigrid bemühte sich um ein paar einfühlsame Worte. „Sie haben Lene gut gekannt, nicht wahr?"
Bis auf ein leichtes Nicken und eine zitternde Unterlippe kam keine Reaktion.
„Es tut mir leid. Ich kann mir vorstellen, wie Sie sich fühlen. Darf ich Ihnen trotzdem ein paar Fragen stellen?"
Mehr als ein verheultes „Hmh" brachte die junge Frau nicht heraus.
„Was halten Sie davon, wenn wir uns in ein ruhiges Zimmer setzen?

Frau Hammerschmidt war so freundlich, uns Räume zur Verfügung zu stellen. Bitte kommen Sie mit."

Auf dem Weg zum Flur des Sekretariates herrschte Schweigen zwischen den beiden, aber die Ermittlerin sah auch, dass sich die Studentin langsam, aber sicher beruhigte. Als sie Platz genommen hatten, fragte Sigrid: „Wie heißen Sie eigentlich?"

„Emma. Emma Bornhold."

„Also gut, Emma. Wie gut kannten Sie Lene?"

Emma Bornhold antwortete nicht sofort, sondern starrte geistesabwesend durch die Ermittlerin hindurch und fixierte dabei einen imaginären Punkt an der Wand.

Sigrid musterte sie. „Emma? Alles okay?"

Sie löste den Blick von der Wand und nickte. „Ja", meinte sie leise.

„Wie gut kannten Sie Lene?"

„Lene und ich sind zusammen aufgewachsen."

„Aha! Also kann man sagen, dass Sie sich richtig gut kannten oder kannten Sie sich nur eine lange Zeit? Das sind ja immerhin verschiedene Dinge."

„Nein, nein! Wir waren damals die besten Freundinnen. Haben uns geschworen, dass unsere Freundschaft ewig hält und so. Wie das halt unter Freundinnen so ist." Sie biss sich auf die Lippe. „Sie kennen das bestimmt auch?"

„Nun ja, wer kennt das nicht? Aber die Realität ist dann meistens doch anders. Wie war das bei Ihnen beiden?"

Emma Bornhold dachte einen Moment nach, bevor sie antwortete: „Wir haben uns immer alles erzählt. Erst mit Beginn des Studiums ist der Kontakt lockerer geworden. Lene hat ja auf Lehramt studiert. Das ist aber nichts für mich. Ich bin ein unruhiger Geist, wissen Sie! Ich brauche Bewegung und deshalb studiere ich Bachelor of Arts – Tanz. Und wenn ich das geschafft habe, mache ich noch meinen Master und wenn es richtig gut läuft, möchte ich auch darin promovieren."

„Und was lernt man dort?"

Emma Bornhold holte tief Luft. „Nun ja, das Studium ist schon ziemlich facettenreich, aber ich versuche es kurz zu beschreiben. Im Kern-

bereich meines Studiums lerne ich die grundsätzliche Ausbildung, wobei die Schwerpunkte auf Bühnentanz und Tanzvermittlung liegen."
„Okay, klingt interessant. Und darin kann man einen Doktortitel machen?"
Emma Bornholds Augen leuchteten. „Das ist mein größter Wunsch. Ich möchte damit auch meine Eltern glücklich machen, die mir das hier alles ermöglichen. Beide sind nämlich auch begeisterte Tanzsportler gewesen und haben sogar mal den 1. Platz gemacht in der Landesmeisterschaft. Meine Eltern sind so stolz auf mich und ich will sie nicht enttäuschen."
Sigrid Stotzem-Randeraths einfühlsame Taktik zeigte Erfolg. Emma Bornhold hatte sich augenscheinlich wieder gefangen. Für Sigrid war nun der Zeitpunkt gekommen, sich wieder der eigentlichen Befragung zu widmen. „Ich drücke Ihnen die Daumen, dass Sie das alles schaffen werden. Aber ich würde gern noch ein paar Fragen zu Lene stellen."
Sofort erstarrte die junge Frau und setzte sich aufrecht hin. Sie wirkte angespannt.
„Emma, wann haben Sie Lene zum letzten Mal gesehen oder gesprochen? Können Sie sich daran erinnern?"
„Gesehen? Hmh! Hier im Gebäude natürlich öfter - so im Vorbeigehen. Privat haben wir uns ungefähr vier Wochen vor ihrem Verschwinden getroffen. Wir haben uns eine Pizza bestellt und einen Mädchenabend mit Seriengucken verbracht. Das haben wir immer schon gemacht, wir stehen nämlich beide total auf Serien."
„Wie war sie denn so? War sie irgendwie anders? Hat sie was erzählt?"
„Sie war wie immer, lustig, fröhlich. So wie ich sie kenne."
„Also wirkte sie nicht irgendwie bedrückt?"
„Nein! Dafür war Lene auch gar nicht der Typ. Ich kenne … kannte sie nur als Frohnatur."
„Was wissen Sie denn über engere Beziehungen, die sie pflegte? Gab es vielleicht einen neuen Partner oder eine neue Partnerin oder gab es eventuell eine frische Trennung?"
Emma Bornhold reagierte überrascht. „Partnerin, wie kommen Sie denn auf sowas?"

„Das ist uns zu Ohren gekommen. Und außerdem ist es völlig normal. Also, können Sie etwas dazu sagen?"
Emma Bornhold schwieg und starrte vor sich hin. Sigrid beugte sich vor. „Frau Bornhold?"
Kein Wort kam der jungen Frau über die Lippen. Stattdessen rannen dicke Tränen an ihren Wangen herunter und ihre Unterlippe bebte. Ihr Bein wippte wie von allein heftig auf und ab.
„Frau Bornhold? Alles okay mit Ihnen?" Sigrid Stotzem-Randerath hielt ihr eine Packung Taschentücher hin. Nachdem sie sich die Tränen abgetupft hatte, stellte sie nun beide Füße fest auf den Boden und konzentrierte sich. „Ja, danke! Es geht wieder."
„Dann beantworten Sie doch bitte meine Frage zu Beziehungen."
Emma seufzte. „Sie haben Recht. Ich kann Ihnen nur bestätigen, was Sie offenbar sowieso schon wissen. Lene war nie ein Kind von Traurigkeit und sehr vielseitig orientiert. Auch sexuell. Sie liebte es zu kokettieren, aber auch die Unnahbare zu spielen. Sie sagte immer so Sprüche wie: ‚Das Leben ist zu kurz, um auf irgendwas zu verzichten.' Und jetzt ist sie tot!" Schlagartig verstummte Emma Bornhold und musste sich sichtlich beherrschen, um nicht vollends die Fassung zu verlieren.
„Können Sie mir Namen nennen?", fragte Sigrid. „Mit wem war Lene enger zusammen? Ich müsste unbedingt mit allen sprechen. Jeder Hinweis könnte wichtig sein oder uns in die richtige Richtung lenken."
Emma Bornholds Gesichtszüge waren nun wie versteinert. „Also, Lene hat mir nicht alles erzählt. Und ich wollte auch nicht zu neugierig nachhaken." Sie schüttelte verzweifelt den Kopf. „Scheiße! Ich blöde Kuh!"
„Jetzt machen Sie sich deswegen keine Vorwürfe."
„Tu ich aber! Vielleicht wäre Lene dann noch am Leben." Emma Bornholds Miene verfinsterte sich immer mehr.
„Ich sag Ihnen jetzt mal was: Der einzige Mensch, der was dafür kann, dass Lene tot ist, ist die Person, die das getan hat, sonst niemand! Und wer weiß, was Ihnen selbst passiert wäre, wenn Sie zur falschen Zeit am falschen Ort gewesen wären?"
Emma Bornhold fuhr sich aufgebracht mit den Händen durchs Haar.

„Na und? Meine beste Freundin ist tot, weil ich nicht auf sie aufgepasst habe. Sie fehlt mir so sehr! Ich mache mir solche Vorwürfe!"
„Dann helfen Sie mir, die Person zu finden, die dafür verantwortlich ist. Mit wem war Lene intim? Hatte sie Feinde? Gab es Streit? Hat sie was erzählt? War sie unzufrieden? Emma, jedes noch so kleine Detail könnte wichtig sein. Bitte überlegen Sie!"
Emma Bornhold knabberte auf ihrer Unterlippe. Ihre Unruhe war unübersehbar. Die Ermittlerin spürte, dass da noch etwas war und beugte sich zu ihr vor. „Emma, ich habe den Eindruck, dass Sie gern noch was sagen wollen!"
Die junge Frau druckste ein wenig herum. „Nun ja, ich will aber auch nichts Falsches sagen. Ich weiß nicht …"
„Es gibt nichts Falsches in einer Mordermittlung. Überlassen Sie die Bewertung einer Information doch einfach uns. Entweder ist es eine Spur für uns oder nicht. Das werden wir ja dann sehen."
Emma Bornhold holte tief Luft. „Okay. Lene hat mir mal erzählt, dass sie mit Marvin und Malte einen Dreier gehabt hätte. Das endete wohl im Desaster. Da fielen die Worte Schlappschwänze und Rosenkrieg. Als ich wissen wollte, was sie damit meinte, hat sie jegliches weitere Gespräch darüber abgeblockt."
„Sie sprechen von den Mitbewohnern der Wohngemeinschaft, oder?"
Emma Bornhold nickte.
„Vielen Dank, dass Sie es mir gesagt haben."
„Aber ich weiß noch was." Die Ermittlerin bedeutete ihr mit einem Handzeichen zu reden. „Kurz vor ihrem Verschwinden hatte sie noch was mit einem der Professoren."
„Und mit wem?"
„Das wollte sie mir nicht sagen, weil der verheiratet sei und Kinder habe."
„Kommen Sie schon, irgendwas wird sie doch gesagt haben. In welchem Kurs hatte sie ihn?"
„Keine Ahnung. Sie nannte ihn immer nur ‚mein süßer Nachtisch'."
Sigrid Stotzem-Randerath stutzte. „Hä?"
„Ja, keine Ahnung. Mehr weiß ich nicht. Sie hat zwar immer davon er-

zählt, dass was läuft und dass er auf krasse Sachen steht, aber sie wollte partout nicht sagen, wer er ist. Aber ab und zu konnten ihre Klamotten nicht alle Striemen verdecken."
„Striemen?"
„Ja! An den Handgelenken und Füßen. Und die Flecken am Hals sahen auch nicht normal aus."
„Haben Sie sie mal darauf angesprochen?"
„Ja, sicher. Aber Lene hat nur gesagt, er sei eben anders und bräuchte das so. Und dass es ihr auch irgendwie gefallen würde."
„Hmh! Hat sie denn vielleicht mal erwähnt, wie alt er ist?"
„Nicht konkret. Nur, dass er eigentlich locker ihr Vater sein könnte."
„Haben Sie vielen Dank, Emma. Wenn Ihnen noch was einfällt - Sie haben ja meine Visitenkarte."
Emma Bornhold schaute die kleine Karte an und gab ihr dann zum Abschied die Hand. „Ja, klar. Danke."

***

Marvin Cantus war die Situation sichtlich unangenehm. Toni Krogmann sah ihn durchdringend an. „Vor ein paar Wochen? Was war da? Jetzt sagen Sie schon!"
„Das war kurz vor ihrem Verschwinden, aber ich möchte jetzt nicht damit sagen, dass es etwas damit zu tun haben könnte. Ich will niemanden zu Unrecht beschuldigen."
Toni rollte ungeduldig mit den Augen. „Jetzt sagen Sie doch erstmal, worum es geht."
Marvin Cantus seufzte. „Na ja, Lene hatte wohl ein Verhältnis mit einem der Professoren."
„Und das fällt Ihnen erst jetzt ein?", meinte Toni schroff. „Ich habe in den Unterlagen nämlich nichts darüber gelesen. Das hätten Sie meiner Kollegin Kuhnig sagen müssen!"
„Wieso ist das denn wichtig, wer mit wem ins Bett steigt?"
„Na, hören Sie mal! Sex und Leidenschaft sind neben Geld und Ehre doch die ältesten Motive der Welt! Und Eifersucht war schon mehr als

einmal der Grund, um einen anderen Menschen zu töten."
Marvin zuckte gereizt die Achseln. „Entschuldigung, aber …"
„Nix aber! Sie haben uns wichtige Informationen vorenthalten! Also, wie heißt der Professor?"
„Keine Ahnung."
„Wie, keine Ahnung? Hören Sie auf mit den Spielchen!"
„Lene hat den Namen nie gesagt und ehrlich gesagt hat es mich auch nicht interessiert. Das war doch ihre Privatsache."
„Hören Sie, wenn sich später herausstellen sollte, dass Sie den Namen doch wussten, sprechen wir uns wieder. Dann gibt's juristisch einen zwischen die Hörner!"
Marvin Cantus verschränkte trotzig die Arme vor der Brust. „Ich weiß den Namen wirklich nicht! Ich würde Ihnen den sagen."
„Gibt es sonst noch was in diese Richtung, was Sie nicht für erwähnenswert gehalten haben?"
Marvin Cantus schüttelte nur den Kopf. Einige Zeit später hatten die Ermittler jeden Winkel der Wohnung durchsucht und der Erkennungsdienst seine Spurensuche abgeschlossen. Drees' fachlicher Bewertung zufolge war diese Wohnung kein Tatort. „Hier ist entweder mal rein gar nichts passiert oder jemand wusste, wie er sämtliche Spuren beseitigen muss."
Dember erinnerte sich an einen seiner letzten Mordfälle. „Gibt's denn irgendwelche Hinweise darauf, dass hier renoviert wurde oder so was? So wie damals in Deutz, wo die Leiche in der Wohnung zerteilt und dann der Teppich ausgetauscht und die Wände neu tapeziert wurden. Wie unauffällig![5]"
Drees grinste. „Das war recht krass. Diesen Tatort werde ich mein Lebtag nicht vergessen. Aber nein, hier ist alles ziemlich normal, würde ich sagen. Staub in den Ecken und unter den Betten. Hier ist gar nix frisch geputzt. Das erinnert mich an meinen Neffen, der auch in einer Wohngemeinschaft wohnt. Meine Schwester hat sich permanent darüber aufgeregt, wie die Wohnung aussieht."

---

[5] *KRIMINAListenROMAN „Puzzlemord in Deutz"*

„Ihr habt aber alles daktyloskopisch überprüft, oder?“, bohrte Dember nach. „Und auch LMG[6] eingesetzt?“
„Hör mal, Kollege, jetzt fühle ich mich aber ein bisschen in meiner Ehre gekränkt. Und außerdem warst du doch dabei und ich bin nicht das erste Mal auf Spurensuche. Ich lese schließlich auch nicht das Vernehmungsprotokoll und sage dir dann, dass du diese oder jene Frage auch noch hättest stellen können oder sollen, oder?“
„Sorry, Michael. So war das gar nicht gemeint. Es ist nur so unglaublich nervig, dass wir nicht schneller vorankommen.“
Toni Krogmann trat hinzu. „Das sehe ich mal ganz anders, Jungs!“ Das verschaffte ihr schlagartig die ungeteilte Aufmerksamkeit ihrer Kollegen. „Unser Opfer war vor ihrem Verschwinden mit einem Professor zusammen, der verheiratet sein soll. Wer das ist, das müssen wir noch ermitteln. Sie war wohl, was ihn betraf, sehr verschwiegen. Vielleicht weiß ja das Team in der Musikhochschule mehr darüber.“

***

Auf der Rückfahrt zum Präsidium fragte Toni Krogmann ihren Kollegen: „Und, wie läuft's zuhause? Wie geht's Doris mit Klein-Dember? Fällt ihr schon die Decke auf den Kopf?“
„Ach, ich glaube, im Grunde gefällt es ihr. Trotzdem freut sie sich darauf, wenn sie bald wieder in Teilzeit arbeiten gehen kann. Du kennst ja Doris, schon allein, wenn sie morgens die Todesanzeigen liest, gibt sie Kommentare dazu ab.“
Toni blickte ihn fragend an.
„Ja, wenn da eine Todesanzeige von einem ganz jungen Menschen steht oder auch einem ganz alten, dann kommen halt so Sprüche wie ‚Den sollte man mal obduzieren, vielleicht war das gar kein Unfall‘ oder ‚Hier wollte wohl jemand das Erbe vorverlegen‘. Sie kann einfach nicht so richtig abschalten.“
„Na und? Was ist schlimm daran? Doris mag eben ihren Job. Und

[6] *Leukomalachitgrün: Dient dem Nachweis von Blut*

Teilzeit ist da doch erstmal 'ne gute Lösung. Hauptsache euer kleiner Futzemann kommt nicht zu kurz."
„Nein, Doris würde für Leon alles tun. Genau wie ich. Kannst du dir vorstellen, wie schön das ist, wenn man nach Hause kommt und so ein knapper laufender Meter fröhlich lachend und quietschend auf allen Vieren auf dich zurutscht? Mir geht dann immer das Herz auf. Da kann die Arbeit noch so schrecklich gewesen sein, diese großen Kulleraugen lassen einen alles sofort vergessen und dann bin ich nur noch stolzer Papa." Dember grinste von einem Ohr zum anderen.
„Das werde ich wohl nie so erleben. Laura und ich wollen keine Kinder."
„Ach was, warte mal ab. Ich hätte mir auch nie vorstellen können, mal Papa zu sein. Und jetzt kann ich es mir nicht mehr anders vorstellen."
„Das freut mich für euch."
„Und wie läuft's bei dir und Laura? Alles gut?"
Toni nickte. „Alles prima. Unser Urlaub letzten Monat war echt der Hammer." Selig dachte sie zurück an ihre Zeit in Tunesien. Sie waren nach Djerba gefahren, in ein tolles Fünf-Sterne-Club-Hotel. Weißer Strand, klares Wasser, leichte Wellen – herrlich.
„Wie hieß denn euer Hotel?"
„Irgendwas mit Palm Beach sowieso. Aber schmink es dir ab, denn du wirst die nächsten schlappen 16 Jahre sowieso nicht dorthin können. Es sei denn, du trennst dich von deiner Familie, was wir nicht hoffen wollen. Das ist nämlich ein reines Erwachsenenhotel – Adults only, Kinder nicht erlaubt."
„Na, großartig! Das ist ja wohl diskriminierend! Aber wem's gefällt. Schön aber, dass es bei euch so gut läuft."
„Ja. Und demnächst vielleicht noch besser."
„Echt? Warum denn?", wollte Dember neugierig wissen.
„Das erfährst du, wenn es wirklich klappt." Tonis entspannter und fröhlicher Gesichtsausdruck konnte sogar Dember nicht entgehen. „Ich hab da was ganz Besonderes für Laura geplant."

***

Das gesamte Ermittlerteam der „MK Musik“ saß mal wieder bei einem alkoholfreien Getränk im Sozialraum zusammen. Westhoven nahm einen Schluck aus seiner Flasche und ergriff danach das Wort: „Wie ihr euch sicher denken könnt, haben hier einige nachgefragt, ob es was Neues gibt. Die üblichen Verdächtigen: unser Kommissariatsleiter, vorgeschickt vom Inspektionsleiter und so weiter. Wie immer eigentlich. Und die Presse hat natürlich angefragt. Und deshalb hat auch ständig unsere bezaubernde Staatsanwältin angerufen. Also, was gab es in der Musikhochschule?“

Sigrid Stotzem-Randerath erzählte kurz, wie es dort gelaufen war und kam dann zum Wesentlichen: „Und deshalb mutmaße ich mal, dass unser Opfer sexuell ziemlich umtriebig war. Sogar Verheiratete findet man in ihrem Repertoire. Es ist ziemlich sicher, dass sie was mit einem verheirateten Professor hatte. Und auch ihre beiden WG-Typen waren schon mit ihr in der Kiste.“

Dember und Toni Krogmann schauten sich völlig verdutzt an.

„Wie jetzt?“, fragte Toni. „Du meinst aber nicht die Cantus-Brüder?“

„Doch, wieso?“

Toni schlug mit der flachen Hand auf den Tisch. „Das darf doch nicht wahr sein! Da hat uns dieser arrogante Schnösel am Ende doch noch verarscht. Tut so, als ob er kein Wässerchen trüben könnte und dann so was. Den nehme ich mir gleich morgen noch mal vor! Der kann direkt morgen früh hier antanzen. Aber zumindest von einem Professor hat er auch was gesagt. Wisst ihr denn dessen Namen?“

„Leider nicht! Aber wir können ja mal die Webseite der Schule aufrufen. Meistens sind die Namen der Lehrenden da veröffentlicht, viele sogar mit Foto und Lebenslauf. Das dürfte ja wohl kein Problem sein, den ominösen Professor zu finden. Das mache ich gleich morgen früh als Allererstes. Oder?“ Sie blickte fragend zu Westhoven.

„Einverstanden, Sigrid, und dann erwarte ich, dass dieser Professor hier möglichst schon morgen früh sitzt und ausgiebig vernommen wird. Dreht sein Privatleben auf links. Ich will auch wissen, wo er vorher gelehrt hat und ob es dort vielleicht ähnliche Fälle gegeben hat. Je nachdem, ob es überörtliche oder länderübergreifende Zusammen-

hänge gibt, setzt du dich auch diesbezüglich mit dem LKA in Verbindung."
Sigrid Stotzem-Randerath nickte. Westhoven blickte zu Dember und Toni Krogmann, doch bevor er etwas sagen konnte, hob Toni die Hand. „Brauchst nix zu sagen. Wir holen uns morgen die beiden Brüder hierher."
Westhoven nickte. „Genau das wollte ich hören. Wenn sonst keiner mehr was hat, gehen wir jetzt alle nach Hause und ruhen uns aus. Die letzten Tage waren schon knallhart und die nächsten werden sicher nicht weniger anstrengend."
„Hoffentlich nicht Monate!", unkte Dember.

***

Auf der Fahrt nach Hause spürte Westhoven ein flaues Gefühl in der Magengegend. Er hatte einen Kloß im Hals, daran änderte auch das stetige Räuspern nichts. Inständig hoffte er, dass Anne nicht ihre Koffer gepackt hatte und verschwunden war. Verstanden hätte er es zwar, aber gut gefunden hätte er es nicht, denn seiner Ansicht nach mussten sie gerade jetzt an einem Strang ziehen und zusammenhalten. Während der Fahrt zur Märchensiedlung versuchte er sich einige Sätze für Fiona zurechtzulegen. Als er aus dem Wagen ausstieg, schaute er wegen der laut wummernden Musik unwillkürlich nach oben. Aus Fionas geöffnetem Fenster waberte ein leicht süßlicher Geruch herunter, der sich seinen Weg in Westhovens Nase suchte. Sein Puls beschleunigte weiter und die dicke Ader an seinem Hals fühlte sich an wie ein verstopftes Fallrohr. Als er auf die Hauseingangstür zuschritt, wurde diese auch schon von einer wütenden Anne aufgerissen. „Entweder sie geht oder ich!", schnaubte sie. Wortlos und mit verkniffenem Gesichtsausdruck ging er an ihr vorbei und eilte zwei Stufen auf einmal nehmend nach oben. Westhoven hämmerte fest gegen Fionas Zimmertür. „Fiona, mach sofort die Scheißtür auf – Fiona!" Weitere Male donnerte er seine rechte Faust gegen das Türblatt, bis sich nach einer gefühlten Ewigkeit die Tür endlich öffnete. Er schob Fiona beiseite, ging zur Lautsprecherbox und versuchte diese auszuschalten.

„Wie schaltet man dieses Scheißding aus?!" Westhoven schüttelte die Box. „Ich schmeiß das Ding an die Wand!" Endlich beendete Fiona die Übertragung zwischen ihrem Smartphone und der Box. Westhoven sah sich in der plötzlichen Stille im Zimmer um und entdeckte diesen schlunzigen Typen, der sich in eine Zimmerecke verzogen hatte und ihn mit leerem Blick anstarrte.

„Der schon wieder?" Schnurstracks ging Westhoven auf den Jungen zu, packte ihn an der Kapuze und bugsierte ihn zur Tür. „So, Freundchen, du gehst jetzt!"

Fiona hingegen stellte sich ihm in den Weg und rief hysterisch: „Er geht nicht und wenn doch, dann geh ich auch! Das hier ist mein Zimmer!"

Westhoven hatte in diesem Moment wohl sein bösestes Gesicht aufgesetzt und brüllte: „Halt jetzt gefälligst die Klappe und geh beiseite! Der hier geht jetzt! Ohne Wenn und Aber! Das ist immer noch mein Haus und hier bestimme ich. Mein Haus, meine Regeln. Verstanden?! Und danach unterhalten wir uns."

Fiona hatte ihren Vater noch nie zuvor so in Rage gesehen und machte den Weg frei. Westhoven schob den Jungen rüde bis zur Haustür und gab ihm noch einen leichten Schubser in Richtung Straße. Mit den Worten „Lass dich hier nie wieder blicken!" knallte er die Haustür hinter ihm zu. Er drehte sich auf dem Absatz herum und ging zurück zu seiner Tochter, die mittlerweile auf dem Bett lag und in ihr Kissen heulte.

„Fiona, dreh dich um. Ich muss mit dir reden! So funktioniert das hier nicht. Es gibt Regeln, an die auch du dich halten musst. Dreh dich verdammt noch mal um!"

Mit verheultem Gesicht drehte sie sich kurz um und schrie ihn an: „Du bist so ein Arsch! Du bist so peinlich! Führst dich hier auf wie …"

„Jetzt ist aber mal gut!", unterbrach Westhoven sie. „Du glaubst wohl, du wohnst hier allein und kannst machen, was du willst. Wenn du …"

Fiona drehte sich weg und versenkte ihr Gesicht wieder im Kissen.

„Fiona! Guck mich gefälligst an, wenn ich mit dir rede! Fiona! Ich werde mich nicht wiederholen!" Da sie sich nun sogar das Kissen über den Kopf zog, riss er dieses weg und schleuderte es auf den Boden. Da sich

Fiona noch immer nicht umdrehte, fasste er sie an der Schulter. Sie riss sich los und zischte: „Fass mich nicht an!"
„Was soll das, Fiona? Warum tust du dir und uns das an? Ich dachte, du bist gern bei uns! Bitte sag etwas!" Da er keine Antwort bekam, sondern Fiona nur noch lauter schluchzte, überlegte Westhoven hin und her, was er jetzt machen sollte. Ihm wurde so richtig bewusst, dass er seine Tochter im Grunde überhaupt nicht kannte. Und noch weniger wusste er mit solch einer Situation umzugehen. Schließich war sie nicht bei ihm, sondern bei ihrer Mutter aufgewachsen und das intervallmäßige zweiwöchige Wochenendbesuchsrecht war einfach nicht das gleiche wie das hier. Um die Situation nicht eskalieren zu lassen und am Ende noch ein Strafverfahren wegen häuslicher Gewalt zu kassieren, entschied er sich, sie allein zu lassen. „Ich gehe jetzt, aber wir werden noch darüber sprechen." Fiona heulte weiter ins Kissen, während Westhoven die Zimmertür schloss und nach unten ging.
Anne saß mit einem gefüllten Glas Rotwein auf der Couch. Er warf sich neben sie und murmelte: „Ich glaub, ich brauch jetzt auch ein Glas." Weder er noch Anne wussten weiter. Sie saßen noch einige Stunden vor dem Fernseher, ohne wirklich mitzubekommen, was eigentlich gerade lief. Stark angetrunken gingen sie schließlich zu Bett, immer noch wie paralysiert, ohne noch ein Wort miteinander zu reden.

***

Westhoven sah bemitleidenswert aus, als er auf dem Flur des KK 11 zu seinem Büro schlurfte. Es fiel ihm schwer, die volle Tasse Kaffee in seiner zitternden Hand nicht überschwappen zu lassen. Der Dampfhammer in seinem Kopf wollte einfach nicht aufhören. Als er endlich auf seinem Schreibtischstuhl saß, griff er als Erstes in die oberste Schublade seines Rollcontainers. Eigentlich gehörte es zu seinen Gewohnheiten, zu seiner ersten Tasse Kaffee einen Schokoriegel zu essen, aber heute war alles anders. Er suchte sich die Packung mit den Kopfschmerztabletten heraus, die man nur zerkauen musste. Getreu dem Motto „Viel hilft viel" steckte er sich gleich drei davon in den Mund und spülte die zerkauten Klümpchen mit einem Schluck des teerähnlichen Gebräus herunter. Unmittelbar danach spürte er ein heftiges Brodeln im Magen und er war sich nicht sicher, ob seine Therapie seinen Körper nicht wieder verlassen wollte.

Dember kam herein. „Paul, alles okay mit dir? Du siehst ziemlich blass aus."

Westhoven holte tief Luft. „Es geht schon."

„Okay …", meinte Dember zögernd. „Aber hast du heute Morgen schon mal in den Spiegel geschaut? Ich mein ja nur."

Westhoven warf ihm einen gereizten Blick zu. „Hör auf zu labern. Erzähl mir lieber was, was ich noch nicht weiß."

„Wie du willst. Toni hat die beiden Cantus-Brüder erreicht und für neun Uhr herbestellt. Und …"

„Und der Professor? Wissen wir endlich, wer das ist?"

„Das wollte ich dir gerade sagen, aber du lässt einen ja nicht ausreden. Sigrid ist die Liste im Internet durchgegangen und hat einen gefunden, auf den die Eckdaten passen. Ein Professor Müller. Deshalb wohl ‚mein süßer Nachtisch', so wie ‚Alles Müller, oder was?' Er lehrt Musikgeschichte."

„Wie einfallsreich! Ja, und? Habt ihr ihn erreicht?"

„Sigrid hat ihn bereits angerufen und gesagt, dass wir ihn im Zusammenhang mit dem Tötungsdelikt an Lene Lemmerling sprechen müssen. Erst tat er so, als ob er dazu gar nichts sagen könnte, aber du kennst ja unsere Sigrid. Sie hat ihm gesagt, dass das überhaupt kein Problem sei und dass wir uns dann eben zuerst mit seiner Frau unterhalten würden."

„Gute Arbeit!" Westhoven hielt kurz inne. „Heinz, mir geht's heute nicht so gut. Würdest du bitte den Teams sagen, wer wen vernehmen soll?"

„Na klar!"

„Okay. Dann sollen D'Angelo und Sigrid den Professor vernehmen. Und du und Toni teilt euch die Cantus-Brüder auf. Wer wen vernimmt, ist mir egal. Macht das einfach von der Chemie abhängig. Drück mir die Daumen, dass meine elenden Kopfschmerzen bald nachlassen."

„Klar."

„Und jetzt lass mich bitte noch ein bisschen allein. Ich muss Augenpflege betreiben."
Mit den Worten „Bis gleich!" verließ Dember den Raum und zog leise die Tür ins Schloss. Wenig später traf er sich mit den anderen Kommissionsmitgliedern im Besprechungsraum und gab die Instruktionen weiter.
„Was hat er denn?", erkundigte sich Toni nach Westhoven.
„Ach, nichts Schlimmes. Nur ein wenig Kopfschmerzen."

Gegen 08.45 Uhr fuhr ein weißer Porsche 911 Cabriolet auf den Besucherparkplatz des Polizeipräsidiums. Der schmucke Oldtimer zog alle Blicke auf sich. Ein etwa 1,90 m großer sportlicher Typ mit leicht angegrautem Dreitagebart stieg aus, strich sich den dunklen Anzug glatt, verschloss den Wagen und ging zum Pförtner des Gebäudes.
„Mein Name ist Professor Müller. Ich habe hier einen Termin bei der Mordkommission."
Der freundliche Pförtner fragte nach dem Namen der Sachbearbeitung. Der Professor reagierte gereizt. „Na hören Sie mal, woher soll ich das denn wissen? Mich hat heute Morgen eine Dame von da angerufen und mich für 09.00 Uhr hierher bestellt. Jetzt sagen Sie nicht, Sie sind darüber nicht informiert worden! Was ist das denn hier für ein Saftladen?"
Der Pförtner lächelte freundlich, meinte, dass er für ihn bei der Dienststelle nachfragen würde und bat ihn, Platz zu nehmen. Sein Anruf war erfolgreich: Wenige Minuten später öffnete sich die Glasschiebetür und Sigrid Stotzem-Randerath erschien im Foyer.
„Mein Name ist Stotzem-Randerath, ich …"
Der Professor stand sofort auf und ging auf sie zu. „Mein Name ist Müller."
„Schön, dass Sie da sind. Kommen Sie bitte mit, wir müssen in die erste Etage."
Die Ermittlerin ging voran. Auf dem Weg nach oben drehte sie sich zu ihm um und fragte: „Haben Sie denn gut hierher gefunden?"
„Ja", antwortete er wortkarg.

Als sie das Vernehmungszimmer erreicht hatten, bat sie ihn, auf einem der beiden Stühle Platz zu nehmen. „Möchten Sie vor der Vernehmung noch einen Kaffee?"
„Nein, danke! Ich möchte das hier nur schnell hinter mich bringen. Ich verstehe sowieso nicht, was ich hier eigentlich soll. Lene Lemmerling war doch nur eine von vielen Studierenden."
Sigrid Stotzem-Randerath ließ sich nicht auf diese Diskussion ein. Stattdessen klärte sie ihn nun über seine Rechte und Pflichten als Zeuge auf. „Haben Sie noch Fragen dazu, Herr Professor Müller?"
Der Professor seufzte genervt. „Nein, Sie haben es ja auch so erklärt, dass es sogar ein 5-Jähriger verstanden hätte. Und noch eins, Sie können den Professor ruhig weglassen. Mein Familienname reicht."
„Alles klar, Herr Müller. Ihr Familienstand ist also verheiratet. Dann erzählen Sie doch mal über Ihre Beziehung zu Lene Lemmerling."
„Beziehung ist ja wohl zu viel gesagt", schnaubte er. „Sie war Studentin in einem meiner Kurse. Ich unterrichte Musikgeschichte. Das war's auch schon."
Die Ermittlerin tippte die Aussage ins Protokoll, las sie dabei laut vor und betonte vor allem den letzten Satz: „Das war's auch schon." Dann wandte sie sich wieder an den Professor: „Okay, dann bin ich jetzt dran und stelle Ihnen ein paar Fragen." Der Zeuge nickte. „Uns liegt die Information vor, dass Sie ein Verhältnis mit Lene Lemmerling hatten. Was sagen Sie dazu?"
„Wer behauptet das?", fragte er aufgebracht.
„Bitte beantworten Sie die Frage, Herr Müller."
„Das war doch gar keine Frage, sondern lediglich eine Behauptung. Was soll ich denn zu so was sagen?"
Nachdem sie auch diese Worte protokolliert hatte, formulierte sie neu: „Okay, dann frage ich konkreter: Hatten Sie eine Affäre mit Lene Lemmerling?"
„Hören Sie, ich bin verheiratet und habe zwei kleine Kinder!", entrüstete er sich und verstummte.
Sigrid sah ihn eindringlich an. „Ich möchte Sie an dieser Stelle nochmal ausdrücklich darauf hinweisen, dass Sie als Zeuge zur Aussage ver-

pflichtet sind und die Wahrheit sagen müssen, es sei denn, dass Sie sich selbst oder einen Ihrer Angehörigen damit der Strafverfolgung aussetzen. Aber das ist ja wohl hier nicht der Fall. Zumindest sehe ich dafür noch keinen Anlass. Also, beantworten Sie bitte die Frage!"

„Ich möchte einen Anwalt."

„Wie jetzt? Zur Beantwortung dieser einfachen Frage möchten Sie einen Anwalt?"

„Ganz genau! Ihre Fragen gefallen mir nicht und ich möchte einen Anwalt dabeihaben. Ist das etwa ein Problem?"

Sigrid zuckte mit den Schultern. „Überhaupt nicht. Dann rufen Sie einen Anwalt an. Solange unterbrechen wir die Vernehmung. Doch Ihnen sollte klar sein, dass Sie die Frage am Ende beantworten müssen, ob mit oder ohne Anwalt. Also bitteschön, wenn Sie einen Anwalt bei der Vernehmung dabeihaben möchten, ist das natürlich Ihr gutes Recht. Ich werde Sie nicht davon abhalten. Aber Sie sollten wissen, dass er nur das Recht hat, dabei zu sein, sonst nichts! Redeanteile hat er jedenfalls keine. Machen Sie sich das bitte bewusst."

Professor Müller biss sich auf die Unterlippe. Was sollte er jetzt machen? Nach seiner letzten Eskapade und ihren Folgen hatte seine Frau ihm gesagt, dass sie ihm das Fell über die Ohren ziehen würde, wenn noch mal eine seiner Affären an die Öffentlichkeit käme. Und seine zwei Jungs würde er dann auch nur noch an ein paar Wochenenden sehen können. Er erinnerte sich noch genau an den Tag, als es mit Lene Lemmerling angefangen hatte und seine guten Vorsätze wieder mal allesamt über Bord gegangen waren. Nach einer Vorlesung war sie zu ihm ans Stehpult gekommen und hatte mit so einem gewissen Augenaufschlag gefragt, ob sie etwas in der Vorlesung richtig verstanden hätte. Dabei hatte sie absichtlich mit ihrer Hand seinen Handrücken gestreift. Es hatte sich angefühlt wie ein elektrischer Schlag, der durch alle Fasern seines Körpers geschossen war. An jenem Tag war sie mit den Worten „Schade, dass Sie vergeben sind!" gegangen und hatte dabei auf seinen Ehering geblickt.

Schon bei der nächsten Vorlesung hatte er sich dabei ertappt, dass er seinen Blick im Hörsaal schweifen ließ und Ausschau nach ihr hielt.

So war es auch in den Vorlesungen danach gewesen, bis sie eines Tages wieder vor ihm gestanden und ihn angelächelt hatte. Die anderen Studierenden hatten den Raum bereits alle verlassen. Er war um das Stehpult herum und auf sie zugegangen, bis sie dicht voreinander gestanden und sich in die Augen geschaut hatten.

„Hör zu, ich kann das nicht. Ich bin verheiratet.“ Er war sich richtig doof vorgekommen. Es hatte ja schließlich überhaupt keinen Grund gegeben, sich zu rechtfertigen, außerdem war da doch diese Absprache gewesen.

Lene Lemmerling hingegen hatte gar nichts gesagt, sondern sich mit einem Augenzwinkern umgedreht. Doch kaum hatte sie sich einen Schritt entfernt, da hatte er es nicht mehr ausgehalten. Er hatte sie an sich gezogen, war ihr mit der Hand in die langen Haare gefahren, hatte ihren Kopf gedreht und seine Zunge in ihren Mund gepresst.

In einer kurzen Atempause hatte sie ihn angegrinst. „Ich wusste doch, dass du ein böser Junge bist. Mach weiter!“

Und es war weitergegangen! Tagelang, wochenlang, monatelang. Er hatte nicht genug von der jungen Frau bekommen können, die durchaus seine Tochter hätte sein können. Er war dem Irrglauben unterlegen, dass seine Frau von den Heimlichtuereien nichts mitbekommen hätte. Die ständigen Nachrichten auf seinem Telefon, die knappen Anrufe, nach denen er noch zu einem Meeting musste.

Unsanft wurde er aus seiner Gedankenverlorenheit gerissen. „Herr Müller! Alles okay? Was ist nun mit einem Anwalt, wollen Sie jemanden anrufen oder nicht?“

Er schüttelte den Kopf. „Nein, ich denke, ich brauche hierfür keinen Anwalt. Wenn der hier nur dabeisitzen und sowieso nichts sagen darf, sehe ich keinen tieferen Sinn darin. Es mag zwar sittlich und moralisch verwerflich sein, was ich getan habe, aber ich habe niemandem etwas angetan.“

„Also geben Sie zu, dass Sie mit dem Opfer eine Affäre hatten?“

Professor Müller verzog das Gesicht. „Ich würde es begrüßen, wenn Sie nicht von Opfer sprechen würden, sondern von Lene. Das fände ich persönlich etwas pietätvoller.“ Er seufzte und schaute auf den

Fußboden. Es war ihm nicht möglich, der Ermittlerin in die Augen zu schauen. Sowieso war es ihm mehr als unangenehm, mit einer völlig fremden Frau über seine Affäre zu reden. „Ja, ich habe mich mit ihr getroffen. Ich weiß, das war dumm, aber Männer sind eben manchmal dumm."

Sigrid ließ das unkommentiert. „Von wann bis wann ging das und wann haben Sie sie zuletzt gesehen?"

„Ich habe doch nicht Buch darüber geführt. Es hat sich einfach immer irgendwie ergeben, dass wir uns getroffen haben. Meistens nach einer meiner Vorlesungen. Ich hatte ja nie viel Zeit, weil meine Frau und meine Kinder zuhause auf mich warteten." Er strich sich nun mit der Hand übers Kinn und dachte nach. „Das letzte Mal ist mehrere Wochen her."

„Also kurz vor ihrem Verschwinden, oder?"

„Ja, kann sein. Wie gesagt, ich habe nicht Buch geführt."

Sigrid Stotzem-Randerath beugte sich vor. „Sie müssen doch noch wissen, wann Sie Lene zuletzt gesehen haben. Überlegen Sie noch mal!"

Er nahm sein Telefon und rief den Kalender auf. Nachdem er die Seiten ein paar Mal hin und her verschoben hatte, nickte er. „Stimmt, jetzt weiß ich es wieder. Das war eine Woche vor ihrem Verschwinden."

„Und in dieser einen Woche hatten Sie gar keinen Kontakt?"

„Nein! Ich wollte das nicht, denn ich hatte den Eindruck, dass mich jemand beobachtete."

Sigrid zog die Augenbrauen hoch. „Beobachtete? Wer denn? Und wieso?"

„Gesehen habe ich niemanden. Ach, wahrscheinlich war es nur das schlechte Gewissen meiner Familie gegenüber."

Die Ermittlerin musterte ihn. „Jetzt mal außerhalb des Protokolls: Bisschen spät für Reue oder ein schlechtes Gewissen, oder?"

„Wollen Sie mir jetzt etwa eine Moralpredigt halten?", schnaubte Professor Müller. „Mit Verlaub, das steht Ihnen in keiner Weise zu und das verbitte ich mir."

„Entschuldigung. Das ist mir so herausgerutscht."

Der Zeuge setzte sich aufrecht hin und schlug die Beine übereinander. Das Verhör war ihm sichtlich unangenehm.

„Wusste jemand von dieser Affäre?"

„Wo denken Sie hin?! Nein, natürlich nicht. Wir haben uns geschworen, dass wir das unter allen Umständen geheim halten müssen."
Sigrid Stotzem-Randerath hatte noch ganz genau in Erinnerung, was Emma Bornhold über Lene Lemmerlings Affäre gesagt hatte, aber unter keinen Umständen wollte sie diesen Wissensvorsprung vorzeitig offenlegen. Also entschied sie sich für eine andere Taktik.

***

Kaum hatte Toni Krogmann Marvin Cantus noch mal über seinen Status belehrt, folgte auch schon der erste Vorhalt.
„Herr Cantus, wir wissen, dass Sie und Ihr Bruder mit Lene Lemmerling nicht nur zusammengewohnt haben. Sie drei sollen miteinander intim gewesen sein. Was sagen Sie dazu?"
Toni Krogmann entging nicht, dass Marvin Cantus mehrfach die Gesichtsfarbe wechselte. Dennoch blieb er seiner bisherigen herablassenden Art treu und dementsprechend fiel auch seine Antwort aus. „Wenn Sie das schon zu wissen glauben, warum fragen Sie mich das dann noch?"
„Ich will es von Ihnen hören! Sie geben es also zu?"
Marvin Cantus verschränkte die Arme vor der Brust. „Was gibt es denn da zuzugeben? Das ist doch das Normalste auf der Welt."
Toni beugte sich vor. „Jetzt passen Sie mal ganz genau auf und lauschen meinen Worten: Ich habe Sie gestern gefragt, ob es noch was Erwähnenswertes gibt und Sie haben es verneint!"
„Ich dachte, Sie meinten etwas, das Ihnen in Ihren Ermittlungen weiterhilft. Was hilft Ihnen, bitteschön, die Information, dass wir mit Lene im Bett waren? Das ist doch nicht verboten und ich finde auch, dass Sie das nicht das Geringste angeht! Das ist ja wohl unsere ureigene Privatsphäre. Das muss ich Ihnen nicht erzählen und ich lasse mir das auch nicht zum Nachteil auslegen."
„Das sehen Sie falsch!", beharrte Toni. „Wir befinden uns in einer Mordermittlung und da ist jede noch so kleine Information von Bedeutung. Und das entscheiden ganz sicher nicht Sie. Haben Sie das jetzt endlich verstanden, Herr Cantus?"

Marvin Cantus reagierte wie ein trotziges Kleinkind. „Ja, Mutti! Muss ich mich jetzt in die Ecke stellen und mich schämen?"
Toni Krogmann legte den Kopf schief. „Was stimmt eigentlich nicht mit Ihnen? Ich stelle Ihnen eine einfache Frage und Sie reagieren derart kindisch!"
„Wollen Sie mich jetzt auch noch beleidigen? Das wird ja immer besser!"
„Herr Cantus, mir liegt es fern, Sie zu beleidigen. Und noch weniger habe ich Ambitionen, Ihnen die Benimmregeln beizubringen, die Ihnen Ihre Eltern offenbar nicht vermitteln konnten. Können wir jetzt bitte zum Thema zurückkommen? Ich habe nicht den ganzen Tag Zeit für sowas."
Mit diesen Worten hatte sie offenbar einen wunden Punkt bei ihm getroffen, denn mit einem Mal wurde er zurückhaltender. Er nickte mit verschlossenem Gesichtsausdruck.
„Sie haben natürlich völlig Recht, dass die Polizei Ihr Sexualleben grundsätzlich nichts angeht. Aber Frau Lemmerling - Lene - hat mit Ihnen und Ihrem Bruder zusammengewohnt. Sie drei sollen Sex gehabt haben, und wie wir mittlerweile wissen, hatte Lene zur gleichen Zeit noch weitere Sexualpartner. Und in solch einer diffizilen Situation können schon mal die Emotionen überschwappen und man macht etwas, das man sonst nicht tun würde. Man rastet vielleicht aus, verliert die Nerven, ist eifersüchtig, man sieht sich in seiner Ehre gekränkt, was weiß ich. Und dann: Patsch! Ein Schlag zu viel, ein ungewollter Messerstich, oder, oder, oder. Können Sie mir folgen?"
Widerstrebendes Nicken.
„Und aus diesen vielfältigen Gründen stelle ich Ihnen diese intimen Fragen. Wissen Sie, ich bin seit Jahren bei der Kripo und habe bei der Mordkommission schon die schrägsten Motive gehört. Für mich gibt es nichts, was es nicht gibt. Und in diesem Fall gilt es, den oder die Verantwortlichen zu finden, die Lene das angetan haben. Deshalb frage ich Sie noch einmal: Gibt es irgendwas, was wir wissen sollten?"
Cantus zuckte mit den Schultern. „Sie haben Recht. Wir hatten mal was miteinander. Das war an einem Abend nach einer großen Feier. Wir hatten den ganzen Tag mit unseren Freunden ausgiebig Bier Pong

und Flankyball gespielt und zuhause haben wir noch Wein getrunken. Ich kann mich noch gut daran erinnern, dass Lene plötzlich anzügliche Bemerkungen gemacht hat." Er verstummte.
„Und dann?", hakte Toni Krogmann nach.

***

Zur gleichen Zeit saß Malte Cantus Dember gegenüber. Er hing auf seinem Stuhl wie der sprichwörtliche Schluck Wasser in der Kurve. Nervosität ließ ein leichtes Zittern durch seinen Körper gehen. Nervös nestelte er an seinen Fingernagelbetten und riss kleine Hautteile ab.
„Alles okay, Herr Cantus?", fragte Dember. „Haben Sie die Belehrung verstanden?"
„Ja, ja, alles gut. Höre ich ja nicht zum ersten Mal."
Dember entging das leichte Beben in seiner Stimme nicht. Was würde passieren? Dies war immer der Moment, in dem der zu Vernehmende sich entweder entschied, die Wahrheit auszusagen oder sich ein Lügengebilde zurechtzubasteln. Auffällig war, dass Malte Cantus Dember nicht in die Augen schauen konnte oder wollte. Das bedeutete entweder Unsicherheit oder dass Malte Cantus etwas zu verbergen hatte. Vielleicht war es aber einfach nur die Aufregung. Dember hoffte, im Laufe der Befragung herauszufinden, was es denn nun war. Er hatte sich eine andere Strategie als Toni Krogmann zurechtgelegt und wollte nicht mit der Brechstange an die Sache herangehen.
„Herr Cantus, wie Sie sich sicher vorstellen können, sprechen wir mit einer Vielzahl von Personen, die Lene gekannt haben. Viele kannten sie offenbar nur flüchtig oder einfach nur als Kommilitonin, andere wiederum wussten mehr zu berichten. Deshalb möchte ich Sie bitten, mir das Verhältnis innerhalb Ihrer Wohngemeinschaft ausführlich zu erläutern."
Dembers Strategie schien aufzugehen. Doch immer noch lag ein Zittern in Malte Cantus' Stimme, als er fragte: „Haben Sie auch mit einer Emma Bornhold gesprochen?"
Da es aufgrund der Strafprozessordnung strikt untersagt war, als Ver-

nehmungsperson zu lügen, musste Dember diese Frage mit Ja beantworten. Aber das war überhaupt nicht schlimm. Durch diese Antwort kam sofort Bewegung in die Aussage.

„Dann hat Ihnen Emma bestimmt davon erzählt, dass Lene uns mal nach einer Feier verführt hat."

Im Grunde konnte Dember diese Suggestivfrage weder bejahen noch verneinen. Emma Bornhold hatte ja nicht wirklich viel dazu zu sagen gehabt. „Den genauen Wortlaut erspare ich Ihnen jetzt, besser gesagt, ich möchte es ja aus Ihrem Mund hören. Es bringt uns nicht weiter, wenn ich Ihnen alles sage, was wir bereits ermittelt haben und Sie immer nur nicken. So läuft das nicht in einer Vernehmung."

Malte Cantus schluckte. Er vermied es weiter, Dember in die Augen zu schauen, als er sagte: „Ich weiß nicht mehr genau, wann das war. Wir hatten nach einer Klausur eine Party, bei der auch viel getrunken wurde. Auf dem Nachhauseweg sind wir dann untergehakt nach Hause getorkelt, Lene konnte kaum noch allein laufen, aber sie redete ständig davon, wie geil sie sei und dass sie es noch nie mit zwei Brüdern getrieben hätte. Ich sagte damals zu ihr, sie sei betrunken und wisse nicht, was sie da redet. Aber Marvin sprang direkt darauf an, fasste ihr ständig an die Brüste und stachelte sie weiter an."

Dember tippte jedes Wort ins Protokoll und wies Malte Cantus durch eine Handbewegung an, weiterzureden.

„Ich habe meinen Bruder angeschrien und gemeint, dass er das gefälligst lassen soll und uns das bestimmt morgen leidtun würde. Wissen Sie, ich sah schon unsere Freundschaft in der Wohngemeinschaft darüber den Bach runtergehen, und das war es mir nicht wert."

Dember traute seinen Ohren kaum. Er dachte ein paar Jahre zurück, in die Zeit vor Doris. Eine Zeit, in der er hinter jedem Rock her gewesen war. Auf solch ein reizendes „Angebot" hätte er ebenso reagiert wie Marvin Cantus. Ungewollt fand er Malte Cantus nach dieser Aussage etwas schräg.

„Aber die beiden wollten nicht hören. Sie knutschten und fummelten ungeniert auf der Straße und mir war das peinlich. Weil ich noch am nüchternsten war, bugsierte ich sie nach Hause." Malte Cantus ver-

stummte und starrte noch intensiver auf den Boden, falls das überhaupt möglich war.
„Und weiter?“, hakte Dember nach. Der junge Mann schwieg. Ganz offensichtlich wollte er nicht über das Geschehene reden, aber so wollte Dember seine Vernehmung nicht beenden. „Herr Cantus, was ist dann passiert? Wie ging es weiter? Ich höre!“ Demonstrativ legte er seine Finger auf die Tastatur. „Was soll ich aufschreiben?“

***

Sigrid Stotzem-Randerath schaute den Professor mit durchdringendem Blick an. „Herr Müller, mit Verlaub, ich halte Sie nicht für naiv. Es wäre nett, wenn Sie das auch nicht über mich denken würden.“
Aufgebracht rief der Professor: „Also, was soll das denn jetzt schon wieder bedeuten?“
„Eines müssen Sie als Mann unbedingt wissen: Nahezu jede Frau hat eine Freundin, eine enge Vertrauensperson, der sie alles erzählt. Und ich meine *alles*. Sie verstehen?“ Sie musterte ihn genau, registrierte jede Bewegung, jede noch so kleine Geste. Und da war es wieder: dieses blitzschnelle, mehrfache Schließen und Öffnen der Augenlider. Sie wusste noch nicht so recht, was es beim Professor zu bedeuten hatte, aber es hatte etwas zu bedeuten.
„Und Sie wollen mir jetzt weismachen, dass Lene auch eine solche Freundin hatte?“
„Ich muss Ihnen gar nichts weismachen“, erwiderte sie schroff. „Als Zeuge sind Sie zur Wahrheit verpflichtet, es sei denn…“
„Hören Sie auf!“, unterbrach er sie. „Ich bin nicht doof. Mich einmal zu belehren ist völlig ausreichend. Aber offenbar bin ich doch zu naiv oder vielleicht auch einfach selten dämlich gewesen. Ich sehe es Ihnen an, dass Sie pokern und mich aus der Reserve locken wollen. Aber wissen Sie was, Frau Kommissarin? Ich stehe zu meinen Neigungen.“
Sigrid Stotzem-Randerath atmete tief durch. Endlich war der Knoten geplatzt. Sie tippte die nächste Frage ins Protokoll. „Was genau meinen Sie mit Ihren Neigungen?“

Professor Müller legte den Kopf schief. „Ich mag es gern etwas härter. Sie wissen schon."
Sigrid hob die Augenbrauen. „Nein, tut mir leid! Ich weiß es nicht."
Er seufzte. „Können Sie mir versprechen, dass meine Frau nichts darüber erfahren wird?"
„Hören Sie, um es in aller Deutlichkeit noch mal zu sagen: Ich darf Ihnen gar nichts versprechen. Außerdem kann ich nicht absehen, in welche Richtungen unsere Ermittlungen noch führen werden. Und aus weiblicher Sicht würde ich Ihnen gern mal den Tipp geben, dass wir Frauen nicht blöd sind. Wir sind sensible Wesen und ich würde eine Wette abschließen, dass Ihre Frau zumindest gespürt hat, dass da was läuft."
Der Professor knickte weiter ein. „Vermutlich haben Sie Recht. Unsere Ehe war in den letzten Monaten ziemlich fad geworden. Nach außen hin sind wir immer das perfekte Paar, aber zuhause herrscht oftmals ein anderer Ton. Und im Bett? Na ja, es gibt da schon Defizite."
„Kommen wir zu meiner Frage zurück. Ihre Neigungen?"
„Defizite, Neigungen! Das ist doch alles ein Teufelskreis. Gerät man einmal hinein, findet man so schnell den Ausgang nicht mehr. Und Lene war sehr experimentierfreudig, eine regelrechte Femme fatale. Sie ließ sich nie lange bitten, meine Wünsche zu erfüllen. Sie gab mir so ein Gefühl. Bei ihr sah ich diese verführerischen, magisch-dämonischen Züge, dieses gewisse Etwas in ihren wunderschönen Augen."
Die Ermittlerin musterte ihn. „Magisch-dämonisch? Also hat sie Sie manipuliert, oder was?"
„Was spielt das für eine Rolle? Ich kann dazu nur eines sagen: Nachdem wir beide diesen Film gesehen hatten, fühlten wir uns inspiriert. Wir wollten alles nachmachen, es selbst erleben und fühlen. Verstehen Sie? Wir wollten es beide. Etwas Besonderes."
Sie sah ihn fragend an. „Welchen Film?"
„Fifty Shades of Grey."
Die Ermittlerin rollte mit den Augen. „Von dem habe ich schon mal gehört, ihn aber selbst nie gesehen."
Professor Müller verzog das Gesicht. „Ja, das ist auch schon alles, mehr habe ich dazu nicht zu sagen, außer dass ich mich dafür schäme!"

Sigrid hob die Hand. „Das mit dem Schämen hatten wir schon. Ersparen Sie mir das und heben Sie sich das besser für Ihre Frau auf. Auf mich hat das nämlich keinerlei Wirkung."

„Ich mein ja nur." So zusammengesunken, wie er dasaß, wirkte der Professor nun tatsächlich ziemlich bedröppelt auf sie.

„Herr Müller, es wäre nicht das erste Mal, dass solche" – sie malte Anführungszeichen in die Luft – „‚Spielchen' aus dem Ruder gelaufen sind. Sie verstehen? Oftmals wahrscheinlich unbeabsichtigt, so wie bei den so genannten autoerotischen Unfällen. Und deshalb frage ich Sie das ohne Umschweife: Ist das bei Ihnen beiden schon mal passiert?"

„Also, ich darf doch sehr bitten!", echauffierte er sich. „Nein! Wo denken Sie hin?!"

„Uns liegt eine Zeugenaussage vor, nach der Griffspuren an Lene Lemmerlings Hals waren, die sie versucht hat zu verdecken. Auch sind die tiefen, aufgeschürften, kreisrunden Wunden an ihren Handgelenken nicht unentdeckt geblieben. Das steht doch in krassem Widerspruch zu Ihren Angaben. Wie erklären Sie sich das? "

Der Professor lief rot an. Kleine Schweißperlen traten ihm auf die Stirn. Mit einer fahrigen Handbewegung wischte er sie weg. „Meine Güte! Das passiert nun mal, wenn man sich bewegt. Das war doch nur oberflächlich."

„Ach ja? Wie erklären Sie sich dann die Hämatome am Hals?"

„Mein Gott, sie stand eben drauf, wenn es ein bisschen härter wurde."

Sigrid Stotzem-Randerath spürte aufsteigenden Groll in sich. Wahrscheinlich versuchte er gerade, seine eigenen Neigungen auf das Opfer zu projizieren.

„Ach ja? Interessant. Hat sie auch draufgestanden, dass Sie sie am Ende erwürgt haben?"

Explosiv sprang er von seinem Stuhl auf, drehte sich einmal um die eigene Achse, strich wieder über sein Kinn und brüllte sie schließlich an: „Sagen Sie mal, geht's noch?! Was erlauben Sie sich? Ich habe Lene nicht getötet! Und offenkundig wäre es wohl doch angezeigt, wenn ich einen Anwalt hinzuziehe. Das muss ich mir hier nicht anhören! Ich lass mir doch keinen Mord in die Schuhe schieben."

Da Sigrid im Grunde mit einer solchen Reaktion gerechnet hatte, blieb sie gelassen, aber bestimmt. „Setzen Sie sich bitte wieder hin!“
Er aber stand nur da und strich immer wieder mit der Hand über sein Kinn, immer noch völlig fassungslos.
„Setzen Sie sich endlich wieder hin.“ Ihre Stimme war so resolut, dass er sich tatsächlich wieder setzte. Zwar unter weiterem Protest, aber er beruhigte sich ein wenig. In diesem Moment ging die Tür auf und Westhoven kam herein. „Alles okay hier?“
Sigrid Stotzem-Randerath nickte. „Alles gut, wir sind hier sowieso fast fertig.“
Westhoven bedachte den Professor mit einem eiskalten Blick, der ihn dazu ermahnte, nun sitzen zu bleiben und nicht noch einmal so laut zu werden. Der Ermittlerin gefiel Westhovens Aktion überhaupt nicht, denn bisher war sie noch immer in der Lage gewesen, Situationen zu deeskalieren, ohne dass sie dafür ein „Kindermädchen“ gebraucht hätte. Mit gerunzelter Stirn setzte sie das Gespräch fort.
„Herr Müller, wir brauchen von Ihnen noch eine Speichelprobe. Am besten auf freiwilliger Basis.“
„Wozu soll das gut sein?“
„Wir stehen noch am Anfang der Ermittlungen und falls wir eine DNA-Spur finden, möchten wir diese zuordnen können. Aber wie gesagt, das ist zunächst mal freiwillig. Und wie Sie ja selbst sagen, haben Sie mit dem Ableben von Lene Lemmerling nichts zu tun. Was also haben Sie zu befürchten?“
„Und wenn ich mich weigere? Ich möchte nämlich nicht auf ewig in irgendeiner Ihrer Datenbanken gespeichert sein.“
„Die Probe wird von uns anonymisiert und nach Abschluss des Verfahrens vernichtet, dann …“
Westhoven mischte sich wieder ein und ließ seine Kollegin nicht ausreden: „Wie Sie wollen, Herr Professor. Dann spreche ich gleich mit der zuständigen Staatsanwältin und berate mit ihr, ob wir einen richterlichen Beschluss erwirken, damit wir Ihre Speichelprobe bekommen.“
„Also doch nicht freiwillig?“

„Sie können doch entscheiden, aber am Ende bekommen wir Ihre DNA so oder so. Ich habe eben das Vernehmungsprotokoll überflogen."

***

Nachdem der Professor weg war, verpackte Sigrid Stotzem-Randerath die beiden Speichelproben in einen Umschlag.
Westhoven meinte: „Geht doch! Und als nächstes sprichst du mit der Ehefrau."
„Wie du meinst", antwortete Sigrid kühl, „aber ich möchte dich bitten, diesmal die Gesprächsführung bei mir zu belassen."
Westhoven war viel zu unsensibel für solche dezenten Unmutsäußerungen. „Hä? Dem musste doch mal jemand sagen, wie das hier läuft."
„Jo", kommentierte sie knapp, wandte sich von ihm ab und nahm den Telefonhörer in die Hand, während er das Büro verließ und die Welt nicht mehr verstand.

***

Als es an der Tür klingelte, beeilte sich Doris Dember. Gemeinsam hatte sie mit Heinz den Entschluss gefasst, den kleinen Leon künftig an drei Tagen in der Woche bei einer Tagesmutter unterzubringen, damit sie endlich wieder ihrem Job als Rechtsmedizinerin nachgehen konnte. Doris liebte Leon, aber sie liebte auch ihre Arbeit. Deshalb war dies nun das Ergebnis eines längeren Entscheidungsprozesses, denn Heinz hatte seltsam antiquierte Vorstellungen der elterlichen Rollenverteilung. Sein anfänglicher Widerspruch gegen eine „zeitlich befristete Weggabe des Kindes" war recht vehement ausgefallen. Doris hatte schließlich alle Register ziehen müssen, um ihren Willen durchzusetzen. Doch ihm war es wichtig, eine ausgeglichene und liebevolle Doris zuhause zu haben. Allerdings hatte sich die Suche nach einer Tagesmutter mehr als schwierig gestaltet. Da war ihnen aber zu Ohren gekommen, dass Kathrin Oehmchen das Taxifahren nicht nur in der Nacht, sondern gänzlich reduzieren und nur noch maximal drei Tage in der Woche fahren wollte. Und so waren sie mit ihr ins Gespräch gekommen. Die schrullige Ur-Kölnerin hatte sich auch nicht lange bitten lassen. Sie liebte Leon heiß und innig. Ohne großartig überlegen zu müssen, hatte sie zugesagt und insgeheim träumte sie jetzt schon davon, dass der Kleine irgendwann mal Oma zu ihr sagen würde. Sie war vor Stolz fast geplatzt, dass sie gefragt wurde, ob sie auf Leon aufpassen wollte. Und heute war der Tag, an dem sie zeigen musste, dass sie auch wirklich eine gute Tagesmutter sein würde.

Lächelnd öffnete Doris die Haustür. „Guten Morgen, Kathrin. Schön, dass du da bist." Im Hintergrund sah sie vor der Garage das Taxi mit der Nummer 1022 stehen und ihr Lächeln verschwand. „Hast du heute doch keine Zeit?"

Oehmchen war verdutzt. „Wiesu dat dann? Ich ben doch he. Wenn ich nit künnt, hät ich anjerofe. Uußerdem han ich met mingem kleine Schmecklecker hück jet janz Besonderes vür. Un dofür bruchen ich ming ahl Mädche. Un ene Kindersetz han ich och allt fassjezurrt. Hinge em Fond natörlich. Ich will doch nix reskeere met dem leeve kleine Mann."

„Wo willst du denn mit Leon hin?"

„Ja, liest du dann kein Zeidung? Die Schlaachzeil em Express! Unsere Effzeh hät doch en neu Maskottche. Dä ahle Hennes jeit en Rent, wäje singer Arthros. Do kann ich och e Leedche vun singe – wat sagen ich, en janze CD künnt ich opnemme! Ävver der Här Jeißbock-Pangksijonär hätt et jo jot anjetroffe. Hä kann wigger em Zoo wonne, en ner Wehjeh met enem Moorschnuckebock – dem Klaus. Ich künnt mer ävver vürstelle, dat dem e Bärbelche bestemp leever jewäs wör. Oder wat jläuvst do, Doris? Ach, es och ejal. Jedenfalls, weil dä ahle Hennes jetz en Rent jeit, hät dä Effzeh natörlich ene neue Hennes. Hennes dä Nüngte, ne janz adrette – met esu nem neumodische Hipster-Baat. Un dä jon mer hück em Zoo besöke. Dä Jung muss allt fröh lihre, wat en Kölle wichtich es un wat nit! Dä Jeißbock hät beim Effzeh Tradizijon. Em Februar Nüngzehnhundertfuffzich, zwei Johr noh der Jründung, han se dä eeschte Hennes als Jlöcksbrenger jekräje. Et Carola Williams – üvrijens en Schullfründin vun minger Mamm – wor domols Zir-

kusdirektorin un hät dä op ener Fastelovendssitzung üvverjovve. Mer verzällt sich zick domols och, dat dä Bock dä domolije Trainer un Namenspatron, dä Hennes Weisweiler, sujar anjepinkelt han soll. Et jit jo Lück, die sage, dat dat nit wohr es, ävver ich weiß dat janz jenau. Un deswäje weed dat hück och su en Aat Jeschichtsstund för dä kleine Futzemann."
Doris lächelte. „Das ist aber eine tolle Idee. Leon liebt den Zoo, vor allem die Elefanten. Da zeigt er immer mit dem Finger drauf und quietscht vergnügt: ‚Mama, Fanten! Da, Mama, Fanten!'"
Kathrin nickte eifrig, wodurch ihre mit einem pinkfarbenen Haargummi gebundene Bergheimer Palme ins Wippen geriet. „Ja, de Elefante sin och prächtich. Ävver hück jon mer ze unserem leeve Hennes. Dä es als Maskottche enorm wichtich für unsere jode Effzeh. Nit ömesöns es dä em Wappe dren un die Jungs kennt mer als Jeißböck. Wenn mer dem sanef üvver de Höner tätschelt un dä dann zefridde loort, jewennt der Effzeh. Dann falle die Tore wie vun allein und mer sin em Handömdrihe Deutscher Meister un spille en der Champions League! Mer muss nur fass dran jläuve, dann klapp dat och. Wann et helfe dät, künnt der Bock mich och anpinkele – esu wie domols dä Här Weisweiler!" Kathrin Oehmchens Augen strahlten und kamen unter dem mal wieder viel zu dick aufgetragenen Lidschatten voll zur Geltung.
Doris deutete auf den Wagen. „Und wozu das Taxi? Doch hoffentlich nicht, um zwischendurch noch ein paar Fahrgäste aufzugabeln?"
„Mädche! Hück es Kathrin-Leon-Daach un söns nix. Ming Taxi bruch ich bloß, domet ich nit esu wick laufe muss. Ich bin em Augebleck nit jot ze Foß." Sie fasste sich an den Rücken. „Rod ens, wo ich parke wäd!" Mit dem rechten Zeigefinger zog sie ein wenig die Haut unter ihrem rechten Auge herunter. „Holzauge sei wachsam", sagte sie zu Doris' Erleichterung auf hochdeutsch – nur, um im nächsten Moment wieder ins Kölsche zu verfallen. „Met mingem kapotte Rögge fahr ich doch nit stundelang met der Stroßebahn durch de Jäjend! Dat jeit nit! Do kannste mich direktemang noh Melate brenge. Un dann noch minge Ischias, dä ahle Saukäl! Nä, wat ene Dress!", klagte sie.
„Sollen wir euren Tag lieber verschieben, bis es dir besser geht?"

Sie winkte ab. „Blödsenn! Dat jeit allt. Die Wihwihche han ich jo nit eesch zick jester un die Doktersch, dat bekloppte Minsch, hät mer en janze Armada Tablette verschrevve – ich han doheim et kumplette Anjebott vun denne Pilledriher us Leverkuse. Ich künnt enzwesche ene Bayer-Outletshop opmaache! Uußerdem jeit dat nur hück met dem Zoo."
„Wieso nur heute? Geht Hennes IX. auch schon bald in Rente?", lachte Doris.
„Nä! Minge Kumpel Reza hilf hück em Zoo us. Un dä es mer noch ene jroße Jefalle schöldich. Deswäje löt dä mich einfach am Siggenenjangk eren un dann sin mer quitt, mer zwei. Esu kann ich mer schön der Entrett spare. Vun denne Nüsele hollen ich doch leever en jroße Pozijon Ies för dä Klein un mich. Un villeich bliev och noch jenoch üvverich för e klein Stoffdeerche us dem Souvenirlade."
„Na, dann komm doch noch kurz rein. Leon knabbert noch grad sein Weckchen[7] zu Ende. Eigentlich wären wir auch schon längst fertig, wenn er nicht ständig mit seinem Bagger über den Tisch fahren würde."
Als sie die Küche betraten, jauchzte Leon und strahlte übers ganze Gesicht, als er Kathrin Oehmchen sah. Doris goss Kathrin und sich Kaffee ein und sie stießen mit den Tassen an. „Auf einen schönen Tag."
„Dat weed allt." Kathrin Oehmchen beugte sich zu Leon vor und kniff ihm behutsam in die Wange. „Nit wohr, ming leev Jüngelche? Mer zwei mische hück der Zoo op. Et Kathrin weed dir hück et Maskottche vun unserem Effzeh zeije un dann tätscheln mer dä Bock schön, domet dä Effzeh et nöhkste Spill jewennt."
Bei dem Wort Zoo horchte Leon auf und quietschte begeistert: „Fanten, Mama! Fanten!"

***

Dembers Finger lagen schreibbereit auf der Tastatur, während sein aufmerksamer Blick Malte Cantus galt. „Herr Cantus, was soll ich aufschreiben?"

---

[7] *Milchbrötchen*

„Können Sie sich eigentlich vorstellen, wie peinlich mir das ist? Ich soll Ihnen höchst private Dinge erzählen und obendrein noch meine verstorbene Mitbewohnerin schlecht machen. Damit habe ich, ehrlich gesagt, ein Problem."
„Niemand verlangt von Ihnen, Frau Lemmerling schlecht zu machen. Es geht hier lediglich darum, das Drumherum aufzuhellen. Wir alle hier haben Lene nicht gekannt und versuchen, uns ein Bild von ihr zu machen. Nichts liegt mir ferner, als Ihnen hier eine Predigt zu halten. Ich bin einzig und allein am weiteren Ablauf der Dinge interessiert. Also! Unter Männern dürfte das doch wohl kein Problem sein."
Zwar war zu spüren, dass Malte Cantus nur widerwillig erzählte, aber am Ende hatte Dember noch zwei weitere Seiten beschrieben.
„Ich habe da noch die eine oder andere Verständnisfrage. Sie haben gesagt, dass Sie nicht mitmachen wollten, weil Sie kein Interesse daran hatten, gemeinsam mit Ihrem Bruder mit der gleichen Frau intim zu werden. Richtig?"
Zustimmendes Kopfnicken.
„Hatten Sie und Lene denn zu einem anderen Zeitpunkt alleine miteinander Sex?"
Zustimmendes Kopfnicken.
„Wann war das denn?"
„Einen Tag später." Dember notierte die Information, ohne direkt weiter nachzufragen, denn aus seiner Sicht hatte er seine Antwort bekommen. Irgendwie war er auch ein bisschen beruhigt, dass Malte sich diese Chance nicht hatte entgehen lassen. Sein männliches Weltbild war wieder intakt.
„Im Rahmen unserer Ermittlungen wurde bekannt, dass zwischen Ihnen dreien die Begriffe ‚Rosenkrieg' und ‚Schlappschwanz' gefallen sein sollen. Können Sie das erklären?"
Malte zuckte mit den Schultern. „Keine Ahnung. Das müssen Sie schon diejenigen fragen, von denen Sie das gehört haben."
Dember entschied, jetzt doch ein wenig auf Provokation zu setzen. „Also, wie das für mich aussieht, könnten Sie doch durchaus als ‚Schlappschwanz' betitelt worden sein. Ich meine, Sie bekommen ein

eindeutiges Angebot, nach dem sich die meisten Männer die Finger lecken würden und gehen lieber ins Bett! Ist ja schon ein wenig seltsam, finde ich."

Malte Cantus starrte ihn wütend an. „Was hat das denn damit zu tun? Und wenn Sie mich noch hundertmal fragen, ich weiß nicht, wer das bei uns gesagt haben soll!"

„Und ‚Rosenkrieg'?"

„Was soll das sein?"

Dember hatte tatsächlich den Eindruck, dass dem jungen Mann dieser Begriff nichts sagte.

„Gab es nach diesem besagten Abend zwischen Ihnen Stress oder Streit?"

„Ach, das würde ich so nicht sagen. Es war einfach eine komische Situation. Ich will ja nicht klugscheißen, aber ich hatte es ja vorhergesehen."

„Eins verstehe ich nicht: Sie waren zwar nicht an dem besagten Abend mit Lene intim, aber einen Tag später war es dann okay?"

„Nee, war es nicht. Ich habe dabei nämlich bei ihr solche Striemen am Rücken und Flecken an ihrem Hals gesehen und gedacht, das wäre Marvin gewesen. Das hat mich schockiert, und als sie das bemerkt hat, fing sie an mich auszulachen. ‚Du glaubst doch nicht ernsthaft, dass das von Marvin ist?', hat sie gefragt. ‚Das hier war ein richtiger Kerl. Marvin hatte ja noch nicht mal einen richtigen Ständer.'"

„Haben Sie gefragt, welcher Kerl das war?"

„Natürlich habe ich gefragt. Aber Lene wollte es nicht sagen und machte auch keinen Hehl daraus, dass es ihr gefallen hätte."

„So, so! Sollten Sie sie denn auch fesseln oder so was?"

Zustimmendes Kopfnicken.

***

„Anzügliche Bemerkung oder eher eine Aufforderung? Jetzt lassen Sie sich doch nicht jedes Wort aus der Nase ziehen", forderte Toni Krogmann Marvin Cantus auf fortzufahren.

„Beides, wenn Sie es unbedingt genau wissen wollen. Ich verstehe zwar immer noch nicht, was das hier mit den Ermittlungen zu tun haben soll, aber bitteschön. Nur bei einer Sache liegen Sie falsch. Mein Bruder hat nicht mitgemacht."

„Aha! Wo war er denn? Sie sind doch zu dritt nach Hause!"

„Ja, na und? Er ist ins Bett gegangen."

„Und weiter?"

„Nix und weiter. Es ist das passiert, was Sie eh schon vermuten und dann sind wir auch schlafen gegangen. Ende der Geschichte." Marvin Cantus lehnte sich fest gegen die Rückenlehne und drückte dabei den Stuhl ein wenig hoch, so dass er damit auf den hinteren beiden Stellfüßen wippte.

Toni Krogmann bat ihn zunächst, sich wieder ordentlich hinzusetzen und machte ihm dann einen Vorhalt: „Ende der Geschichte? Das stimmt aber wohl nicht so ganz. Uns sind die Begriffe ‚Rosenkrieg' und ‚Schlappschwanz' zu Ohren gekommen!" Sie schaute ihn eindringlich an.

Marvin Cantus brach in schallendes Gelächter aus.

„Was gibt's da zu lachen?"

„Es tut mir leid, aber dazu kann ich gar nichts sagen. Mir wird das hier auch langsam zu blöd. Haben Sie noch sinnvolle Fragen? Sonst würde ich jetzt gern gehen."

Da Toni Krogmann keinen Grund hatte, diesen schnöseligen Besserwisser festzuhalten, hatte sie keine andere Wahl. „Nachdem Sie die Vernehmung gelesen und unterschrieben haben, können Sie gehen. Zurzeit habe ich keine weiteren Fragen, aber halten Sie sich bitte zu unserer Verfügung."

„Keine Sorge, Frau Kommissarin! Ich habe nicht vor zu fliehen", grinste er.

„*Arroganter A*****", dachte sich Toni Krogmann nur.

***

Die beiden Brüder fuhren vom Präsidium aus mit der S-Bahn zum Kölner Hauptbahnhof und gingen von dort zu Fuß weiter zur Musikhochschule. Auf dem Weg dorthin unterhielten sie sich über die Vernehmungen und kamen letztlich zu dem Ergebnis, dass diese doch überhaupt nichts gebracht hätten, weder für sie noch für die Polizei.

***

Das Ermittlerduo Stotzem-Randerath und D'Angelo parkte seinen Zivilwagen auf der Garagenzufahrt der Doppelhaushälfte im Wohngebiet „Bullenwiese". Der Garten hinterm Haus grenzte unmittelbar an das Terrain der großzügigen, hügeligen Heidelandschaft, auf dem genüsslich ein paar Kühe weideten. Mitten im Gelände saß ein Fischreiher, der offenbar eine Flugpause eingelegt hatte und aufmerksam um sich schaute.

Über der Türklingel hing ein getöpfertes Namensschild mit der Aufschrift *„Hier wohnt Familie Müller"*. Von drinnen ertönte ein sanfter Klingelton und kurz darauf konnten die Ermittler durch das Milchglas neben der Tür schemenhaft eine sich nähernde Person sehen. Als sich die Tür öffnete, huschte eine Katze zwischen ihnen hindurch.

„So ein Mist! Erna, komm sofort zurück. Verdammt! Erna!" Eine attraktive Frau im Freizeitlook, die ihre langen dunklen Haare zu einem Pferdeschwanz gebunden hatte, schaute an den Ermittlern vorbei der weißen Perserkatze hinterher, die eilig im Gebüsch verschwand. Erst danach wandte sie sich dem Besuch zu. „Bitte entschuldigen Sie, aber der Tierarzt hat gesagt, dass sie auf keinen Fall nach draußen darf."

„Sind Sie Frau Heike Müller?", fragte D'Angelo. Die Frau musterte ihn skeptisch. „Darf ich zunächst mal wissen, wer Sie sind?" Sie hatte zwar nicht den Eindruck, dass hier zwei Kirchenvertreter vor ihr standen, um sie zu bekehren, aber sie wollte zumindest erfahren, warum die beiden das wissen wollten.

D'Angelo hielt seinen Ausweis hoch. „Wir sind von der Mordkommission und ermitteln im Fall der toten Musikstudentin."

„Aha! Und wieso kommen Sie dann zu mir? Mein Mann ist nämlich gerade nicht zuhause."

Sigrid Stotzem-Randerath übernahm freundlich, aber bestimmt die weitere Gesprächsführung. „Das wissen wir. Außerdem wollen wir mit

Ihnen sprechen, Ihren Mann habe ich heute schon befragt. Möchten Sie uns denn nicht hereinbitten oder sollen wir das vor der Tür besprechen? Ich meine, uns ist das egal."

Frau Müller trat einen Schritt zur Seite, öffnete die Haustür und machte eine einladende Geste. „Bitte, kommen Sie herein."

„Können wir unseren Wagen da stehen lassen?" Die Ermittlerin deutete auf die Garagenzufahrt.

„Natürlich, kein Problem."

Die Zeugin führte sie ins Wohnzimmer und alle nahmen Platz. Dann fragte sie: „Warum müssen Sie denn ausgerechnet mit der Frau eines Professors sprechen, an dessen Unterrichtsstätte jemand verstorben ist?"

Sigrid Stotzem-Randerath war der ärgerliche Unterton nicht entgangen. Ihr war schon klar, dass dieses Gespräch für die Ehefrau unangenehm sein musste, aber vorführen lassen wollte sie sich auch nicht. „Erstens ist die junge Frau nicht einfach verstorben, sondern sie ist getötet worden. Und zweitens führen unsere Ermittlungen in sämtliche Richtungen. Daher möchten wir Sie bitten, uns zunächst die Frage zu beantworten, ob Ihnen der Name Lene Lemmerling überhaupt etwas sagt."

Frau Müller atmete tief durch. „Mein Mann hat den Namen erwähnt, als das passiert ist. Vorher hatte ich von ihr noch nie gehört. Warum fragen Sie mich das überhaupt?"

„Bitte lassen Sie uns erstmal unsere Fragen stellen. Einverstanden?"

Die Zeugin nickte widerstrebend.

„Auch wenn es Ihnen ziemlich indiskret vorkommen mag," fuhr Sigrid fort, „muss ich Sie das ohne weitere Umschweife fragen."

Frau Müllers Gesichtszüge versteinerten merklich. Ihre Anspannung war nicht zu übersehen.

„Würden Sie Ihre Ehe als intakt beschreiben?"

Diese Frage brachte Frau Müller sofort in Rage. Sie schlug mit der flachen Hand auf den Couchtisch. „Was fällt Ihnen ein? Sie kommen in mein Haus und stellen mir solche Fragen! Meine Ehe geht Sie gar nichts an!" Nach diesem explosiven Ausbruch sackte sie in sich zusammen, vergrub ihr Gesicht in den Händen und fing an zu weinen.

Mit dieser Reaktion hatten die Ermittler nicht gerechnet. D'Angelo und

Sigrid Stotzem-Randerath wechselten einen überraschten Blick. Dann beugte Sigrid sich vor. „Hören Sie, Frau Müller, aus Ihrer sehr emotionalen Reaktion schließen wir, dass es doch mehr zu besprechen gibt, als Sie uns eben weismachen wollten."
Die Zeugin schluchzte noch eine Weile weiter. Dann wischte sie sich mit der Hand über die Augen. Mit tränenerstickter Stimme stieß sie hervor: „Glauben Sie eigentlich, dass ich nicht weiß, weshalb Sie hier sind?!"
„Sagen Sie es uns", konterte D'Angelo. „Wir sind ganz Ohr."
„Ach, hören Sie doch auf!", zischte Frau Müller. „Bestimmt hat er was mit diesem Flittchen gehabt. Warum sonst sollte mich die Mordkommission aufsuchen und nach einer Studentin fragen, mit der ich als Ehefrau eines Dozenten nicht das Geringste zu tun habe? Ich bin nicht blöd, also behandeln Sie mich auch nicht so."
Das Ermittlerduo sah keine Notwendigkeit, sich für seine Vorgehensweise zu entschuldigen. Unbequeme Fragen zu stellen gehörte schließlich zum Handwerk eines jedes Kriminalisten. Dass diese nicht immer auf Gegenliebe stießen, brachte das jeweilige Delikt oftmals mit sich. D'Angelo räusperte sich. „Frau Müller, sagen Sie uns bitte alles, was Sie im Zusammenhang mit Ihrem Mann und Lene Lemmerling wissen."
Die Zeugin schniefte. „Ich kann Ihnen nicht mehr sagen, weil ich nicht mehr weiß. Wie gesagt, ich vermute, dass Sie deswegen hier sind, weil Sie davon ausgehen, dass mein Mann dieser Person nahestand. Zu nahe offenbar. Richtig?"
„So wird das nichts", hakte Sigrid ein. „Wir waren uns doch einig darüber, dass *wir* erst unsere Fragen stellen, okay?"
„Jetzt sagen Sie doch schon endlich, ob mein Mann eine Affäre mit dieser Lemmerling hatte! Ich will es doch nur wissen!"
Sigrid schüttelte den Kopf. „Nein, darüber geben wir keine Auskunft. Da fragen Sie mal am besten selbst Ihren Göttergatten. Also nochmal die Frage: Würden Sie Ihre Ehe als intakt bezeichnen?"
Frau Müller hatte sich wieder ein wenig gefasst. „Ab wann zählt denn eine Ehe als intakt für Sie?", fragte sie provokant. „Ich verstehe Ihre Frage nicht."

Die Ermittlerin atmete tief durch. „Ich formuliere es mal anders: Bestand oder besteht Ihre Ehe nur auf dem Papier und ist nach außen hin Fassade oder läuft da noch was zwischen Ihnen und dem Professor?"
Frau Müller fuhr mit dem Finger über die Tischplatte. „Wissen Sie, mein Mann und ich sind seelenverwandt. Physische Dinge sind zweifellos schön, aber eine tiefe, seelische Verbindung kann auch sehr erfüllend sein. Beantwortet das Ihre Frage?"
Sigrid nickte. „Ich kann sehr wohl zwischen den Zeilen lesen. Also reine Fassade nach außen. Dachte ich mir schon."
Wie zu erwarten war, sorgte sie mit dieser Bemerkung bei der Zeugin für keine Begeisterungsstürme. Abrupt stand Frau Müller auf. „Wenn Sie keine Fragen mehr haben, möchte ich Sie bitten zu gehen. Mein Yoga-Lehrer müsste jeden Moment klingeln. Zur Entspannung, Sie verstehen."

Schon als sie von der Garagenausfahrt herunterfuhren, platzte es aus D'Angelo heraus: „Mein Yoga-Lehrer ... zur Entspannung! Klar doch! Eins sag ich dir, Sigrid: Die beiden feinen Ehepartner haben sich arrangiert und jeder macht, was er will. Ganz diskret natürlich. Tolle Ehe. Merda[8]! Da bleibe ich lieber solo!"
„Da hast du vollkommen Recht, Guido. Für mich wäre das auch nichts. Aber macht sie das zu einer Tatverdächtigen?"
D'Angelo runzelte die Stirn. „Vielleicht hat sie uns auch nur was vorgespielt. Statt Fragen zu beantworten, hat sie immer wieder versucht, Fragen zu stellen, um herauszubekommen, was wir schon wissen. Als ob wir das nicht durchschauen würden! Ich kann die im Moment nicht so richtig einschätzen. Deshalb möchte ich ihren Namen noch nicht von der Liste streichen. So klar ist für mich nämlich nicht, welche Rolle sie eigentlich spielt. Was meinst du?" Er warf Sigrid einen fragenden Blick zu. Sie nickte. „Okay, ihren Namen streichen wir noch nicht. Wenn sie überhaupt eine Rolle spielt. Auf jeden Fall würde ich gern mal Mäuschen spielen, wenn ihr toller, seelenverwandter Mann nach Hause kommt. Der kann sich bestimmt was anhören!"

---

[8] *Sinngemäß: „drauf geschissen"*

D'Angelo grinste. „Oder auch nicht. So wie es aussieht, wird sich ja jegliche Spannung durch den Yogalehrer in Luft auflösen." Während er sprach, schlug er mit der flachen Hand auf seine geschlossene Faust, eine eindeutige Geste für das, was er eigentlich meinte. Die beiden Ermittler brachen in schallendes Gelächter aus.

***

Westhoven hatte sich den ganzen Vormittag Gedanken über eine Sache gemacht, die er unbedingt geklärt haben wollte. Wahrscheinlich war das schon längst berücksichtigt worden und stand in einem Auswertebericht, aber er wollte jetzt Gewissheit. Kurzum wählte er die Rufnummer der IT-Spezialisten im Präsidium und fragte, ob die Auswertung des Routers in der Wohngemeinschaft irgendeinen Ansatzpunkt geliefert habe. Ihn ließ der Gedanke nicht los, dass Lene Lemmerling freiwillig die Wohnung verlassen haben könnte und möglicherweise von jemandem abgeholt worden war, dessen Mobiltelefon sich vielleicht genau zu dieser Zeit am Router angemeldet hatte.
„Der Gedanke ist nicht schlecht, Paul!", lobte der IT-Spezialist. „Einen reinen Anmeldeversuch würde der Router nicht aufzeichnen, aber wenn jemand schon mal dort zu Besuch war, sich mit dem Passwort angemeldet und dementsprechend auf automatisches Verbinden gedrückt hat, dann dürfte das in den WLAN-Ereignissen registriert worden sein. Pauschal gesagt!"
„Und auf unseren Fall bezogen? Habt ihr das überprüft?"
Es dauerte einen Moment, bis der Spezialist die Antwort geben konnte, da er selbst erst im Auswertebericht nachschauen musste. „Es tut mir leid, Paul. Der Kollege hat notiert, dass keine brauchbaren MAC-Adressen registriert worden sind, die im Zeitraum des Verschwindens von Lene Lemmerling liegen. Sorry!"
„Wie kann denn so was sein? Sonst zeichnen diese Dinger doch auch alles auf. So ist zumindest mein Kenntnisstand."
„So ist es eigentlich auch, aber ich nehme mal an, dass die Spannung für längere Zeit weg war und dadurch der Ereignisspeicher gelöscht

wurde. Entweder das oder jemand hat das Protokoll einfach gelöscht. Das wären meiner Meinung nach die einzigen Optionen."
Westhoven seufzte genervt. „Na toll! Kannst du mir sagen, wann diese Spannung weg war, also kein Strom mehr da war beziehungsweise ab wann nichts mehr aufgezeichnet wurde?"
„Leider nicht, nein! Aber ich kann dir sagen, ab wann wieder der Ereignisspeicher befüllt wurde."
„Ab wann?"
„Hier im Bericht steht … am Tag der Vermisstenanzeige."
„Sag das noch mal!"
„Am Tag der Vermisstenanzeige."
„Okay! Ich denke, der Sache müssen wir noch mal nachgehen."
„Kann ich sonst noch was für dich tun, Paul?"
„Nein, danke, du hast mir sehr geholfen. Ansonsten weiß ich ja, wo ich dich finde."

***

Am späten Nachmittag fand die tägliche Besprechung innerhalb der Mordkommission statt. Für Westhoven war es wichtig, dass jedes Kommissionsmitglied stets auf dem gleichen Sachstand war. Die Erfahrung zeigte immer wieder, dass es bei der Bearbeitung der einzelnen Spuren Überschneidungen gab, die nicht von vornherein ersichtlich waren. Nur durch diesen Austausch, der nebenbei auch noch gesellig war und stets von einem alkoholfreien Getränk begleitet wurde, war das gewährleistet.
Toni Krogmann erzählte von ihrer Vernehmung mit Marvin Cantus. „Also, wenn ihr mich fragt, ist der dreimal chemisch gereinigt. Der ist zwar noch jung, aber der benimmt sich dermaßen polizeierfahren, als ob er schon zigmal vernommen worden wäre. Aalglatt. Wenn ich ihn nicht selbst auf Herz und Nieren überprüft hätte, würde ich nicht glauben, dass er ein unbeschriebenes Blatt ist."
„Sein Bruder war auch nicht wirklich besser, ein ähnliches Kaliber", ergänzte Dember. „Dieser Malte wollte partout an die Begriffe ‚Rosen-

krieg‘ und ‚Schlappschwanz‘ nicht so richtig ran. Da kam im Grunde nur noch hohles Gerede und Blabla. Aber eine Sache war dann doch noch interessant: Er hat nämlich erzählt, dass er einen Tag später mit Lene Lemmerling in die Kiste gesprungen ist. Und dabei hat er Striemen auf ihrem Rücken und Flecken an ihrem Hals gesehen, so wie diese Emma Bornhold uns das auch berichtet hat. Sie wollte ihm aber nicht sagen, von wem die waren. Nur so viel, dass die von ‚einem richtigen Kerl‘ stammen würden.“
Sigrid Stotzem-Randerath verschluckte sich fast. „Das ich nicht lache! Von wegen richtiger Kerl. Gemeint ist hier nämlich ihr Professor, und der ist in meinen Augen alles andere als ein richtiger Kerl. Armes Würstchen und verkappter Sadomasochist trifft‘s wohl eher. Aber das ist nur meine bescheidene Meinung.“ Sie berichtete ausführlich vom Inhalt der Vernehmung und Guido fasste noch das Gespräch mit der Ehefrau zusammen.
„Also, so richtig einen Schritt weiter scheinen wir noch nicht zu sein“, stellte Westhoven fest, „aber mein Bauchgefühl signalisiert mir, dass wir dennoch in die richtige Richtung ermitteln.“ Danach erzählte er von seiner Idee mit dem Router und dass es doch komisch sei, dass ausgerechnet am Tag der Vermisstenanzeige ein Spannungsproblem bestanden haben sollte. „Und deshalb möchte ich dich bitten, Heinz, dich mit dem Elektrizitätswerk in Verbindung zu setzen.“
Da Dember ihn fragend anschaute, ergänzte er: „Du musst unbedingt herausfinden, ob es in dem Stadtteil, in dem Haus, noch besser in der Wohngemeinschaft eine Spannungsschwankung oder einen Stromausfall gegeben hat. Das scheint mir hier nämlich einer dieser Zufälle zu sein, die keine Zufälle sind.“
„Und dann?“
„Ja was und dann? Du legst eine Spur an und wir gehen ihr nach. Ich weiß zwar noch nicht, wohin die führt und ob überhaupt wohin, aber das ist doch normal. Wenn wir schon alles wüssten, bräuchte es unsere aufwendigen Ermittlungen nicht. Soweit klar jetzt?“
Er erntete von Dember ein betretenes Nicken.
„So, Leute, wer noch was trinken möchte, die nächste Runde gebe ich

aus. Ansonsten schönen Feierabend. Wir sehen uns morgen in alter Frische."

***

Kaum hatte Dember die Tür aufgeschlossen, hörte er schnelle Schritte von kleinen Füßen, die auf ihn zukamen. Als Leon ihn sah, jauchzte er und schäumte vor Erzählungsdrang regelrecht über. „Henne, Papa! Geibo! Örner heichelt. Fanten!" Seine Augen strahlten. Ohne wirklich zu wissen, worum es ging, lächelte Dember seinen Sohn ermutigend an. „Na toll! Klasse! Das ist aber schön." Sein hilfesuchender Blick wanderte zu Doris.

„Leon war mit Kathrin im Zoo und hat Hennes IX. besucht, ihm über die Hörner gestreichelt und Elefanten geguckt", raunte sie ihm die Übersetzung zu.

Plötzlich hielt Leon ihm mit stolz geschwellter Brust einen kleinen Geißbock aus Vollgummi hin. „Geibo, Papa. Henne! Katrin kauft."

Dember betrachtete ihn von allen Seiten. „Das ist aber schön, Leon. Die Kathrin hat dir den geschenkt? Das ist aber lieb. Zeig mal." Dembers Blick wanderte abermals zu Doris. „Und? Hat alles gut geklappt?"

Sie gab ihm ein Begrüßungsküsschen. „Alles bestens. Wir üben das noch ein paar Mal und dann kann ich bald wieder arbeiten. Und wir können uns auch wieder mehr leisten. Unsere Oehmchen ist jedenfalls echt süß mit ihm."

Er nahm Doris liebevoll in den Arm und flüsterte ihr ins Ohr: „Ich hätte da übrigens eine Idee, wenn unser Kleiner schläft."

Sie schenkte ihm einen lasziven Blick und lächelte ihn einladend an. „So, so", hauchte sie und zauberte damit ein fettes Grinsen in sein Gesicht.

***

Als Professor Müller gegen 22.00 Uhr die Haustür hinter sich schloss, schleuderte ihm seine Frau aus dem Wohnzimmer auch schon entgegen: „Na, welche Studentin hast du heute flachgelegt?"

Wut stieg in ihm auf. Wut auf die blöde Polizistin, die ganz offensichtlich seine Frau informiert hatte. *„Saudämliche Kuh"*, ging es ihm durch den Kopf. Er bemühte sich ruhig zu bleiben und konterte: „Komisch, dass du mich das ausgerechnet heute fragst. War nicht heute deine Yoga-Stunde?"
Plötzlich stand sie vor ihm und fauchte: „Hör auf, vom Thema abzulenken! Yoga ist mein Ausgleich und sonst nichts. Im Gegensatz zu dir, du dämlicher Affe. Was hast du dir dabei gedacht, so unvorsichtig zu sein? Vögelst schon wieder eine deiner Studentinnen und lässt dich erwischen. Widerlich! Du kotzt mich einfach nur noch an!"
„War die Polizei hier?"
„Das wüsstest du wohl gern, woher ich das weiß!", schnaubte seine Frau.
„Jetzt sag schon! War diese Stotzem-Schlag-mich-tot hier?"
Ungerührt verschränkte sie die Arme vor der Brust. „Ich weiß gar nicht, was du gegen sie hast. Die Kommissarin war total nett. Und ihr Kollege erst. Ein richtiger Kerl, ein Baum von einem Mann!"
„Ach ja?", fragte er patzig.
„Mannomann, was der für Muckis hatte!" Sie genoss es, ihn zu provozieren. „Ich sag's dir."
„Dann frag ihn doch, ob er auch Yoga-Unterricht gibt. Zum Ausgleich."
Er grinste. Sie verengte die Augen zu Schlitzen. „Du bist so ein arrogantes Aas."
„Wieso ich? Du hast doch angefangen, hier herumzustänkern."
„Weißt du, mir ist es fast egal, mit wem, wann und wo du es treibst. Aber halt mich da raus und sorg gefälligst dafür, dass vor allen Dingen die Polizei hier nicht aufkreuzt. Wie sieht das denn aus? Die Nachbarn kriegen doch alles mit. Und pass bei deinen perversen Spielchen auf. Du weißt genau, warum es zwischen uns nicht mehr läuft."
Professor Müller sah zu Boden. „Das ist doch jetzt schon so lange her. Das war ein Unfall und mir tut es leid, wenn ich daran denke."
Sie musterte ihn eindringlich. „War das bei Lene Lemmerling auch ein Unfall? Hast du es bei ihr übertrieben?"
„Du spinnst doch!", zischte er, ließ sie stehen und ging in sein Arbeitszimmer. Er schloss die Tür hinter sich ab, setzte sich auf die

Couch und öffnete WhatsApp. *„Hi, mein Engel, ich bin gut zuhause angekommen. Leider macht meine Alte mal wieder totalen Stress. Nur wenn ich bei dir bin, fühle ich mich glücklich und frei. Du bist mein Jungbrunnen. Ich hoffe, ich war vorhin nicht zu grob *Smiley*. Das war der Hammer! Ich kann an nichts anderes mehr denken, als dich wiederzusehen und zu fühlen."*

***

Als Dember am nächsten Morgen aufwachte, schmerzte sein rechter Fuß. Zunächst dachte er, der Fuß sei eingeschlafen, aber als er ihn bewegte und dabei gegen die Bettdecke stieß, fühlte sich selbst diese leichte Berührung schmerzhaft an. Vorsichtig schob er die Decke beiseite. Im Halbdunkel konnte er eine Schwellung am Fuß ausmachen. Neben ihm setzte sich Doris verschlafen auf. „Was machst du denn? Kannst du nicht schlafen? Wie spät ist es?"
„Mein Fuß ...", zischte Dember. „Ich habe einen ganz dicken Fuß und der tut höllisch weh, das fühlt sich an wie tausend Nadelstiche!"
Sie knipste die Nachttischlampe an. „Ui! Das sieht aber gar nicht gut aus."
„Verdammte Scheiße, wie kommt denn so was?", fluchte er. „Als ich ins Bett ging, war doch noch alles in Ordnung."
„Bist du vielleicht umgeknickt oder irgendwo gegengestoßen?"
„Nein, bin ich nicht."
„Hmmh!"
„Was hmmh? Hast du eine Ahnung, woher das kommt?"
„Ich bin nicht sicher, aber ..." Sie überlegte kurz. „Gab es in deiner Familie mal Probleme mit Gicht?"
Dember wirkte leicht geschockt. „Gicht? Ja, mein Vater hatte Gicht, aber das kriegen doch nur Ältere. Das kann es ja wohl nicht sein."
Doris legte den Kopf schief. „Da hast du ausnahmsweise mal Recht, denn im Studium habe ich gelernt, dass der erste Gichtanfall, früher übrigens ‚Krankheit der Könige' genannt, erst bei Männern um die Vierzig auftritt. Aber das sind ja nur Richtwerte und Ausnahmen gibt's immer."

Entrüstet starrte Dember sie an. „Krankheit der Könige? Willst du mich veräppeln? Ich finde das gerade echt nicht witzig. Wir stecken mitten in einer Mordermittlung. Ich habe keine Zeit, hier einen maladen König zu spielen."

„Nee, jetzt mal ernsthaft: Ich kenne ja deine Esskultur während laufender Ermittlungen. Bestimmt hast du viel Fleisch oder Fisch gegessen. Wahrscheinlich schön mit dunkler Kruste oder kross gebraten. Und dazu immer schön ein Fläschchen Limonade oder Cola getrunken. Die Ernährung ist nämlich von besonderer Wichtigkeit, um gegenzusteuern, wenn man eine Veranlagung für Gicht hat. Das scheint in deiner Familie ja wohl der Fall zu sein. Und Gicht *ist* eine Erbkrankheit. Es kann also sein, tut mir leid."

„Na toll! Und was tun wir jetzt?"

„Am besten gehst du zum Hausarzt. Anhand des Harnsäurespiegels im Blut kriegen wir Gewissheit. Und falls ich Recht habe, wirst du auf basische Diät gesetzt."

„Kannst du mir bitte erstmal sagen, wie ich mit dem verdammten Fuß laufen soll, bevor du mir was von so einer komischen Diät erzählst?", fragte Dember verzweifelt.

„Tja, ich würde mal sagen, da musst du durch, mein Lieber, durch beides. Du kannst natürlich auch einfach liegen bleiben und hoffen, dass es vorbeigeht. Glaub ich aber nicht. Also, raus aus den Federn."

„Kannst du denn vielleicht für mich bei Paul anrufen und Bescheid sagen, dass ich nicht kommen kann?"

„Na klar."

„Danke." Er küsste sie. „Du bist ein Schatz."

***

Bei der Frühbesprechung wunderte sich Toni, wo Dember wieder mal blieb. Westhoven berichtete: „Unser lieber Heinz hat einen dicken Fuß und passt in keinen Schuh mehr. Er lässt gleich mal einen Arzt drübergucken."

Toni hob erstaunt die Augenbrauen. „Wie hat er das denn angestellt?

Von jetzt auf gleich oder ist er wieder mal in ein Fettnäpfchen getreten? Und wieso zum Arzt? Doris ist doch Medizinerin."

„Keine Ahnung. Doris hat angerufen und gesagt, dass sie zur Sicherheit einen Bluttest auf Gicht machen lassen will. Und mal ganz ehrlich", Westhoven lachte auf, „möchtest du ernsthaft von einer Obduzentin untersucht werden? Also, ich jedenfalls nicht, auch nicht von der eigenen Frau."

„Oh je! Das kenne ich von meinem Vater. Drücken wir mal die Daumen, dass der dicke Fuß eine andere Ursache hat. Ansonsten ist seine Fußballkarriere zu Ende."

Westhoven sah Toni verwirrt an. „Fußballkarriere?"

Sie winkte ab. „War nur ein Scherz. Dember hat doch eh zwei linke Füße. Und an seinen Essgewohnheiten wird sich auch nie was ändern."

„Wie auch immer, Leute, er sollte sich heute eigentlich um den möglichen Stromausfall kümmern. Wer von euch kann das übernehmen?"

„Das mache ich natürlich", meldete sich Toni. „Sozusagen ‚Bürohaftung'!"

Westhoven nickte wohlwollend. „Okay, alle anderen haben noch genug Leute auf der Liste, die zu befragen sind. Dann bis heute Nachmittag. Und meldet euch mal zwischendurch, wenn es was Neues gibt. Lasst mich hier nicht dumm sterben."

***

Übers Internet hatte Toni Krogmann sich die zentrale Rufnummer des Kundenservices des städtischen Stromversorgers besorgt. Sie hatte den Hörer am Ohr, als Westhoven ins Büro kam.

„Na, Toni? Hast du schon was herausbekommen?"

Sie seufzte genervt. „Bis jetzt nur, welche Musik in der Warteschleife läuft."

„Und welche?"

„‚The Final Countdown'! Und eins sage ich dir: Wenn das noch lange dauert, setze ich mich ins Auto und fahre dahin. Dann haben die Final

Countdown am Arsch! Echt nervig so was, und außerdem mochte ich dieses Geschrei noch nie. Nicht meine Musik."
Westhoven nickte und machte kehrt. „Alles klar! Ich geh dann mal wieder. Sag Bescheid, wenn ich mitkommen soll."
An diesem Morgen war Westhoven einfach nur froh gewesen, das Haus ohne mächtiges Theater mit Fiona und ohne Debatten mit Anne verlassen zu können. Er war einfach nicht der Typ für solche Streitgespräche. Das war auch schon in seiner ersten Ehe nicht anders gewesen und hatte schließlich zur Scheidung geführt. Oft gab es für ihn eben nur Schwarz oder Weiß, mit emotionalen Grauzonen tat er sich schwer.
Nun genoss er die Ruhe, trank seinen bitumenartigen Kaffee und biss ein Stück vom Schokoriegel ab. Seine regelrechte Schokoladensucht war zwar zurückgegangen, aber der eine oder andere Riegel würde heute noch den Weg in seinen Mund finden. Dass dadurch sein kleiner Bauchansatz größer werden könnte, interessierte ihn dabei nicht.

***

Das bewährte Ermittlertrio Stotzem-Randerath, Kuhnig und D'Angelo war erst seit ein paar Minuten in dem von der Musikhochschule zur Verfügung gestellten Raum, als eine junge Frau zaghaft an die Tür klopfte.
„Guten Morgen, mein Name ist Rosalie Limbowska. Sie sind doch die Polizisten, die wegen Lene Lemmerling hier sind, oder? Ich würde gern mit einem von Ihnen sprechen."
Das brachte ihr stante pede ungeteilte Aufmerksamkeit: Sechs Ohren waren „gespitzt". Sigrid Stotzem-Randerath übernahm die Gesprächsführung. „Bitte kommen Sie doch herein! Nehmen Sie Platz. Wir sind ganz Ohr." Die Ermittlerin legte ihren Notizblock vor sich auf den Tisch, während sie den Kugelschreiber schreibbereit in der Hand hielt und das Diktiergerät einschaltete. Sie würde die gesamte Vernehmung auf Band sprechen und später von einer Schreibkraft abtippen lassen. Als Erstes ließ sie sich den Personalausweis zeigen und fragte nach der telefonischen Erreichbarkeit. „Bitte erzählen Sie uns doch, in welchem Verhältnis Sie zu Lene Lemmerling standen."

Rosalie Limbowska zögerte. Dann fragte sie auf einmal: „Ist Lene eigentlich obduziert worden?“ Mit dieser sehr speziellen Frage erntete sie verdutzte Gesichter bei den Ermittlern.
„Wieso fragen Sie?“
Die junge Frau rutschte auf ihrem Stuhl hin- und her. „Ich meine, bei so einer Obduktion müsste man doch eigentlich alles feststellen können, oder?“
„Ich muss mich wiederholen: Wieso fragen Sie und was genau meinen Sie mit ‚alles feststellen können‘?“ Sigrid hatte gewiss nicht vor, ihr die gesamte Palette der gerichtsmedizinischen Möglichkeiten aufzuzählen. Sie wollte, wenn überhaupt, auf eine konkrete Frage eine konkrete Antwort geben. Rosalie Limbowska sah sie unsicher an. „Sie wissen nicht, dass Lene schwanger war?“
Den Ermittlern fiel fast die sprichwörtliche Kinnlade herunter.
„Lene war schwanger? Von wem?“, fragte Sigrid. Die Zeugin zuckte unbehaglich mit den Schultern. „Das weiß ich leider nicht. Deswegen frage ich ja, ob Sie alles feststellen können. Also, die Schwangerschaft und vielleicht auch … von wem.“
Augenblicklich hatte Sigrid wieder die Fotos des Leichnams vor Augen. Sie war sich ziemlich sicher, dass die Rechtsmediziner es hätten feststellen können, falls Lene schwanger gewesen sein sollte. Aber davon hatte Dr. Elmer respektive niemand anderes etwas gesagt. Die Ermittlerin hakte nach: „Woher wissen Sie davon?“
„Nun ja, wir haben zusammen studiert. Und als sie eines Tages neben mir im Hörsaal saß und ihr plötzlich schlecht wurde und sie würgte, habe ich gescherzt: ‚Na, da ist wohl jemand schwanger.‘ Daraufhin fing sie an zu weinen. Mit tat meine flapsige Äußerung natürlich sofort leid und ich versuchte sie aufzumuntern. Dass sie sich doch freuen solle und so. Stattdessen weinte sie noch mehr. Später hat sie mir dann anvertraut, dass sie nicht genau wisse, wer der Vater sei. Ihr Leben sei kaputt und sie wisse nicht mehr weiter. Da ich nicht indiskret sein wollte und mich das eigentlich auch nichts anging, habe ich nicht weiter gefragt. Ich meine, mit so einer Situation muss man erstmal klarkommen. Ungewollt schwanger ist ja schon schlimm genug, aber nicht zu wissen

von wem, stelle ich mir grauenhaft vor. Unvorstellbar für mich, sowas."
„Und das war alles? Kein Wort mehr darüber?"
Rosalie Limbowska schüttelte den Kopf und sah zu Boden. „Tut mir leid, leider nein. Wie gesagt, so gut kannte ich sie ja auch nicht und die ganze Sache ging mich nichts an. Wäre ich mal hartnäckig geblieben. Mit dem Wissen von heute würde ich selbstverständlich alles anders machen."
„Gab es denn vielleicht Gerüchte oder den berühmten Flurfunk? Haben Sie von anderen Kommilitonen gehört, ob das vielleicht die Runde gemacht hat? So was verbreitet sich doch schon mal wie ein Lauffeuer."
Sie druckste nun ein wenig herum. „An so einer großen Schule wird doch immer getratscht", wich sie aus. „Ist doch normal. Aber das ist nicht meine Art, wissen Sie! Da halte ich mich weitestgehend raus."
„Das ehrt Sie sehr, Frau Limbowska, aber so richtig beantwortet haben Sie meine Frage noch nicht. Also, auch wenn Sie nicht selbst getratscht haben: Was haben Sie zu dieser Sache gehört?"
Sie hob den Kopf und blickte der Ermittlerin in die Augen. „Also, nichts Genaues. Nur, dass der Vater des Kindes einer der Professoren sein könnte. Aber fragen Sie mich nicht, welcher. Mehr weiß ich darüber nicht und wie gesagt, ich hab's auch nur von irgendwoher gehört."
„Wer hat das denn rumerzählt? Sie müssten uns ja zumindest sagen können, wer darüber gesprochen hat! Also, von wem haben Sie es gehört?"
Verlegen wich die junge Studentin Sigrids bohrendem Blick aus. Schließlich antwortete sie leise: „Ich weiß nur, dass die angeblich Emma heißt."
Der Name ließ zwar unmittelbar ein Gesicht vor ihrem geistigen Auge erscheinen, aber Sigrid Stotzem-Randerath wollte erst noch mehr erfahren. „Emma, aha! Und weiter? Hat diese Emma auch einen Nachnamen?"
Kopfschütteln. „Den weiß ich nicht. Und selbst beim Vornamen bin ich mir nicht sicher. Sie hat sich mir ja nicht vorgestellt. Aber das lässt sich bestimmt schnell klären. Im Sekretariat müssten eigentlich Bilder von uns Studierenden sein. Jedenfalls erkenne ich sie sofort wieder, wenn

ich sie sehe. Diese rotblonden, gelockten, langen Haare sind schon ziemlich auffällig."
„Ich denke, das ist nicht nötig. Ich bin mir sicher, dass ich weiß, wen Sie meinen."
„Ach! Dann kennen Sie sie? Hat Sie Ihnen auch von der Schwangerschaft erzählt?"
„Ich denke, wir haben schon mit ihr gesprochen. Ich kann mich aber auch irren." Sigrid wollte zum Inhalt des Gesprächs mit Emma Bornhold keine Auskunft geben und damit unberechtigten Dritten Einblick in die Ermittlungen verschaffen. Innerlich konnte sie es jedoch kaum erwarten, Lenes gute Freundin zur Vernehmung zu holen. Diesmal würde es freilich eine eindringliche zeugenschaftliche Belehrung geben. Und wenn sie dann immer noch die Hälfte wegließe und damit die Ermittlungen behinderte, so würde das gewiss strafrechtliche Konsequenzen mit sich bringen.
„Brauchen Sie mich denn jetzt noch?" Es war nicht zu übersehen, wie unbehaglich sich Rosalie Limbowska fühlte und wohl nur noch den Wunsch hatte, endlich gehen zu können. Insgeheim fühlte sie sich wie eine Denunziantin.
Sigrid schüttelte den Kopf. „Im Moment nicht. Und falls doch, haben wir ja Ihre Erreichbarkeit. Es wäre schön, wenn Sie sich zu unserer Verfügung halten würden."
„Ähm, so wie im Film oder wie muss ich das verstehen? Ich darf die Stadt nicht verlassen und so?"
Sigrid Stotzem-Randerath winkte lächelnd ab. „Nein, ich meinte einfach nur Ihre telefonische Erreichbarkeit." Sie diktierte das Ende der Vernehmung ins Gerät und schaltete es dann aus. Danach geleitete sie die Zeugin vor die Tür und verabschiedete sich freundlich. Kaum hatte sich die Tür hinter der Studentin geschlossen, platzte es aus D'Angelo heraus: „Wir müssen sofort Paul darüber informieren! Wenn das Opfer wirklich schwanger war, ergeben sich ganz neue Ermittlungsansätze."
„Das würde ich aber auch mal sagen", pflichtete Sylke Kuhnig ihm bei. „Ich werde mich gleich mal dransetzen, die ‚gynäkologisch ausgebildete medizinische Fachkraft' von Lene Lemmerling ausfindig zu machen."

„Bitte wen?“, fragte D‘Angelo stirnrunzelnd.
„Guido, Guido … Du weißt nicht, wen ich meine?“ Sie zog die Augenbrauen übertrieben nach oben. „Ich habe mich seit der Einführung des ‚Dritten Geschlechts‘ mal schlau gemacht, um künftig einen möglichst einheitlichen, geschlechtsneutralen Sprachgebrauch zu nutzen. Zugegeben, mir fällt das auch nicht immer leicht, geschlechtsumfassende Formulierungen zu finden, aber wenn man ein bisschen im Internet recherchiert, werden einem viele Beispiele gezeigt. Um es für dich zu übersetzen: Ich meine einen Frauenarzt oder eine Frauenärztin. Vielleicht war Lene Lemmerling ja regelmäßig in Behandlung.“
D‘Angelo zog eine Schnute, wie man es sonst nur bei kleinen Kindern sieht. „Meinetwegen! Aber tu mir einen Gefallen und lass mich mit irgendwelchen ominösen dritten Geschlechtern zufrieden. Mit sowas kann ich nichts anfangen und ich weigere mich auch, so einen Stuss mitzumachen! Aber mal rein interessehalber, wie ist denn diese Geschlechtskiste für Kriminalisten? Gibt es da auch schon so eine Dingenskirchenbezeichnung?“
„Aber ja! Sachverständige mitarbeitende Person bei der Kriminalpolizei.“
„Oh Mann!“, schnaubte D‘Angelo. „Dann wird dir jetzt eine sachverständige mitarbeitende Person bei der Kriminalpolizei mal was sagen.“ Er holte tief Luft. Dann winkte er ab. „Ach, vergiss es.“
Sylke Kuhnig verließ kopfschüttelnd den Raum.
Sigrid warf ihm einen fragenden Blick zu. „Hör mal, Guido, was war das denn?“
„Komm, Sigrid! Das ist doch kompletter Blödsinn, oder?“
„Ganz ehrlich, mir als Frau ist das auch total egal mit diesem Gendern, aber es gibt nun mal in unserer Gesellschaft auch Leute mit Geschlechtsidentitätsstörungen. Ist so, da können wir zwei Hübschen nichts dran ändern.“
D‘Angelo seufzte genervt. „Macht, wie ihr meint, aber haltet mich da raus. Solange ich keine offizielle Anordnung von ganz oben bekomme, befasse ich mich nicht damit. Bis dahin gibt es für mich weder dieses lästige ‚innen‘, noch ein diverses Geschlecht. Ende der Durchsage.“

„Guido, du kennst mich: Ich bin sicher die letzte Person auf diesem Planeten, die dich bekehren will. Wie gesagt, mir ist das schnuppe."

„Du bist echt in Ordnung, Kollegin, das meine ich ernst. Mit dir kann man wenigstens reden, ohne gleich in eine bestimmte Ecke gestellt zu werden oder einen Termin bei der Gleichstellungsbeauftragten zu bekommen. Sollen wir denn jetzt mal Paul anrufen und ihm die Sache mit der mutmaßlichen Schwangerschaft erzählen? Diese Erkenntnis, so sie denn überhaupt wahr ist und nicht der üblen Gerüchteküche entstammt, sehe ich als bahnbrechend an. Das Stochern im Nebel macht echt keinen Spaß und wir sind auch nicht sonderlich viel weitergekommen."

„Da muss ich dir aber widersprechen! Gerade durchs Stochern, wie du so schön sagst, sind wir doch erst an diese Information gekommen."

D'Angelo lächelte. „Stimmt auch wieder! Wie gesagt, du bist echt in Ordnung!" Er wählte Westhovens Rufnummer und schilderte ihm die neue Information. Die erwartete Reaktion blieb nicht lange aus: „Das ist jetzt nicht wahr! Super, super, super! Das könnte uns noch richtig helfen. Hoffentlich stimmt das auch."

„Haben wir auch schon überlegt. Deswegen werden wir uns gleich mal diese Emma Bornhold holen. Tut so unschuldig und traurig, erzählt uns ein bisschen was und streut dann Gerüchte. Da ist doch was faul."

„Okay. Während ihr das macht, telefoniere ich mit Dr. Elmer. Ich bin schon sehr gespannt, was er dazu sagen wird."

„Alles klar!"

„Und noch was, Guido!" Westhoven hielt kurz inne. „Gut gemacht!"

D'Angelo grinste. „Wir geben alles! Aber danke!"

***

Toni Krogmanns Blick fiel voller Missfallen auf das Telefon, aus dessen billigem Lautsprecher schon zum x-ten Mal der Song „The Final Countdown" schepperte, als sich endlich jemand meldete: „Willkommen bei den Stromwerken Köln. Wie kann ich Ihnen helfen?"

„Guten Morgen, mein Name ist Krogmann von der Kripo Köln. Ich ermittele in einem Mordfall und müsste in diesem Zusammenhang etwas über einen möglichen Stromausfall an einer bestimmten Adresse in Erfahrung bringen."
„Gab es denn einen Stromausfall?", fragte die Frau am anderen Ende der Leitung.
Toni schloss genervt die Augen. „Das möchte ich ja in Erfahrung bringen. Deswegen rufe ich doch an."
„Wie lautet denn die Anschrift?"
Nachdem Toni Krogmann die Daten durchgegeben hatte, kam als Antwort, dass sie nun mit einem Störungstechniker verbunden würde. Wieder ertönte die nervige Wartemusik. Dann meldete sich wieder die Frau von eben. „Da hebt im Moment niemand ab. Möchten Sie warten und in der Leitung bleiben?"
„Ja, und könnten Sie mir bitte die Durchwahl geben?"
„Das tut mir leid, wir haben strikte Anweisung, keine Nummern herauszugeben. Soll ich Sie denn jetzt verbinden?"
Nachdem Krogmann ein deutlich grantiges „Ja" über die Lippen gebracht hatte, ertönte sogleich wieder „The Final Countdown". Die Ermittlerin versuchte ihren Groll herunterzuschlucken und überprüfte derweil ihr E-Mail-Postfach. Die für sie unwichtig erscheinenden Informationsmails über Updates, die in astreinem Fachchinesisch geschrieben waren, wanderten direkt in den Papierkorb. Ebenso erging es den Mails, die freie Plätze in Fortbildungen anpriesen, da sie für so was im Moment sowieso keine Zeit hatte. Einzig die E-Mail über die Warnung vor einem so genannten „suicide by cop" hatte ihre volle Aufmerksamkeit. Sie kam jedoch nicht bis zum Ende der E-Mail.
„Guten Morgen, Entstörungsdienst der Stromwerke Köln! Mein Name ist Martin Stromé, wie kann ich Ihnen helfen?"
„Guten Morgen, mein Name ist Krogmann von der Kölner Polizei. Hat Ihnen die Dame schon gesagt, weshalb ich anrufe?"
„Nur, dass es um einen Stromausfall geht."
Das „Na toll" behielt sie höflicherweise für sich, denn Herr Stromé

konnte ja nichts dafür, dass sie nun noch mal alles erzählen musste.
„Also, grundsätzlich ist es natürlich möglich, das festzustellen", meinte er schließlich. „Aber dafür muss ich mir die alten Protokolle besorgen und diese durchschauen. Ich werde mir auch den genauen Stromabnehmer heraussuchen, damit wir die richtige Wohnung überprüfen. Aber Sie müssen wissen, dass, wenn jemand selbst den Stecker an einem Gerät gezogen haben sollte, wir natürlich mit unserem Latein am Ende sind."
„Das klingt doch erstmal prima. Wie lange dauert es, bis Sie das geprüft haben?"
„Ich versuche es so schnell wie möglich, aber sollte eine akute Störung auftreten, muss ich mich natürlich erstmal darum kümmern. Am besten geben Sie mir Ihre E-Mail-Erreichbarkeit. Dann schicke ich Ihnen gern das Ergebnis und Sie müssen nicht am Telefon warten."
„Das ist aber sehr nett, Herr Stromé. toni.krogmann@polizeikoeln.de, Krogmann mit zwei ‚n'. Vielen Dank!"
Nach diesem angenehmen Telefonat war Toni Krogmann schon wieder viel besser auf die Stromgesellschaft zu sprechen.

***

Westhoven hingegen war nicht ganz so erbaut über sein Gespräch mit Dr. Elmer. Der Rechtsmediziner wollte sich mal wieder partout nicht festlegen, als Westhoven ihn zu einer möglichen Schwangerschaft befragte.
„Ja, wissen Sie, Herr Westhoven, so einfach ist Ihre Frage nicht zu beantworten, das kann ich nur etwas differenzierter. Was ich Ihnen mit Sicherheit sagen kann – und das wird auch im Gutachten nachzulesen sein – , ist, dass ich bei der Sektion augenscheinlich keine sichtbare Schwangerschaft feststellen konnte. Aber um die Frage gerichtsfest zu beantworten, ob wir das jetzt noch im Nachhinein untersuchen können: Ein klares Ja! Bei jeder Sektion werden doch auch immer einige Milliliter Blut asserviert. Und genau dieses Blut können wir jetzt gezielt auf das schwangerschaftserhaltende

Hormon hCG[9] untersuchen. Das ist ein Hormon, das der weibliche Körper produziert, sobald sich eine befruchtete Eizelle in der Gebärmutterschleimhaut einnistet. Also recht früh! Und da Sie ja sagen, das Opfer sei ungefähr in der dritten Woche gewesen, müsste das möglich sein."

„Müsste oder geht?"

„Ich will mich da nicht festnageln lassen. Sie wissen doch selbst am besten, dass der Leichnam in einem katastrophal verwesten Zustand war, aber wenn, wie jüngst geschehen, russische Mediziner sogar aus Leichenblut Blutkonserven herstellen können, werde ich ja wohl noch diese Untersuchung schaffen. Das klappt schon, ich bin mir zu 99 % sicher."

„Ich verlass mich auf Sie, Doktor. Übrigens, eine Frage noch: Kann Lene Lemmerling denn selbst schon von ihrer Schwangerschaft gewusst haben?"

„Ach, Herr Westhoven, wissen Sie, wie viele Frauen es gibt, die nach eigenen Angaben schon nach dem Akt spüren, dass sie nun schwanger geworden sind? Medizinisch ist das zwar nicht möglich oder erklärbar, aber schaden tut es ja auch nicht. Fakt ist aber, dass rund zwei Wochen nach der Befruchtung hCG auch im Urin nachweisbar ist, und da schafft ein handelsüblicher Schwangerschaftstest aus der Apotheke Gewissheit. Damit ist Ihre Frage auch beantwortet. Theoretisch und auch praktisch kann sie das gewusst haben. Wurde denn in ihrem WG-Zimmer ein Schwangerschaftstest gefunden?"

„Leider nein."

„Na ja, was frage ich auch. Dann hätten Sie sicher schon viel früher angerufen."

„Sie sagen es! Wie lange brauchen Sie für die Untersuchung?"

„Reicht heute Nachmittag? Ich habe gleich noch eine Gruppe Medizinstudenten hier im Haus, die ich betreuen muss."

„Heute Nachmittag klingt doch prima. Falls ich telefonisch nicht erreichbar sein sollte, rufe ich entweder zurück oder Sie können mir auch

---

[9] *humanes Choriongonadotropin*

gern eine E-Mail schicken. Auf jeden Fall schon mal vielen Dank und bis später. Viel Spaß mit den Studierenden. Und passen Sie auf, dass beim Aufschneiden keiner umfällt."

***

Westhoven hatte gerade aufgelegt, als Toni Krogmann in sein Büro kam.

„Ich habe endlich einen von diesen Stromfuzzis an die Strippe bekommen", verkündete sie. „Ich glaube, noch einmal Warteschleife und ich hätte persönlich den Final Countdown eingeleitet. Ich hasse diesen gegrölten Song!"

„Ja, und was hast du in Erfahrung bringen können?"

„Herr Stromé muss erst noch die Protokolle etc. prüfen und meldet sich dann bei mir."

„Konnte er denn vorab schon was sagen? Gab es einen Stromausfall?"

Toni zuckte die Achseln. „Sorry, aber wir müssen abwarten. Der Strommann hat gesagt, dass grundsätzlich alles möglich sei."

„Na gut! Ich muss leider auch abwarten. Der Aufschneider", Westhoven nannte Dr. Elmer gerne so, „hat noch eine Gruppe Medizinstudenten. Vor heute Nachmittag bekommen wir keine Rückmeldung, ob unser Opfer tatsächlich schwanger war."

„Bis dahin habe ich aber auch so keine Langeweile. Ich habe noch genug Hinweise, denen ich nachgehen muss. Das kann ich erstmal vom Büro aus."

„Hat sich Dember bei dir gemeldet, Toni?", wollte Westhoven wissen.

„Bis jetzt noch nicht. Wahrscheinlich sitzt der noch im Wartezimmer. Ich schreibe ihm gleich mal eine WhatsApp-Nachricht. Vielleicht meldet er sich ja. Ansonsten wird er wohl anrufen, wenn er längerfristig ausfällt."

„Da hast du Recht. Er wird sich schon melden."

Toni wirkte nachdenklich. „Hör mal, Paul, wenn sich herausstellen sollte, dass Lene Lemmerling tatsächlich schwanger gewesen ist, lässt sich der Kreis der Tatverdächtigen doch ziemlich eingrenzen oder was meinst du?"

„Das sehe ich genauso. Zumindest können wir dann erstmal gezielter ermitteln, ohne hunderte Studierende zu befragen. Mal angenommen, das Ergebnis ist eindeutig. Dann wird es doch erst recht interessant. Die Cantus-Brüder und der Professor wären potenzielle Kandidaten für eine Vaterschaft. Und ich kann mir nicht vorstellen, dass dieser Müller davon begeistert gewesen wäre, geschweige denn seine Frau."

***

Bei den Müllers herrschte Eiszeit. Während Heike Müller die Tageszeitung am Frühstückstisch las, tippte er auf seinem Smartphone herum. Keiner von beiden sprach ein Wort, keiner würdigte den anderen eines Blickes.

Das änderte sich, als sie das Grinsen auf dem Gesicht ihres Mannes bemerkte. Sofort fühlte sie sich provoziert. „Kannst du deine beschissenen Nachrichten nicht woanders tippen? Du und deine blöden Nutten!"

Erschrocken sah er auf und konterte: „Jetzt reg dich mal ab. Erstens treibe ich es nicht mit Nutten und zweitens, wer im Glashaus sitzt..."

Sie fiel ihm ins Wort: „Was, was, was? Wie, Glashaus?" Die Zornesfalte auf ihrer Stirn war nicht zu übersehen.

„Ach komm!", schnaubte er. „Hör schon auf! Meinst du, ich bin doof? Du solltest mal dein Grinsen sehen, wenn die Yoga-Stunde vorbei ist. Dieses spezielle Grinsen kenne ich. Also lass mich bloß in Ruhe mit stupiden Vorwürfen."

„Du bist ein verdammtes Arschloch", fauchte sie, du …"

Diesmal unterbrach er sie: „Ich würde mich ja gern verbal mit dir duellieren, aber dazu fehlt dir die Raffinesse, mein Schatz."

Wutentbrannt sprang sie auf, schmiss ihm ihre Kaffeetasse entgegen und verließ die Küche. „Du bist so ein Stück Scheiße!", rief sie. „Du wirst schon noch sehen, was du davon hast. Wer Unheil sät, wird Unheil ernten."

Er verdrehte genervt die Augen. „Blablabla … Mit dir zu reden ist wie mit einem Brunnenfrosch über den Atlantik zu diskutieren. Behalte

deine dämlichen Yoga-Sprüche für dich und deinen Olaf oder wie der heißt."
Irgendwo im Haus knallte sie lautstark eine Tür hinter sich zu.
„Dämliche Kuh!", murmelte er. Sofort tippte er die nächste Nachricht.
*„Hier ist voll die Hölle mit der Alten. Ich muss hier weg. Am liebsten würde ich noch vor der Vorlesung bei dir vorbeikommen und dir ordentlich den Hintern versohlen. *grins*"*
Die Antwort kam prompt. Neben einem eindeutigen Foto einer hübschen jungen Frau in Reizwäsche stand da nur: *„Ich kann es kaum erwarten – komm sofort*Herz-Emoji*"*
Er kippte den Rest Kaffee herunter, riss sich eine Banane von dem Bündel im Obstkorb ab und ging zur Tür. Während er die Tür hinter sich zuzog, rief er: „Ich muss jetzt los, werde wegen einer dringenden Angelegenheit gebraucht!"
Heike Müller stand hinter der Gardine am Fenster und spürte gar nicht, wie ihr heiße Tränen übers Gesicht kullerten. So hatte sie es sich nicht vorgestellt. Nach dem plötzlichen Verschwinden ihrer Konkurrentin Lene Lemmerling hatte sie sich eigentlich erhofft, dass alles wieder gut werden würde. Im Grunde ihres Herzens liebte sie ihren Mann trotz seiner Eskapaden nämlich immer noch, während der Yoga-Lehrer ihr nichts bedeutete. Mit ihm genoss sie nur einen Moment, in dem sie ihre Probleme verdrängen und ein bisschen Lust erleben konnte. Sie ließ sich aufs Bett sinken. Geknickter konnte ihr Ego nicht werden. Als sie ihr verheultes Spiegelbild sah, spürte sie jedoch eine unbändige Wut in sich aufsteigen. Ihr war vollkommen bewusst, dass die angeblich dringende Angelegenheit nur eine weitere seiner Affären sein würde. Eine blutjunge Studentin, die wahrscheinlich zwei Fliegen mit einer Klappe schlagen wollte: Gute Noten bekommen und den einen oder anderen Tipp für die nächste Prüfung. Ohne zu wissen, wie die Auserwählte des Tages heißen könnte, sah sie vor ihrem geistigen Auge eine eindeutige Schlagzeile in der Zeitung über deren Verschwinden.

***

Während Toni Krogmann auf die Antwort des Stromversorgers wartete, wollte sie sich auch um die Überraschung für ihre Frau Laura kümmern. Ihre große Liebe schwärmte nämlich schon seit knapp drei Jahren von einem kleinen Garten Eden für sie beide und meinte damit einen Schrebergarten. Ein Rückzugsort, an dem sie dem alltäglichen Wahnsinn entfliehen könnten, ohne W-LAN und ohne Smartphone. Toni hatte diesen Wunsch immer gern überhört und teils sogar ins Lächerliche gezogen, denn für sie war ein Schrebergarten der Inbegriff des Spießertums gewesen. Mit allem, was dazugehörte: hässliche Gartenzwerge, mit einer Nagelschere geschnittener Rasen, nervige, mitunter besserwisserische Nachbarn, die immer im Wettstreit darüber standen, wer den schönsten Garten hatte.
Diese Einstellung hatte sich aber grundlegend geändert, als sie vor ein paar Monaten auf einer Geburtstagsfeier gewesen war, die ihre Bekannte Linda in ihrem Schrebergarten ausgerichtet hatte. Erst da war Toni bewusst geworden, wie großartig man in so einer grünen Oase entspannen und den Alltag hinter sich lassen konnte. Und die wenige körperliche Gartenarbeit würde sicher überdies dem Stressabbau dienen – ein schöner Ausgleich zur tristen Büroarbeit.
Daher war sie wenige Tage später zum Kleingartenverein gefahren, um sich um einen Garten zu bewerben. Zunächst hatte sie es per E-Mail-Antrag versucht, aber die Vereinsvorsitzenden hatten auf einer persönlichen Vorstellung in einem von ihnen vorgeschriebenen Zeitfenster am Wochenende bestanden. Für Toni war das eigentlich etwas abschreckend gewesen, entsprach es doch ihrer Befürchtung von typisch spießermäßiger Kleinkariertheit, aber sie wollte ihre Idee Wirklichkeit werden lassen – für ihre Laura.
Die Vorstellung an diesem Sonntagmorgen würde sie auch so schnell nicht vergessen. Neben ihr waren da noch drei andere Parteien mit den gleichen Bestrebungen gewesen: so eine Hippie-Tante, eine Polin und eine schweigsame Frau mittleren Alters, die kein Wort über die Lippen brachte. Nach dem Gespräch hatte sie sich richtig gute Chancen ausgemalt, bis ihr urplötzlich die Euphorie genommen worden war: Sie musste erfahren, dass noch weitere 200 Leute auf der Warteliste stan-

den. Toni hatte sich ein wenig verschaukelt gefühlt ob dieser schlechten Aussichten. Ungeachtet dessen hatte sie dennoch ihre schriftliche Bewerbung abgegeben und nicht unerwähnt gelassen, dass ihre Bekannte Linda ja auch schon einen Garten hier hatte. Dieser Hinweis wurde am Rand des Formulars notiert.

Danach hatte sie wochenlang gar nichts mehr vom Verein gehört und war daher an einem Sonntagmorgen nochmal mit dem Fahrrad dorthin gefahren, um sich beim Vorstand mit einem freundlichen Augenaufschlag in Erinnerung zu rufen. Diese Fahrt sollte sich für sie gelohnt haben: In der vergangenen Woche war der Ehemann einer Pächterin verstorben und diese wollte nun den Garten verkaufen, da sie selbst aufgrund eines Bandscheibenvorfalls nicht in der Lage war, die Auflagen des Pachtvereins zu erfüllen.

Der Vorstand hatte Toni zu einer der schönsten Parzellen des Vereins geführt und sie hatte ihr Glück kaum fassen können. Mit feuchten Augen hatte sie sich überschwänglich bedankt, spontan die verdutzten, betagten Vorstandsmitglieder umarmt und ihren festen Willen erklärt, den Garten ohne Wenn und Aber zu übernehmen.

Doch sofort war wieder dieses Spießige zum Vorschein gekommen: Man informierte sie, dass die gesamte Abwicklung nur nach vorheriger Werteermittlung des Gartens stattfinden dürfe. Toni wusste von Linda, dass diese seinerzeit 4.000 € für die Parzelle hatte berappen müssen, und vom Bruder eines Bekannten hatte sie erfahren, dass dieser 2.500 € gezahlt hatte. Also hatte sie sich darauf eingestellt, dass der Preis auch bei ihr in diesem Bereich landen würde.

Es vergingen zwei weitere Monate ohne irgendeine Nachricht. Toni war es zunehmend schwergefallen, Laura nichts zu erzählen.

Doch jetzt war endlich die heiß ersehnte Post gekommen. Der Vorstand bat sie darin, sich innerhalb der nächsten drei Tage persönlich zu melden, weil die Werteermittlung nun abgeschlossen sei. So wählte Toni nun aufgeregt die Nummer des Vorstands und konnte im nächsten Moment ihr Glück nicht fassen: Lediglich 1.500 € sollte sie für dieses wunderschöne Stück Land von über 310 Quadratmetern bezahlen! Einzige Bedingung war die Erfüllung der Auflagen, die die Vorpächterin ja nicht mehr erfüllen konnte. Dadurch würde sich aber der Preis sogar um 800 € reduzieren und letztlich wäre der Garten für gerade mal 700 € der ihrige. Toni grinste wie ein Honigkuchenpferd. Nach dem Telefonat wählte sie aufgeregt Lauras Nummer.

„Hallo, Laura, Schatz! Ich bin es!"

„Toni, Süße! Ist was passiert?"

Toni grinste. „Ja und nein. Sitzt du gerade?"

„Du machst es aber spannend!"

„Halt dich fest, mein Schatz: Ab sofort sind wir stolze Besitzerinnen eines Schrebergartens."

„Hör auf!", lachte Laura, „du verschaukelst mich, oder?"

„Nein, Schatz! Ich weiß, wie viel dir das bedeutet und deswegen habe ich alle Hebel in Bewegung gesetzt, damit ich dir – uns – diesen Wunsch erfüllen kann."

Tonis Frau schnappte nach Luft. „Du erlebst mich grad sprachlos!"

„Pass auf, wir müssen nur noch ein paar Auflagen erfüllen, aber dafür haben wir sechs Monate Zeit und das schaffen wir locker. Heute oder morgen müssen wir zur Vertragsunterzeichnung. Na, was sagst du?"

„Du bist meine Traumfrau, Toni! Wären wir nicht schon verheiratet, dann würde ich dich jetzt fragen, ob du mich heiraten willst. Normalerweise steht man doch jahrelang auf einer ellenlangen Warteliste. Ich bin schon sehr neugierig, wie du das geschafft hast. Wahnsinn!", freute sich Laura.

„Ganz einfach: Ich liebe dich so sehr und ich war zur richtigen Zeit am richtigen Ort. Ich hatte Glück für uns beide!"

***

Das Ermittlerteam parkte vor Emma Bornholds Haus. Darin waren viele kleine Wohnungen, in denen hauptsächlich Studenten wohnten. Sie waren gerade im Begriff auszusteigen, als Sigrid Stotzem-Randerath im Außenspiegel einen weißen Sportwagen sah, der sich ziemlich schnell näherte. Instinktiv zog sie die Tür wieder zu.

„Stopp! Bleib sitzen!", rief sie. Der erfahrenen Beamtin entging nicht,

dass Guido D'Angelo ein wenig perplex war und deutete aus dem Fenster. „Der weiße Porsche da. Wenn mich nicht alles täuscht, dann ist das dieser Unsympath von Professor."
„Du meinst diesen Müller?"
„Genau den. Dieser Klugscheißer! Ich bin sehr gespannt, wohin er will."
Zwei Augenpaare folgten jedem seiner Schritte, und einen Wimpernschlag später war auch klar, wohin er wollte: Er stand am Hauseingang von Emma Bornhold und klingelte. Kurz darauf schloss sich hinter ihm die Haustür.
Sigrid wandte sich an ihren Kollegen: „Hast du gesehen, wo er geklingelt hat?"
„Nee, Sigrid. Das ist selbst für meine Argusaugen zu weit weg. Da sind einfach zu viele Klingelschilder."
„Sei es, wie es sei. Komm, wir holen uns die Bornhold."
Auf dem Weg zum Haus kam ihnen schlurfend ein Bettler entgegen, der seine Hand aufhielt und um einen Euro bat. Sigrid ignorierte ihn zwar nicht, wimmelte ihn aber im Vorbeigehen mit einem „Sorry, aber ich gebe nur jedem Zehnten was. Und Sie sind heute erst der Neunte" ab.
Der ungepflegte Mann war zunächst völlig verblüfft, brach dann aber in schallendes Gelächter aus. „Klasse! Das merke ich mir. So was hat noch niemand zu mir gesagt."
Guido D'Angelo sah Sigrid beeindruckt an. „Wow! Sehr schlagfertig. Den Spruch muss ich mir unbedingt merken. Nur jeder Zehnte und du bist erst der Neunte! Cool."
„Den habe ich von unserer Geschäftszimmerdame. Sie muss nämlich täglich die Bettler vom Bahnhof auf ihrem Weg abwehren. Und wie du siehst, klappt es!"

***

Schon auf dem Weg zum Polizeipräsidium kamen die beiden Ermittler mit Emma Bornhold ins Gespräch. Die sah unruhig auf ihre Uhr und fragte dann: „Entschuldigung, können Sie mir sagen, wie lange das hier

dauern wird? Ich habe in zwei Stunden eine wichtige Vorlesung, eine Pflichtveranstaltung. Meinen Sie, dass wir das bis dahin schaffen?"
Während Guido D'Angelo sie durch den Rückspiegel ansah, drehte Sigrid Stotzem-Randerath sich zu ihr um. „Was denn für eine Vorlesung?"
„Musikalische Organisationslehre. Das Problem ist halt, dass ich schon in der letzten Stunde gefehlt habe, weil ich erkrankt war. Und wenn ich dieses Mal wieder fehle, wird das dem Professor überhaupt nicht gefallen. Ganz abgesehen davon, dass ich wohl dann nicht in der Lage sein werde, die Klausuraufgaben zu lösen. "
„Wir tun, was wir können, aber es kommt ja auch ein bisschen auf Sie selbst an, also darauf, was Sie uns erzählen. Und das mit den Fehlzeiten regeln wir schon. Ihre Kanzlerin, Frau Hammerschmidt, hat uns völlig freie Hand gegeben. Welchem Professor müssten wir denn Bescheid geben?"
„Professor Müller."
Emma Bornhold bemerkte, dass die beiden Ermittler bei der Erwähnung dieses Namens grinsen mussten. „Was ist denn daran so amüsant, wenn ich fragen darf?"
„Nichts. Alles gut. Hätten wir das gewusst, hätten wir ihm ja direkt Bescheid sagen können."
Emma Bornhold runzelte die Stirn. „Hä?"
„Er ist kurz vor uns ins Haus gegangen."
„In welches Haus?"
„Na, in das, in dem Sie auch wohnen."
Emma Bornhold verstummte abrupt. Mit einem dicken Kloß im Hals und einem unbehaglichen Gefühl in der Magengegend kreisten ihre Gedanken um den Professor. Immer wieder fragte sie sich, in welches Appartement er gegangen sein mochte. Ihr Schweigen entging Sigrid nicht. „Frau Bornhold, alles okay?"
„Ja. Frauenprobleme. Sie wissen schon." Sie lächelte dünn.
Guido D'Angelo nahm verlegen seinen Blick vom Rückspiegel und konzentrierte sich wieder auf die Straße. Davon wollte er nichts wissen. Seine Kollegin nickte nur und meinte lapidar: „Tja, ist halt so."

Im Büro der beiden Ermittler saß Emma Bornhold auf einem Besucherstuhl vor dem kleinen Trapeztisch. Vor ihr stand ein Glas Wasser, das ihr Sigrid Stotzem-Randerath eingegossen hatte. D'Angelo stellte seine erste Frage und musterte die junge Frau dabei genau, damit ihm keine Reaktion entging. „Frau Bornhold, wir möchten heute noch mal an Ihre ersten Angaben anknüpfen. Wie gut kannten Sie Lene Lemmerling?"

„Das habe ich Ihnen doch schon gesagt."

„Bitte erzählen Sie es uns nochmal."

Emma Bornhold wiederholte ihre Geschichte, so wie sie sie damals schon erzählt hatte und D'Angelo tippte alles mit.

„Okay!", meinte er dann. „Und weiter?"

Emma Bornhold wirkte ein wenig verunsichert. „Ich verstehe nicht."

„Na, dann helfe ich Ihnen mal ein wenig, aber ich stelle Ihnen keine Frage, sondern mache Ihnen einen Vorhalt."

Die Studentin schnappte nach Luft. „Bin ich jetzt irgendwie verdächtig oder was bedeutet Vorhalt?"

„Nach unseren Erkenntnissen sollen Sie in der Musikhochschule das Gerücht verbreitet haben, dass Lene Lemmerling von einem der Professoren schwanger gewesen sein soll. Was sagen Sie dazu?"

Emma Bornhold spürte, wie ihr Mund trocken wurde und trank erstmal einen Schluck Wasser.

„Was soll ich gemacht haben?", stieß sie dann hervor.

„Frau Bornhold, Sie haben den Vorhalt gehört. Soll ich den nochmal wiederholen? Jedenfalls notiere ich hier keine Gegenfragen. Also bitte, was ist dran an den Gerüchten?"

Emma Bornhold fuhr sich nervös mit der Hand durchs Haar. „So wie Sie mir das hier vorwerfen, ist es nicht gewesen. Ich habe Ihnen damals schon gesagt, dass Lene kein Kind von Traurigkeit war. Und eines Tages bekam ich mit, dass sie der Rosalie Limbowska anvertraut hat, dass sie schwanger war. Natürlich habe ich sie gefragt, wer denn der Vater sein könnte, aber sie wusste es nicht. Sie hat einfach nur geweint."

D'Angelo machte den nächsten Vorhalt: „Sie sollen das Gerücht gestreut

haben, dass ein Professor der Vater sein könnte. Was sagen Sie dazu?"
„Wie gesagt, es kamen mehrere Männer in Frage. Und ja, kann sein, dass ich gesagt habe, es könnte auch von einem der Professoren sein. Aber ich bin nicht durch die Uni gerannt und habe es herumposaunt."
„Wieso haben Sie uns das nicht erzählt?"
„Weil es für mich nicht mehr wichtig war. Lene ist schließlich tot und mit ihr die Schwangerschaft. Also spielt das doch keine Rolle mehr und ich wollte nicht, dass ihr Name weiter beschmutzt wird. Man soll ja über Tote nicht schlecht reden."
D'Angelo hielt die Zeugin für eine schlechte Lügnerin – und für eine Heuchlerin obendrein.
„Aha, interessant", sagte er. „Wir haben Sie seinerzeit eindringlich gefragt, ob es noch etwas Wichtiges gibt! Und so eine Information ist ja wohl wichtig."
Emma Bornhold presste die Lippen zusammen. „Für mich war sie das nicht mehr."
„Dass so eine ungewollte Schwangerschaft vielleicht ein Mordmotiv sein könnte, kam Ihnen nicht in den Sinn? Darauf sind Sie überhaupt nicht gekommen?"
„Warum regen Sie sich eigentlich so auf?", fragte die Studentin patzig. „Und nein, darauf bin ich nicht gekommen, ich bin Tänzerin, nicht Polizistin."
„Dann frage ich Sie jetzt noch mal in aller Deutlichkeit, ob Sie noch etwas wissen. Und ich mache Sie darauf aufmerksam, dass Sie auch nichts verschweigen dürfen. Ansonsten könnte es eine Menge Ärger für Sie bedeuten!"
„Mit fällt nichts mehr ein. Kann ich jetzt gehen? Dann schaffe ich es noch zur Pflichtstunde."

***

Am frühen Nachmittag meldete sich Dr. Elmer bei Westhoven. „Sie hatten Recht! Die Blutuntersuchung hat einen entsprechenden hCG-Wert ergeben, also war das Opfertatsächlich schwanger."

„Danke, Dr. Elmer. Können Sie mir auch sagen, in welcher Woche?"
„Tut mir leid, das lässt sich nicht mehr feststellen und auch bei der Obduktion habe ich keine Anzeichen dafür gesehen. Deshalb vermute ich nur, dass es innerhalb der ersten zwei bis drei Wochen war. Aber nageln Sie mich nicht darauf fest. Ich wollte es nur verdeutlichen."
„Ja prima! Vielen Dank."
„Kann ich sonst noch was für Sie tun, Herr Westhoven?"
„Nein. Aber das Blutergebnis brauche ich natürlich schriftlich für die Ermittlungsakte."
Westhoven beendete das Gespräch und ging zum Büro von Toni Krogmann.
„Bingo! Lene Lemmerling war tatsächlich schwanger. Dr. Elmer kann zwar nichts zur Schwangerschaftswoche sagen, aber er vermutet zweite bis dritte."
Toni nickte. „Okay. Jetzt müssen wir unsere Ermittlungen vielleicht noch mal in eine andere Richtung lenken. Die Frage ist doch: Wem hätte es geschadet, wenn das rausgekommen wäre?"
Westhoven antwortete prompt: „Dem Professor Müller auf jeden Fall! Den Cantus-Brüdern vielleicht auch?"
Toni nickte. „Ja, da stimme ich dir zu. Aber was ist mit der Ehefrau des Professors? Die wäre bestimmt auch nicht begeistert gewesen, keine Frau wäre das."
Westhoven zog die Augenbrauen hoch. „Meinst du im Ernst, die Frau des Professors hätte ihre Nebenbuhlerin auf diese Art und Weise ermordet?"
„Wieso denn nicht? Ich persönlich traue jedem Menschen einen Mord zu."
„Ach komm! Das finde ich ein wenig übertrieben. Gerade wir als Todesermittler müssen da differenzieren. Landläufig wird zwar immer sofort von Mord gesprochen, aber die Urteile lauten doch oftmals ‚nur' auf Totschlag oder so was. Nicht umsonst gibt's die Mordmerkmale und da behaupte ich, dass die eben nicht jeder erfüllen könnte. So eiskalt muss man erst mal sein."
Toni Krogmann legte den Kopf schief. „Da bin ich anderer Meinung,

Paul. Für mich ist das Böse zwar rätselhaft, aber eben nicht immer vermeidbar. Außerdem ist es unter uns allgegenwärtig: Nicht ohne Grund gibt's in Deutschland jährlich rund 1.000 Morde, plus minus. Und dabei sind die Täter nicht immer die Psychopathen, sondern häufig auch ganz normale Leute, die jemand anderen töten – oft auch situationsbedingt, das haben wir doch immer wieder erlebt."

Westhoven ließ sich auf einen Stuhl fallen. „Mensch, Toni, das klingt ja schon fast philosophisch. Du vertrittst also den Standpunkt, dass die meisten Täter die Wahl haben, eine Tat zu begehen oder nicht? Und dass oft der Zufall entscheidet, ob jemand tatsächlich tötet?"

„Ganz genau das meine ich. Und daher ist die Ehefrau des Professors für mich auch nicht von der Liste der Verdächtigen. Die Gute hatte bestimmt schon mehr als einen Killergedanken, und wer weiß? Vielleicht gab es den ‚richtigen' Moment."

Westhoven seufzte. „Im Augenblick können wir sowieso niemanden von der Liste streichen. Aber um die Diskussion abzuschließen, möchte ich noch eins sagen, und das ist einfach meine Erfahrung: Warum manche Menschen diese Grenze überschreiten und töten, vielleicht sogar zu Mördern werden, ist und bleibt trotz eines geklärten Motivs häufig rätselhaft und unheimlich."

Toni wollte noch etwas erwidern, als die Antwort von Herrn Stromé auf ihrem Bildschirm aufblinkte. Sie öffnete die Mail, überflog diese und las das Wichtigste laut vor: „… konnte ich feststellen, dass es an der überprüften Anschrift zu diesem Zeitpunkt keinen Stromausfall gegeben hat."

„Ist ja interessant", meinte Westhoven nachdenklich. „Dann hat also doch jemand das Stromkabel absichtlich gezogen, um den Speicher des Routers zu löschen."

Toni Krogmann stützte ihren Kopf auf beide Hände. „Hör mal, Paul, wenn das so war, dann kann es nur jemand gewesen sein, der technisch so versiert ist, sowas zu wissen. Also, sogar ich wüsste das nicht unbedingt."

„Mal abgesehen davon, Toni, heißt das vor allen Dingen, dass der Täter offensichtlich automatisch dort eingeloggt wird, weil er schon vorher dort war und das Passwort kannte. Will sagen, der Kreis der Tatverdächtigen könnte sich durch diese Information soeben deutlich reduziert haben."

„Ja, vielleicht. Aber wir wissen nicht, ob es wirklich so war. Trotzdem ist diese Theorie natürlich sehr reizvoll und ich schlage vor, dass wir noch mal nachfragen sollten, wer alles das Passwort kannte."

***

Westhoven war gerade dabei, die neuesten Akteninhalte zu lesen und einzusortieren, als Dember anrief. Seine Stimme klang alles andere als freudig. „Hallo, Paul. Ich bin jetzt wieder zuhause und der verfluchte Fuß tut höllisch weh. Egal was ich tue, er tut weh! Es pocht und klopft, und wenn Blut in den Fuß läuft, ist es richtig schlimm."

„Aha, tut mir leid, das zu hören. Hat der Arzt denn gesagt, ob du durchkommst oder sollst du schon mal alles regeln? Mit Patientenverfügung und so", meinte Westhoven sarkastisch.

„Ich finde das nicht so witzig", entgegnete Dember beleidigt. „Ich erzähle dir sozusagen von meiner Nahtoderfahrung und du verspottest mich."

Westhoven grinste. „Die Steilvorlage musste ich einfach nutzen. Jetzt sag schon, was hat der Arzt gesagt?"

Dember seufzte. „Ehrlich gesagt habe ich nur die Hälfte von dem verstanden, was er erzählt hat. Er hat mit Doris gefachsimpelt. Am Ende hieß es dann eine Woche arbeitsunfähig."

Westhoven wollte einfach nicht glauben, was er da zu hören bekam – und Dember hatte in den letzten Jahren schon häufiger mal dick aufgetragen. Dementsprechend verärgert fiel Westhovens Reaktion aus. „Wie jetzt? Wegen einem angeschwollenen Fuß legst du eine Pause ein und die Füße hoch? Dir ist schon klar, dass wir zurzeit versuchen, einen Fall zu lösen?"

„Was soll ich denn machen?"

Wäre es nicht Dember, sondern jemand anderes aus seiner Kommission … aber so konnte Westhoven nicht aus seiner Haut. „Nix! Schick

die Krankmeldung und gute Besserung. Oder war noch was?"
„Tut mir leid, Paul! Ich …" Doch Dember hörte nur noch das berühmte „tut tut tut", nachdem Westhoven aufgelegt hatte. *„Typisch Paul"*, dachte er sich. *„Denkt nur an den Dienst! Kein Wunder, dass seine erste Frau das Weite gesucht hat."*
Westhoven blieb sitzen, wählte die Nummer von Toni und erzählte ihr, dass Dember noch mindestens eine Woche ausfallen würde.
„Der Arme, das tut mir leid für ihn", meinte sie.
„Ja, mir auch", schnaubte Westhoven. „Die Mordkommission ist offenbar nicht das Richtige für ihn."
„Wieso das denn?"
„Da bekommt man dicke Füße."
„Das wird er sich wohl kaum ausgesucht haben. Diesmal tust du ihm Unrecht."
„Stimmt. Du hast vollkommen Recht. Wie konnte ich nur so schroff sein und seine Gefühle verletzen? Diese stechenden Kopfschmerzen im kleinen Zeh tun halt höllisch weh. War mir gänzlich entfallen. Sorry, aber irgendwas ist immer mit ihm. Langsam bin ich es echt satt."
Kaum war das Gespräch mit Toni beendet, rief Westhoven das Ermittlerteam D'Angelo und Stotzem-Randerath an und bat sie in sein Büro. Als sie schließlich vor ihm standen, berichtete er vom Ergebnis der Stromwerke und der bestätigten Schwangerschaft.
„Man sollte entweder den Professor noch mal vernehmen oder vielleicht auch zuerst seine Ehefrau, um ein bisschen Zwietracht zu säen", schlug D'Angelo daraufhin sofort vor.
„Dann lass uns zuerst die Frau aufsuchen", meinte Sigrid Stotzem-Randerath. „Ich glaube sowieso, dass die mehr weiß, als sie uns gegenüber zugibt. Außerdem hat der Professor gleich eine Vorlesung und die Studierenden können doch nichts dafür. Warum sollte deren Vorlesung ausfallen?"
Westhoven nickte. „Ja, okay."

***

Auch dieses Mal stellte das Ermittlerteam den Zivilwagen auf der Garagenzufahrt ab. Auf dem Weg zur Haustür wurden sie bereits von Heike Müller argwöhnisch durchs Küchenfenster beobachtet. In Jeans, Pantoffeln, weißer Bluse und mit offenen Haaren öffnete sie die Tür. Ohne die strenge Pferdeschwanzfrisur wirkte sie viel sympathischer auf D'Angelo. Er konnte diesen zurückgekämmten Haaren wenig abgewinnen, auf ihn wirkte der Look immer karriereorientiert, aufgeräumt und irgendwie auch streng. Mit dem ursprünglichen Schulmädchenlook hatte diese Frisur heutzutage wirklich nichts mehr zu tun. Aber schon Heike Müllers erste Worte bestätigten wieder seinen ersten Eindruck von ihr, Pferdeschwanz hin oder her – diese Frau hatte „Haare auf den Zähnen“: „Ach, schon wieder die Kripo, dein Freund und Helfer. Sie kommen vergebens, mein Mann ist nicht zuhause!“

Sigrid Stotzem-Randerath sprang auf die unterschwellige Provokation überhaupt nicht an. „Guten Tag, Frau Müller, das macht gar nichts. Wir wollten sowieso mit Ihnen sprechen.“

Sie verschränkte die Arme vor der Brust. „Ich habe Ihnen aber nichts mehr zu sagen. Außerdem bin ich so gut wie weg, Sie haben Glück, dass Sie mich noch angetroffen haben.“

„Frau Müller“, ergriff D'Angelo das Wort, „es ist wirklich wichtig und Sie würden uns sehr weiterhelfen, wenn wir das kurz besprechen könnten. Aber wenn Sie jetzt gar nicht *können*“, er betonte *können* so, dass jeder wusste, er meinte *wollen,* „erscheinen Sie bitte morgen früh um 07.30 Uhr im Präsidium. Dann klären wir das, was wir hier in ein paar Minuten klären könnten, eben dann. Ihre Entscheidung!“

Für das Ermittlerteam war nicht zu übersehen, wie sehr Frau Müller mit sich rang und wie unangenehm ihr die Situation war. Schließlich gab sie verärgert klein bei. „Meinetwegen, wenn es unbedingt sein muss. Dann kommen Sie herein.“ Sie trat zur Seite und machte den Weg frei. „Hoffentlich geht's wirklich schnell.“

„Dann kommen wir direkt zum Punkt.“ Sigrid Stotzem-Randerath sah Heike Müller forschend an. „Haben Sie eigentlich von der Schwangerschaft der Studentin Ihres Mannes gewusst?“

Heike Müller räusperte sich. „Schwangerschaft? Und was für eine Studentin? Warum sollte mich so was interessieren?"
„Jetzt hören Sie doch auf, Frau Müller! Sie wissen doch ganz genau, dass wir von Lene Lemmerling sprechen. Wir wissen nämlich seit kurzem, dass sie schwanger war und Ihr werter Gatte als einer der Väter in Frage kam. Also, beantworten Sie die Frage! Haben Sie es gewusst? Ja oder nein?"
Für einen Moment herrschte Totenstille im Raum. Dann aber platzte es aus Frau Müller heraus: „Dieses billige Flittchen war hier und hat es mir mit hämischem Grinsen unter die Nase gerieben!"
„Wie jetzt? Lene Lemmerling war hier und hat es Ihnen persönlich gesagt?"
„Spreche ich spanisch?", ereiferte sich Heike Müller. „Das habe ich doch gerade gesagt! Dieses berechnende Weibsstück hatte es offenbar darauf angelegt. Sie verlangte Geld, ansonsten würde sie es an der Uni herumerzählen. Und Sie können sich sicher vorstellen, was das dann für meinen Mann bedeutet hätte. Ein Skandal erster Güte!"
Sigrid nickte. „Aha! Und wie viel hat sie verlangt?"
„50.000 Euro. Die wollte allen Ernstes auch noch Geld dafür, dass sie mit meinem Mann im Bett war." Heike Müller ballte nun ihre Faust so fest, dass die Knöchel weiß wurden.
„Und weiter?"
„Nix und weiter! Ich habe der Schlampe eine satte Ohrfeige verpasst und sie aus meinem Haus geschmissen. Sie hatte wohl gedacht, dass mich das interessieren würde. Letztlich war es mir dann aber egal. Ausgelacht habe ich sie und ihr gesagt, dass sie sich hinten anstellen soll, mein Mann hätte noch andere Gespielinnen. Und dass sie nicht die einzige auf der Welt sei, die so blöd gewesen sei, sich schwängern zu lassen."
„Wann war das?"
„Das war so ziemlich genau eine Woche vor ihrem Verschwinden."
„Und Sie haben danach nichts mehr von ihr gehört? Kein weiterer Erpressungsversuch?", wollte D'Angelo wissen. Heike Müller zuckte mit den Schultern. „Bei mir hat sie sich jedenfalls nicht mehr gemeldet. Ich

habe nichts mehr von ihr gehört, bis ich aus der Zeitung erfahren habe, dass ihre Leiche gefunden wurde. Auch wenn das herzlos klingen mag, aber ich war darüber sehr erleichtert. Ein Problem weniger. Entschuldigung, ist das jetzt zu taktlos?"

„Ach wissen Sie, darüber zu urteilen, steht uns nicht zu. Wir würden aber gern wissen, ob Ihr Mann davon gewusst hat", entgegnete Sigrid.

„Was glauben Sie wohl?", schnaubte Heike Müller. „Ich habe ihm die Hölle heiß gemacht und gesagt, dass er das gefälligst regeln soll. Keinesfalls wollte ich für so ein Bastardkind auch nur einen Cent von unserem Geld zahlen."

„Was soll das heißen, er sollte das regeln? Wie denn regeln?"

„Na, was schon! Dieses Flittchen zur Abtreibung bewegen."

„Und wie hat er darauf reagiert?"

„Erst wollte er nicht, aber dann habe ich ihm die sprichwörtliche Pistole auf die Brust gesetzt: entweder sie oder ich!"

„Und wissen Sie, ob er das mit Lene Lemmerling besprochen hat?"

Sie zuckte die Achseln. „Keine Ahnung! Fragen Sie ihn. Unsere Konversation beschränkt sich zurzeit nur auf das Notwendigste."

„Zu so einer Situation gehören ja immer zwei", meinte Sigrid Stotzem-Randerath. Unvermittelt brach Heike Müller in Tränen aus. „Gehen Sie! Bitte, bitte gehen Sie jetzt! "

Eine Frage musste Guido D'Angelo ihr aber noch stellen. „Haben Sie etwas mit dem Tod von Lene Lemmerling zu tun?"

Wütend zeigte Heike Müller zur Tür. „Raus jetzt!", stieß sie mit tränenerstickter Stimme hervor. „Gehen Sie!"

Als das Ermittlerduo wieder im Auto saß, holte Sigrid tief Luft und deutete zum Haus der Müllers. „Na, die Professorengattin ist für mich nun eindeutig die Hauptverdächtige. Selbst unter dem schönsten Haus verläuft eben ein Abwasserkanal." Als D'Angelo sie verwirrt ansah, meinte sie: „Ich meine damit, dass jeder Dreck am Stecken haben könnte, egal wie ‚edel' er oder sie ist."

Doch D'Angelo wiegte zweifelnd den Kopf hin und her. „Ich gebe zu, dass ich das auch vorhin ein paar Mal gedacht habe. Aber ich bin nicht so überzeugt wie du. Ich kann mir einfach nicht vorstellen, dass diese

Frau allein eine Leiche durch die Gegend geschleppt und sie vorher derart zugerichtet hat."
„Oh, mein Lieber, du solltest die Frauen nicht unterschätzen. Wut und Enttäuschung können enorme Kräfte freisetzen. Aber ich gebe zu, vom rein Physischen her habe ich bei ihr auch meine Zweifel. Eine Tat im Affekt traue ich ihr schon zu, aber die Leiche allein abzutransportieren nicht. Aber wer weiß? Lass uns mal zur Musikhochschule fahren und den Professor befragen. Ich bin schon sehr neugierig, was er dazu zu erzählen hat."

***

Das Ermittlerteam wartete im Nachbarbüro der Kanzlerin auf den Professor. Frau Hammerschmidt hatte ihnen wie versprochen wieder einen Raum zur Verfügung gestellt. Nach dem Ende eines Kurses wurde er über Lautsprecher ausgerufen und wenige Minuten danach stand er vor ihnen. Und wirkte nicht gerade erbaut, sie zu sehen. „Frau Kommissarin! Sie schon wieder. Was verschafft mir die Ehre?"
Sigrid Stotzem-Randerath zeigte auf ihren Kollegen. „Das ist mein Kollege D'Angelo. Wir haben da noch ein paar Fragen an Sie. Bitte nehmen Sie doch Platz."
Erkennbar widerwillig setzte Professor Müller sich hin. „Und? Was ist so wichtig, dass Sie mich vom nächsten Kurs abhalten?"
„Erzählen Sie uns doch mal was über die Schwangerschaft von Lene Lemmerling!", sagte Guido D'Angelo rundheraus. Wie erwartet druckste der Professor herum. „Schwangerschaft? Ich verstehe nicht, wovon Sie da reden."
D'Angelo zog die Augenbrauen hoch. „Ich bin jetzt ein bisschen verwirrt. Wollen Sie damit sagen, dass Ihre Frau uns belogen hat?"
Professor Müllers Gesicht lief rot an. „Ich ... ehem ... wie-wieso?", stotterte er, nun eindeutig verunsichert. „Wieso meine Frau? Was hat meine Frau damit zu tun? Was hat sie Ihnen gesagt?"
„Mit Verlaub, Herr Professor, aber so läuft das nicht. Wir stellen die Fragen, nicht umgekehrt. Also nochmal! Was haben Sie uns zur Schwangerschaft von Lene Lemmerling zu sagen?"

Der Professor schluckte und starrte einen Moment mit leerem Blick an die Wand. Sigrid Stotzem-Randerath fühlte zum ersten Mal so etwas wie eine ehrliche Gefühlsregung bei ihm. Leise antwortete er schließlich: „Sie hat es mir erzählt."

„Wer? Ihre Frau oder Lene Lemmerling?"

„Beide! Sie haben es mir beide erzählt. Erst meine Frau und dann später Lene, als ich sie zur Rede gestellt habe. Sie war nämlich bei meiner Frau und wollte Geld." Er senkte den Kopf und verstummte wieder.

„Und weiter?", drängte D'Angelo. „Um wie viel Geld ging es denn?"

Professor Müller holte tief Luft. „50.000 €! Sie wollte 50.000 €, ansonsten wäre es um meine Karriere geschehen und die ganze Hochschule würde davon erfahren."

Sigrid Stotzem-Randerath sah ihn forschend an. „Und deshalb haben Sie sie getötet? Wegen Geld und Ihrem Ruf?"

Prompt änderte sich Professor Müllers Verhalten und er fand zu seiner gewohnten Überheblichkeit zurück. „Sie haben ja keine Ahnung. Reden hier dummes Zeug und versuchen mir einen Mord unterzuschieben. Damit habe ich aber nichts zu tun."

„Das sagen die meisten Mörder", konterte D'Angelo. „Aus welchem Grund sollte es also bei Ihnen anders sein? Sie haben ein Motiv und Lene Lemmerling ist tot. Für mich sieht das erstmal ziemlich plausibel aus und ich wüsste keinen Grund, weshalb wir Sie nicht auf der Stelle festnehmen sollten!" D'Angelo beobachtete genau, welche Reaktion ihm das einbringen würde.

„Weil ich es nicht war!", ereiferte sich Professor Müller. „Ganz einfach! Ich habe Lene geliebt und hätte sogar für sie meine Frau verlassen. Aber als ich sie dazu zur Rede gestellt habe, weshalb sie Geld erpressen wollte, hat sie mich ausgelacht und gemeint, dass sie an sich denken müsse. Sie wolle keinen alten Vater für ihr Kind. Ich solle zahlen und sie ihre Prüfungen bestehen lassen. Ich habe sie angefleht, habe gesagt, dass sie das nicht ernst meinen könne, aber ich bin nicht zu ihr durchgedrungen. Am Boden zerstört war ich! Ich wollte nach Hause fahren, aber ich musste mich erstmal beruhigen. Als ich draußen auf der Bank saß und nicht mehr ein noch aus wusste, setzte sich Emma Bornhold zu mir."

„Und dann?"
„Sie sagte, sie wisse von meinem Verhältnis zu Lene und dass ich es nicht so schwernehmen solle. Sie sei eben, wie sie sei, und außerdem solle ich mir keinen Kopf wegen der Vaterschaft machen. Und ob ich überhaupt sicher sei, dass ich der Vater wäre."
„Was soll das denn heißen?"
Der Professor zuckte die Achseln. „Weiß ich nicht. Vielleicht wollte sie mich trösten. Aber stattdessen bin ich nur noch wütender geworden. Ich habe sie angeschrien und bin dann in meinen Wagen und weggefahren."
„Wohin denn?"
„Nach Hause! Ich wollte nur noch nach Hause – zu meiner Frau."

***

Malte Cantus war sichtlich nervös, als er mit Toni Krogmann im Büro saß. Sein Bruder hatte ihm zwar erzählt, dass mit dieser Ermittlerin nicht gut Kirschen essen sei, aber einschüchtern lassen wollte er sich dadurch auch nicht. „Verraten Sie mir jetzt vielleicht den Grund, aus dem Sie mich herbestellt haben und ich schon wieder eine wichtige Vorlesung verpasse?", platzte es aus ihm heraus, als er die Stille nicht länger ertrug.
„Moment noch, bitte." Toni Krogmann las sich noch seine letzten Angaben durch. Währenddessen rutschte Malte Cantus auf dem Stuhl hin und her und fand keine angenehme Sitzposition. Schlussendlich überkreuzte er seine Beine und setzte sich kerzengerade hin.
„So!" Toni legte die Akte beiseite. „Jetzt können wir anfangen! Der Grund ist eigentlich ganz simpel: Ich möchte von Ihnen wissen, ob und vielleicht auch was Sie von der Schwangerschaft Ihrer verstorbenen Mitbewohnerin gewusst haben."
Schlagartig änderte sich seine Haltung. Er stellte beide Füße auf den Boden und beugte sich vor. „Lene war schwanger?", fragte er, dem Anschein nach völlig perplex.
„Ist das Ihre Antwort, halt nur als Frage formuliert, und bedeutet nein?"

„Nein! Also – ja! Ich habe das nicht gewusst. Aber jetzt ergibt so einiges rückblickend für mich einen Sinn.“

„Was denn?“

„Lene hat sich kurz vor ihrem plötzlichen Verschwinden mehrfach erbrochen. Und als ich gefragt habe, was los sei, hat sie sofort abgewiegelt und gemeint, dass es schon ginge. Sie habe wohl was Falsches gegessen.“

„Und damit haben Sie sich zufriedengegeben?“

„Na hören Sie mal, Frau Krogmann!“, schnaubte Malte Cantus. „Warum hätte ich daran zweifeln sollen? Das war doch plausibel. Rufen Sie vielleicht direkt den Notarzt, wenn sich einer Ihrer Kollegen übergibt? So was kann doch mal passieren und wenn man sich mal ein paar Tage schlecht fühlt, ist das doch auch nicht ungewöhnlich. Da lasse ich mir jetzt auch kein schlechtes Gewissen einreden. An der Schwangerschaft wird sie ja wohl auch nicht gestorben sein.“

„Da stimme ich Ihnen zu, aber vielleicht hat jemandem die freudige Erwartung ja einen Strich durch die eigene Lebensplanung gemacht.“ Toni musterte Malte Cantus eindringlich und betont vorwurfsvoll. Er hielt ihrem forschenden Blick nicht stand und wandte sich ab, während sie nicht einmal blinzelte. Erst nach einem langen Moment der Stille reagierte er auf die unausgesprochene Anschuldigung. „Sie glauben doch nicht ernsthaft, dass ich … Nein, das glauben Sie nicht wirklich, oder?“

„Glauben soll man in der Kirche! Bei der Mordkommission arbeiten wir lieber mit Fakten. Nachdem was wir wissen, kommen auf jeden Fall Sie und Ihr Bruder als möglicher Erzeuger in Betracht, oder sehen Sie das anders? Und Sie stehen noch am Anfang Ihrer beruflichen Laufbahn. Da kann so ein Kind schon mal lästig sein. Kostet ja auch eine Stange Geld, bis ein Kind mal auf eigenen Füßen steht. Will sagen, ein Motiv würde ich bei Ihnen nicht ausschließen wollen.“

„Jetzt machen Sie aber mal halblang, Frau Kommissarin. Was soll denn diese Unterstellung? Wollen Sie von mir ernsthaft hören, dass ich Lene getötet hätte, weil sie vielleicht von mir schwanger gewesen sein könnte und ich dadurch mein Leben verpfuscht hätte? Das soll wohl ein schlechter Scherz sein!“

Die Ermittlerin blieb bei ihrer Konfrontationstaktik. „Wir hatten schon Täter mit weniger starken Motiven! Also: Haben Sie mit dem Tod von Lene Lemmerling irgendetwas zu tun? Sie können es mir ruhig erzählen. War es vielleicht ein Unfall? Ist es einfach passiert?"
Malte Cantus riss der Geduldsfaden. Er sprang auf. „Mir reicht es jetzt! Das muss ich mir nicht anhören! Ich habe Lene vergöttert. Nie im Leben hätte ich ihr auch nur ein Haar gekrümmt." Er ließ sich zurück auf den Stuhl sinken und sackte weinend in sich zusammen. „Sie fehlt mir so", brach es aus ihm heraus. „Ich habe sie nicht getötet und ich weiß auch nicht, wer es war. Kann ich jetzt gehen?"
„Moment! Ich schreibe eben noch ins Protokoll, was Sie gesagt haben. Danach drucke ich es aus und Sie lesen sich die Vernehmung bitte noch einmal durch und unterschreiben dann. Sollten Sie noch Änderungswünsche haben, können Sie diese handschriftlich an die entsprechende Stelle schreiben. Danach können Sie gehen." Sie legte ihm die ausgedruckten Seiten und einen Kugelschreiber hin. Er wischte sich hastig übers Gesicht. Ohne die Seiten zu lesen, unterschrieb er und wollte schon gehen, als Toni ihn zurückhielt. „Ich werde Sie hinausbegleiten. Es ist nicht gestattet, dass Sie allein im Gebäude herumlaufen."
Kurz bevor er das Gebäude endgültig verließ, fragte sie noch: „War eigentlich in letzter Zeit etwas mit Ihrem WLAN-Router nicht in Ordnung?"
Er zuckte die Schultern. „Keine Ahnung. Um sowas kümmere ich mich nicht. Fragen Sie meinen Bruder."

***

Keine halbe Stunde später saßen sich Toni Krogmann und Marvin Cantus gegenüber. „Na, was hat Ihr Bruder Ihnen bereits erzählt?", eröffnete sie das Gespräch. Marvin Cantus runzelte die Stirn. „Gar nichts! Gab es denn etwas, was er mir hätte erzählen sollen?"
„Na ja, für mich wäre es jedenfalls keine große Überraschung gewesen, wenn Sie über unsere Vernehmung eben gesprochen hätten. Immerhin sind Sie Brüder. Und unter Brüdern redet man doch – oder?"

Marvin Cantus konterte wie gewohnt mit frechem Zungenschlag: „Na und? Wollen Sie denn noch was anderes wissen oder geht es nur darum, wer wem was erzählt hat? Oder wollen Sie nur wissen, ob mein Bruder und ich ein gutes Verhältnis zueinander haben?"

***

Iwan Kowaljow, der nicht nur wegen seines Nachnamens, sondern auch aufgrund seiner unkonventionellen Art, Dinge zu regeln, einprägsam „der Schmied" genannt wurde, stand beim Pförtner des Polizeipräsidiums und erklärte mit typisch russischem Akzent, dass er dringend mit jemandem von der Mordkommission sprechen müsse. Es ginge um die tote Studentin.

Keine zehn Minuten später eröffnete Westhoven das Gespräch und stellte sich vor. „Herr Kowaljow, ich bin der leitende Ermittler in diesem Fall. Sie haben dem Pförtner gesagt, dass Sie Informationen zu der toten Studentin haben. Ist das richtig?"

„Ja. Ich kann helfen vielleicht, zu kriegen Mörderin."

„Mörderin? Woher wissen Sie denn, dass eine Frau die Täterin ist?"

„Weil Frau wollte, ich erledigen Auftrag."

„Wie bitte? Von was für einem Auftrag sprechen wir hier?"

Als ob es für ihn das Normalste auf der Welt sei, antwortete Kowaljow prompt: „Töten Frau!"

Mit dieser Aussage war Kowaljow gerade dabei, vom Zeugen- in den Beschuldigtenstatus zu wechseln. Daher entschied sich Westhoven, ihn ausführlich über seine Rechte zu belehren und öffnete zudem das entsprechende Formular im Rechner, um alles aufzuschreiben.

„Und Sie sind sich ganz sicher, dass Sie keinen Rechtsbeistand hinzuziehen möchten?"

„Bin ich! Sonst hätte ich mitgebracht Advokat."

„Okay! Dann erzählen Sie doch bitte, weshalb Sie gerade jetzt hergekommen sind." Parallel dazu überprüfte er Kowaljow im polizeilichen System. Dort stand, dass dieser bereits wegen einiger Gewaltdelikte in Erscheinung getreten war, es aber nie zu einer Verurteilung gereicht hatte, weil die Opfer schwiegen – wohl – aus gutem Grund. In den meisten Fällen hatte Kowaljow seine Opfer mit einem Hammer traktiert und schwer verletzt, daher sein Spitzname.

„Ich denke, Polizei hätte sowieso bald eingetreten meine Tür", meinte er lakonisch.

Westhoven nickte zustimmend, deutete aber mit keinem Wort an, dass die Mordkommission von Kowaljow bis vor ein paar Minuten rein gar nichts gewusst hatte. „Wahrscheinlich! Aber sagen Sie mir doch jetzt, welche Frau Sie beauftragt hat, Lene Lemmerling umzubringen und wie hoch das angebotene ‚Honorar' war."

„Das war Frau von Professor. 5.000 € sofort und 5.000 € nach Tod!"

„Wissen Sie den Namen?"

„Ich weiß, auch wenn Sie nicht wollte sagen. Aber Iwan nicht dumm. Habe ich gucken Internet und Frau gefunden. Heike Müller."

Westhoven spürte augenblicklich Gänsehaut auf seinem Körper. Er konnte es nicht fassen: Ganz offensichtlich hatte die Frau des Professors versucht, Iwan Kowaljow als Auftragskiller zu engagieren, um die lästige Nebenbuhlerin loszuwerden. In seine Fassungslosigkeit mischte sich aber schnell auch eine gehörige Portion Zweifel. Er war viel zu lange im Geschäft, als dass er potenziell wichtigen Aussagen ungeprüft Glauben zu schenken bereit war. Sicher: Das Internet bot fast unbegrenzte Möglichkeiten. Trotzdem fragte er sich, wie Kowaljow im Rahmen seiner Netzrecherche überhaupt auf Frau Müller gestoßen war.

„Sie haben also im Internet recherchiert. Aber wie sind Sie letzten Endes auf den Namen Ihrer Auftraggeberin gekommen? Haben Sie nur die Begriffe ‚Auftrag', ‚Mord' und ‚Frau' eingegeben und das Bild von Frau Müller erschien auf Ihrem Bildschirm?" Der ungläubige Spott in Westhovens Stimme war auch für den intellektuell Unbegabtesten nicht zu überhören. Aber Kowaljow schüttelte nur gespielt entrüstet den Kopf. „Kommissar nicht denken, Iwan blöd oder spielen Spielchen." Der Russe beugte sich nach vorn über den Tisch. „Iwan will wissen, mit wem er hat zu tun. Frau war nicht schlau – nicht genug schlau für Iwan. Köpfchen haben ist wichtig", er tippte sich mit dem Zeigefinger

an die Stirn, „hilft dir zu überleben. Frau hatte Sweatshirt an. Mit Logo ‚Reitsportfreunde Odenthal'. Hab ich geguckt Webseite. Und stand da, sie 2.Vorsitzende von Club. Mit große Foto von ihr auf Seite." Er sah Westhoven bewunderungsheischend an.
Der MK-Leiter öffnete auf seinem privaten Smartphone die Seite des Reitsportvereins. Und siehe da: In der Liste des Vereinsvorstands tauchte tatsächlich der Name ihrer frischgebackenen Verdächtigen auf – gemeinsam mit einem großen Porträtfoto, auf dem sie freudestrahlend in die Kamera lächelte, eine attraktive Frau in ihren Vierzigern, dem Anschein nach völlig sorgenfrei und glücklich. Kowaljows Aussage schien nunmehr schlüssig.
Westhoven konzentrierte sich nun wieder auf sein Gegenüber und hob mahnend die Hand. „Nur um sicher zu gehen: Sie haben Lene Lemmerling aber nicht getötet?"
„Njet! Nein, nein! Nicht angerührt sie. Ist was anderes, Hammer auf Hand oder Kniescheibe. Aber habe ich Regel. Keine Frau, keine Kind, kein Tier und keine Tod, nur Lektion!"
„Aber Sie haben das Geld für den Auftrag angenommen, also die ersten 5.000 €?"
Zum ersten Mal grinste Iwan Kowaljow. „5.000 sind 5.000. Und was soll Frau machen, wenn ich nicht töte Geliebte? Hab ich Geld genommen und gesagt, mache ich das!"
„Ja, gut! Aber ich verstehe nicht, weshalb Sie mir das erzählen. Lene Lemmerling ist tot und Sie haben ja angeblich nichts damit zu tun."
„Stimmt, stimmt! Aber denke ich, Frau hat selbst gemacht oder andere hat Auftrag für das machen."
„Haben Sie die 5.000 € in bar bekommen?"
Kowaljow nickte. „In Umschlag."
„Haben Sie das Geld und den Umschlag noch?"
Iwan Kowaljows Miene verwandelte sich in das sprichwörtliche Honigkuchenpferdegesicht. „Njet, habe ich damit gut geleben, Towaritsch. Frauen und Vodka. Bum bum. Sie wissen." Er schlug schnell hintereinander mehrmals die flache Hand auf seine geschlossene Faust.

Westhoven nickte. „Was ist mit den restlichen 5.000 €? Haben Sie die auch bekommen?“
„Njet! Habe ich Ehre. Nix gemacht, nix Geld!“
Das wollte Westhoven so nicht stehen lassen. „Ach, hören Sie doch auf, mir so einen Bockmist zu erzählen! Sie haben doch auch die Anzahlung genommen, obwohl Sie ja angeblich nicht vorhatten, den Auftrag auszuführen. Von wegen Ehre!“
„Hören Sie, Kommissar“, polterte Kowaljow, „nicht anschreien Iwan. Nicht gut!“
„Sie drohen mir jetzt nicht wirklich, Herr Kowaljow!“
Der stämmige Zwei-Meter-Mann machte eine beschwichtigende Handbewegung. „Nein, nein! Nur gute Rat!“
„Hatten Sie noch mal Kontakt zu Frau Müller?“
Iwan Kowaljows Antwort war ein verneinendes Kopfschütteln.
„Eins müssen Sie mir aber noch erklären: Wie hat sie Sie überhaupt kontaktiert? Und wo haben Sie sich getroffen?“, wollte Westhoven abschließend wissen, um Kowaljows Aussage „rund“ zu machen. Aber der Russe lehnte sich entspannt zurück und lächelte den leitenden Ermittler mit seinen schlechten, schief stehenden Zähnen an. „Wie sagt man? Geheimnis von Beruf oder so“, entgegnete er grinsend und verschränkte demonstrativ die Arme vor der Brust. Westhoven nickte, druckte die Vernehmung aus und ließ sie von Kowaljow unterzeichnen. „Eins noch! Halten Sie sich zu unserer Verfügung. Es wäre gut, wenn Sie nicht allzu weit verreisen würden.“
„Bin verhaftet ich?“
„Nein. Nur eine Bitte.“

***

Nachdem Westhoven den Russen hinausbegleitet hatte, rief er Sigrid Stotzem-Randerath an und erzählte von der Selbstgestellung. Sigrid war verblüfft. „Das hätte ich jetzt nicht erwartet. Aber gut, dass du anrufst. Eigentlich waren wir hier schon fertig, aber mit der neuen Info setzen wir die Vernehmung dann mal fort. Ich melde mich.“

Die Ermittlerin legte auf und blickte in zwei fragende Gesichter, aber sie wollte das Überraschungsmoment nicht versauen und so musste auch Guido D'Angelo sich gedulden. Sie wandte sich an den Professor: „Also, Herr Professor! Was sagt Ihnen der Name Iwan Kowaljow?"
Professor Müller runzelte die Stirn. „Wer soll das sein?"
„Sie haben also den Namen noch nie gehört?"
„Nein. Sagen Sie mir jetzt vielleicht, wer das sein soll oder wird das eine Rätselstunde?"
„Könnte Ihre Frau über größere Geldsummen verfügen, von deren Ausgabe Sie nichts mitbekommen würden?"
Nun dämmerte es auch D'Angelo, in welche Richtung das hier führte und er zog überrascht die Augenbrauen hoch. Professor Müller seufzte genervt. „Ich frage Sie jetzt noch mal in aller Höflichkeit, Frau Kommissarin: Wozu soll das führen? Kommen Sie doch mal zum Punkt. Das erspart Ihnen und mir viel Zeit. Ich muss gleich wieder zu einem Kurs."
„Beantworten Sie bitte die Frage! Ja oder nein? Aber vorher belehre ich Sie nochmals ausdrücklich darüber, dass Sie die Auskunft verweigern können, da es hier um Ihre Ehefrau geht und Sie somit ein Zeugnisverweigerungsrecht haben."
Davon unbeirrt antwortete er: „Meinetwegen. Ja und ja!"
„Aha! Und wieso würden Sie solche Ausgaben nicht mitbekommen?"
„Meine Frau kümmert sich um die Finanzen. Ich habe schon genügend anderen administrativen Kram zu erledigen. Sagen Sie mir jetzt, was Sie eigentlich bezwecken mit Ihrer Fragerei?"
„Iwan Kowaljow ist ein Auftragskiller und Ihre Frau hat ihm 10.000 € dafür geboten, dass er Lene Lemmerling tötet", entgegnete Sigrid Stotzem-Randerath, in einem so beiläufigen Ton, als wäre solch ein Handel das Normalste von der Welt. „Und 5.000 € hat er direkt als Anzahlung erhalten." Ihr anklagender Blick lastete auf dem Professor wie eine Bleiweste. Diese neue Information schien ihn völlig zu überfordern. Mit offenem Mund und abwesendem Blick starrte er aus dem Fenster. Als er sich wieder gefasst hatte, antwortete er:

„Für einen Moment habe ich wirklich geglaubt, was Sie mir da sagen. Aber meine Frau und ein Auftragskiller? Nie und nimmer. Sie müssen sich irren!"
„Tun wir nicht! Er hat sich nämlich vorhin selbst angezeigt und in seiner Aussage Ihre Frau schwer belastet."
Professor Müller warf die Arme hoch. „Dann haben Sie doch den Mörder von Lene. Was wollen Sie da noch von mir?"
„Haben wir eben nicht. Er hat auch gesagt, dass er Lene Lemmerling nicht getötet haben will."
Professor Müllers Gesicht war seine Verwirrung anzusehen. „Und was passiert jetzt?"

***

Während der Professor befragt wurde, telefonierte Westhoven mit Staatsanwältin Sarah Steinmann.
„Das ist ja interessant, Paul."
„Absolut, Sarah! Und wenn man es mal rein finanziell betrachtet, sind 10.000 € für den Mord doch besser als 50.000 € fürs Schweigegeld wegen des Kindes."
„Ja, ja, vorausgesetzt man wird nicht mit der Tat in Verbindung gebracht und überführt. Was habt ihr mit Kowaljow gemacht, wo ist der jetzt?"
„Den habe ich gehen lassen. Oder hätte ich den festnehmen sollen?"
„Nur wenn er keinen festen Wohnsitz hat."
„Hat er! Und bevor du fragst: DNA und Fingerabdrücke und Lichtbilder haben wir auch. Er sieht auch noch so aus wie auf den Fotos."
„Prima. Meinst du, wir sollten die Konten von den Müllers überprüfen?"
„Daran habe ich auch schon gedacht. Ich denke, die 5.000 € werden wir irgendwie finden, aber mich würde vielmehr interessieren, ob die Frau so abgebrüht war, tatsächlich noch jemand anderen zu beauftragen." „Oder sie hat es selbst gemacht. Könnte doch auch sein. Wäre nicht das erste Mal. Denk nur mal an unseren Puzzlemord in Deutz da-

mals.[10] Da hätten wir auch nicht gedacht, dass eine Frau die Täterin ist."
„Ja, Sarah. Ich gebe zu, dass ich auch daran schon gedacht habe, aber seinerzeit wurde die Leiche auch in Einzelteile zerlegt, weil die Frau sie nicht komplett transportieren konnte. Das hätte Heike Müller hier auch nicht geschafft."
„Vielleicht hatte sie Hilfe? Von ihrem Fitnesscoach vielleicht oder sogar von ihrem Mann. Wer weiß? Jedenfalls solltet ihr die saubere Ehefrau direkt holen und auf den Stuhl setzen."
„Das heißt, wir nehmen sie fest?"
„Ja! Vorläufige Festnahme und ich komme vorbei und beantrage einen Haftbefehl. Die kann erstmal schön im Knast übernachten."
„Alles klar. Ich gebe dir Bescheid, wenn wir so weit sind."
„Ich bin im Büro und habe noch genug zu tun. Ruf einfach an. Bis später."

***

Sigrid Stotzem-Randerath schaute Professor Müller an. „Das entscheidet die Staatsanwaltschaft, was nun passieren wird."
„Aber Sie haben doch Erfahrung mit solchen Dingen. Was, denken Sie, wird der Staatsanwalt anordnen?"
Die Ermittlerin gab sich bewusst schnippisch. „Staatsanwältin! Für diesen Fall ist eine Staatsanwältin zuständig."
„Meinetwegen. Aber was spielt das für eine Rolle?"
„Hören Sie, es gibt verschiedene Optionen, die meines Erachtens jetzt möglich sind. Spekulationen helfen aber nicht weiter. Lassen Sie uns einfach die Entscheidung abwarten."
„Sind wir dann hier fertig? Ich würde gern gehen!"
„Sie dürfen gehen, Herr Professor Müller, aber ich gebe Ihnen den wohlwollenden Rat, Ihre Frau nicht zu informieren. Das könnte man Ihnen als Strafvereitelung auslegen."
Der Professor lächelte bitter. „Glauben Sie im Ernst, ich würde meine Frau warnen? Das ist doch absurd. Lene ist tot und wenn Heike was

---

[10] *KRIMINAListenROMAN „Puzzlemord in Deutz"*

damit zu tun hat, soll sie dafür auch zur Rechenschaft gezogen werden. Nein, ich werde nicht anrufen, sondern meinen Kurs durchführen. Hier ist in den letzten Wochen schon viel zu viel ausgefallen."

Er hatte gerade die Tür von außen ins Schloss gezogen, als Westhoven wieder anrief. Sigrid berichtete ihm vom Verlauf der Vernehmung.

„Ihr habt den Mann gehen lassen?", fragte Westhoven wenig begeistert. „Der wird doch sofort seine Frau anrufen, um sie zu warnen."

„Paul, sag mir einen plausiblen strafrechtlichen Grund, ihn festzusetzen. Ich sehe nämlich keinen, abgesehen von kriminaltaktischen Erwägungen. Aber was soll schon groß passieren, außer dass sie weiß, dass wir es wissen? Außerdem habe ich kein gesteigertes Interesse daran, dass mich dieser fiese Happerschoss von den Internen vorlädt und mir schulmeisterlich vorhält, dass ich eine Freiheitsberaubung begangen habe. Letztlich besteht kein echtes Risiko. Oder glaubst du wirklich, dass die sich in den nächsten Minuten ins Ausland absetzt? Bevor die das Gespräch beendet hätten, wären wir schon da."

„Ist ja schon gut", lenkte Westhoven ein. „Dann fahrt jetzt bitte sofort zu ihr und nehmt sie fest. Sarah hat es soeben angeordnet."

***

Mit Bleifuß und ständig den Fahrstreifen wechselnd raste D'Angelo über die Autobahn bis zur Ausfahrt Leverkusen und weiter über den Willy-Brandt-Ring bis zur Kreuzung, wo die Abzweigung zur „Bullenwiese" lag.

Direkt vor dem Hauseingang bremste er abrupt bis zum Stillstand ab. Diesmal parkten sie nicht auf der Zufahrt zur Doppelgarage. Nach dem Verhallen des Klingeltons öffnete Heike Müller in Joggingklamotten und Hotelpantoffeln die Tür und blickte in ernste Gesichter. „Sie schon wieder? Was gibt es denn noch?", fragte sie gereizt.

D'Angelo ergriff das Wort: „Frau Müller, die Staatsanwaltschaft Köln hat Ihre sofortige vorläufige Festnahme angeordnet. Sie stehen im dringenden Tatverdacht, einen Tötungsauftrag zum Nachteil von Lene Lemmerling in Auftrag gegeben zu haben. Da Sie nun Beschuldigte sind, müssen Sie keine Angaben dazu machen. Sie können jederzeit einen Rechtsbeistand zu Rate ziehen. Sofern Sie keinen Rechtsbeistand benennen können, wird Ihnen ein Pflichtverteidiger zur Seite gestellt werden. Außerdem können Sie einzelne Beweiserhebungen beantragen – was bedeutet, dass wir gehalten sind, auf Ihren Antrag hin etwaiges entlastendes Beweismaterial zu erheben. Ein typisches Beispiel hierfür wäre die Überprüfung eines von Ihnen vorgebrachten Alibis. Wir ermitteln also nicht nur gegen Sie, sondern auch zu Ihren Gunsten. Haben Sie alles verstanden?"

Heike Müller reagierte enorm gefasst. Sie nickte, schaute an sich herunter, dann hoch und in die Gesichter des Ermittlerteams. „Darf ich mich vorher noch duschen, umziehen und mir ein paar Sachen einpacken? Ich komme gerade vom Sport. Und weil das ja wohl länger dauern wird, muss ich unbedingt noch dafür sorgen, dass meine Mutter meine Kinder von der Schule abholt und sich um sie kümmert."

„Sie können natürlich die Betreuung Ihrer Kinder regeln. Und Sie dürfen gern ein paar Sachen einpacken", antwortete Sigrid Stotzem-Randerath, „aber duschen müssen Sie wohl verschieben. Das muss auch mal so gehen. Vergessen Sie Ihre Zahnbürste nicht."

„Sehr witzig!" Mit der Bemerkung „Na, dann warten Sie bitte solange" wollte sie die Haustür schließen, als D'Angelo entschlossen seinen Fuß dazwischen stellte. „Wir kommen mit ins Haus."

„Das möchte ich aber nicht!"

„Ihre Entscheidung! Aber dann wird das nichts mehr mit dem Umziehen und Tasche packen. In diesem Fall steigen Sie bitte direkt in unser Auto."

„So eine Unverschämtheit!", keifte sie. „Was fällt Ihnen ein? Ich bin doch nicht irgendwer! Mein Mann ist ein angesehener Professor. Ich gehe mich jetzt umziehen und dann komme ich wieder. Von mir aus kann die Haustür offenbleiben."

Sigrid Stotzem-Randerath fand, dass es an der Zeit war, andere Saiten aufzuziehen. „Hören Sie, mein Kollege hat es Ihnen eben in aller Höflichkeit gesagt, aber ganz offensichtlich möchten Sie es gern drauf anlegen. Deshalb noch mal in aller Deutlichkeit: Entweder wir kommen mit rein oder Sie steigen sofort in unser Auto. Und falls das nicht klappt, legen wir Ihnen Handschellen an. Wenn es sein muss auch mit Zwang. Könnte dann aber schmerzhaft sein. Ihre Entscheidung." Die Ermittlerin blickte Heike Müller auffordernd an. Die biss sich auf die Unterlippe. Dann gab sie nach. „Sie haben mich überredet. Bitte, kommen Sie herein."

Die beiden Ermittler ließen sie nicht mehr aus den Augen. Während sie eine kleine Reisetasche packte, bröckelte ihre mühsam aufrecht gehaltene Fassade mehr und mehr, immer wieder murmelte sie: „So ein Mist, fuck!"

Nebenbei rief D'Angelo Westhoven an und teilte ihm mit, dass sie Frau Müller angetroffen hätten. „Sie packt noch ein paar Sachen und dann kommen wir zum Präsidium."

***

Derweil wusste Toni Krogmann noch nichts von der neuesten Entwicklung des Falls und war weiterhin bei der Vernehmung von Marvin Cantus. Dieser hatte bereits ein paar Mal bei seiner Ehre geschworen, dass er nichts von Lene Lemmerlings Schwangerschaft gehört hätte. „Was hat denn mein Bruder dazu gesagt, wusste er etwa davon?"

Krogmann würgte ihn ab: „Das werde ich Ihnen nicht sagen. Ich stelle die Fragen."

Im nächsten Moment klopfte es an der Tür und Westhoven kam ins Vernehmungszimmer. Er bat Toni zur Seite und flüsterte ihr hinter vorgehaltener Hand in wenigen Sätzen die Aussage von Iwan Kowaljow ins Ohr. Sie nickte bei jedem Satz zustimmend mit dem Kopf. Zum Schluss überreichte Westhoven ihr ein aktuelles Foto vom „Schmied", damit sie Marvin Cantus fragen konnte, ob er ihn schon mal gesehen hatte.

Marvin Cantus blieb dabei gewohnt forsch und vorlaut. „Was soll denn das Getuschel? Guter Cop, böser Cop, so wie im Film?"

Die beiden Ermittler sprangen nicht darauf an und ignorierten ihn. Offenbar die beste Methode, denn weil die erstrebte Aufmerksamkeit ausblieb, redete er nicht mehr dazwischen.

Toni Krogmann machte einen Schritt auf ihn zu und legte das Foto von Kowaljow vor ihn auf den Tisch. „Schon mal gesehen?"
Marvin Cantus nahm das Foto in die Hand und betrachtete es. „Kenn ich nicht. Wer soll das sein? Ist das der Mörder von Lene?"
Westhoven wollte etwas sagen, hielt sich aber zurück, denn er wollte Toni Krogmann nicht in die Befragung grätschen. (Ein bisschen war von Sigrid Stotzem-Randeraths Vorwurf von zuletzt bei ihm dann doch hängengeblieben.) Sie bedachte Marvin Cantus mit einem scharfen Blick. „Also was jetzt? Haben Sie den Mann schon mal gesehen, ja oder nein?"
„Nein."
„Sicher?"
„Wie gesagt: Nein. Sagen Sie mir jetzt, wer das ist?"
Ohne die Frage zu beantworten, nahm ihm Toni Krogmann das Foto aus der Hand und legte es neben ihre Tastatur.
Westhoven wandte sich zum Gehen. „Ich sehe schon, du kommst hier klar." Er zog die Tür hinter sich zu.

***

D'Angelo und Sigrid Stotzem-Randerath stiegen mit der Frau des Professors aus dem Aufzug und wollten zu ihrem Büro, als Westhoven auf sie zukam. „Ich nehme an, Sie sind Frau Müller. Guten Morgen, mein Name ist Westhoven. Ich bin der leitende Ermittler in diesem Fall."
„Schön, dann können Sie mir ja vielleicht mal sagen, was das Theater hier soll!"
Westhoven verzog den Mund. „Theater? Nun ja, als Theater würde ich das eher nicht bezeichnen. Meine Kollegen haben Ihnen ja schon gesagt, worum es geht. Und Anstiftung zum Mord ist sicher alles andere als ein Theater, sondern vielmehr ein Verbrechen."
„So ein Unsinn!", schoss es aus ihr heraus. „Das haben Ihre Kollegen schon gesagt. Aber wer behauptet das?"
Westhoven hatte sein beabsichtigtes Ziel, Frau Müller zu verunsichern, zumindest aber zum Nachdenken zu bringen, augenscheinlich erreicht.

„Alles zu seiner Zeit! Die zuständige Staatsanwältin ist schon auf dem Weg. In der Zwischenzeit können Sie schon mal überlegen, welchen Rechtsbeistand Sie beauftragen wollen."
Westhoven ließ sie mit ihrem fragenden Gesichtsausdruck einfach stehen und ging.

***

Als Westhoven um die Ecke bog, sah er Sarah Steinmann, die auf dem Flur vor seinem Büro wartete. „Hi, Sarah, das grenzt ja an Telepathie. Ich habe eben noch gedacht, dass ich dich anrufen und fragen wollte, wann du hier bist."
„Grüß dich, Paul. Ich habe mir gedacht, dass ich einfach schon mal herkomme. Habt ihr mit der Vernehmung der Ehefrau schon begonnen?"
„Noch nicht, die sind grad auf dem Weg zum Vernehmungsraum. Sollen wir dorthin gehen? Dann könntest du selbst mal mit ihr sprechen."
Sarah Steinmann runzelte die Stirn. „Meinst du, das macht Sinn?"
Westhoven nickte. „Nach meinem Dafürhalten sogar ganz sicher. Für meinen Geschmack macht die Frau einen sehr gefassten Eindruck – zu gefasst, wenn du mich fragst. Entweder sie hat mit uns gerechnet und sich mental darauf eingestellt, was ich nicht glaube. Oder sie ist einfach so abgebrüht. Ein paar nette Sätze aus dem Munde einer Staatsanwältin mit der Aussicht auf gesiebte Luft wirken vielleicht Wunder bei ihr."
„Welchen Verteidiger hat sie denn?"
„Bis eben noch keinen, soweit ich weiß."
„Okay, das müssen wir aber noch regeln, damit wir juristisch auf der sicheren Seite sind."
„Was meinst du? Wenn sie keinen Verteidiger will, dann eben nicht. Sie ist doch alt genug für solche Entscheidungen! Ich bin kein Kindermädchen für versnobte Professorengattinen. Außerdem wird sie wohl kaum nach Beratung mit einem Rechtsanwalt noch aussagen wollen, ohne dass vorher Akteneinsicht gewährt wurde."

„Du hast absolut Recht, Paul. Aber die Änderung in der Strafprozessordnung in puncto notwendige Verteidigung ist bindend."
Westhoven stöhnte. „Ach so! Ja, klar. Bei uns wurde eine E-Mail dazu rundgeschickt. Aber da täglich zig unbedeutende E-Mails kommen, habe ich die auch nur überflogen. Soweit ich das in Erinnerung habe, ist spätestens zur Vorführung vor den Ermittlungsrichter ein Rechtsbeistand verpflichtend. Wenn es denn dazu kommen wird."
„Und dazu wird es bei ihr ganz sicher kommen, Paul. Nur deswegen bin ich hergekommen. Ich werde auf jeden Fall einen Antrag auf Untersuchungshaft stellen, unabhängig davon, was sie aussagt. Du erwartest doch sowieso nicht ernsthaft ein Geständnis. Zumindest nicht direkt."
„Tja dann, fragen wir sie."
Sarah Steinmann und Westhoven betraten das Vernehmungszimmer, als Sigrid Stotzem-Randerath die Beschuldigte gerade über ihre Rechte und Pflichten belehrte.
„Darf ich vielleicht kurz einhaken?", fragte Sarah Steinmann.
Mit einer einladenden Geste trat Sigrid Stotzem-Randerath zur Seite. „Bitte!"
„Frau Müller, ich darf mich kurz vorstellen."
Sichtlich verunsichert reichte Heike Müller Sarah Steinmann die Hand. Die Staatsanwältin registrierte, wie eiskalt Heike Müllers Finger waren. „Mein Name ist Steinmann und ich bin die zuständige Staatsanwältin für diesen Fall. Darf ich fragen, welchen Rechtsbeistand Sie anrufen möchten? Die Kollegin hat es Ihnen ja eben erklärt."
Die Tatverdächtige reagierte gewohnt schroff. „Ich brauche keinen Anwalt. Ich habe nichts gemacht."
„Wie Sie wollen, aber so läuft es leider nicht. Dann werde ich Ihnen eine Pflichtverteidigung besorgen."
„Muss ich das denn bezahlen oder wer?"
„Erstmal nicht, aber grundsätzlich schon."
„Was heißt denn das, bitteschön?", ereiferte sich Heike Müller.
Die Staatsanwältin blieb weiter sachlich. „Die Pflichtverteidigung wird vorab aus der Staatskasse gezahlt und im Falle einer Verurteilung fordert genau diese die Kosten zurück. Sie haben doch nicht ernsthaft ge-

glaubt, dass es so abläuft wie in amerikanischen Krimiserien. So nach dem Motto ‚*Wenn Sie sich keinen Anwalt leisten können, wird Ihnen einer gestellt!*'" Sie hielt kurz inne und sah Heike Müller durchdringend an. „Und Sie glauben doch nicht ernsthaft, dass Sie nicht verurteilt werden?"
Aber Sarah Steinmann hatte nicht mit Heike Müllers Bockigkeit gerechnet. Diese verschränkte nun die Arme vor der Brust und setzte ein provokantes Lächeln auf. „Ach, wissen Sie was, Frau Steinmann? Das Risiko gehe ich ein. Ich wähle trotzdem die Pflichtverteidigung. Ich kenne sowieso keinen Anwalt, jedenfalls keinen, der sich mit so was auskennt. Wir hatten mal einen, als wir unsere Baufirma verklagt haben, aber der war so was von unfähig. Den nehme ich bestimmt nicht. Und ich sag es nochmal, denn offenbar hört mir keiner zu: *Ich habe nichts gemacht!*"
Sarah Steinmann nickte kühl. „Ganz wie Sie wünschen, aber beschweren Sie sich hinterher nicht und sagen, Sie hätten es nicht gewusst. Wir machen das sowieso aktenkundig."
Die Staatsanwältin und Westhoven verließen das Büro.
„Du hattest Recht, Paul. Sie hat regelrecht Haare auf den Zähnen. Aber das wird ihr nicht helfen. Die derzeitige Beweislage ist erdrückend und spricht eindeutig gegen sie."
Westhoven wiegte den Kopf hin und her. „Also, ich bin ja eher noch skeptisch. Nicht, dass dieser Kowaljow uns einen Bären aufgebunden hat."
Sarah Steinmann legte ihre Stirn in Falten. „Sollte ich noch irgendwas wissen?"
„Nein, Sarah, ich habe nur laut gedacht. Ich verstehe immer noch nicht, warum der sich selbst angezeigt hat. Wir hatten ihn doch überhaupt nicht auf dem Schirm."
„Na und? Jetzt haben wir ihn im Fokus. Spielt doch keine Rolle wieso. Außerdem wäre es nicht das erste Mal, dass Kommissar Zufall an der Aufklärung mitwirkt."
„Stimmt auch wieder. Hast du dir schon überlegt, welchen Pflichtverteidiger du für die feine Madame beauftragen wirst?"
Sarah Steinmann schüttelte den Kopf. „Ich selbst kann den leider nicht

beauftragen, sondern nur bei Gericht beantragen. Lassen wir uns überraschen, wer am Ende die Verteidigung übernimmt."

***

Toni Krogmann wiederholte ihre Frage nochmal und fixierte Marvin Cantus dabei eindringlich: „Sie haben also den Mann auf dem Foto noch nie gesehen, richtig?"
Marvin Cantus seufzte genervt. „Wie oft wollen Sie mich das noch fragen? Meinen Sie etwa, nur weil Sie mir die Frage mehrmals stellen, ändert sich meine Antwort? Also noch mal zum Mitschreiben: Ich kenne den Typen nicht! Und so wie der aussieht, glaube ich auch nicht, dass Lene sich für den interessiert haben könnte."
„Da bin ich mal ausnahmsweise einer Meinung mit Ihnen. Dann noch was anderes! Hatten Sie in Ihrer WG mal einen Stromausfall oder dergleichen, woran Sie sich erinnern?"
Marvin Cantus runzelte die Stirn. „Ich verstehe Ihre Frage nicht."
„Stromausfall! Schon mal davon gehört? Soll es geben!"
„Ich habe keine Ahnung, was Sie von mir wollen."
„Okay! Dann formuliere ich die Frage mal anders: Gab es nach Lenes Verschwinden ein technisches Problem mit dem WLAN-Router?"
An seiner Mimik konnte Toni ablesen, dass er keinen blassen Schimmer davon hatte, worauf sie hinauswollte. „Keine Ahnung! Wieso? Was haben Sie denn jetzt mit dem Router?"
Toni Krogmann trommelte genervt mit den Fingern auf die Tischplatte. „Herrgott nochmal! Wieso können Sie nicht einfach mal die Frage beantworten?!"
Marvin Cantus verzog verächtlich das Gesicht. „Das kann ich Ihnen sagen, Frau Kommissarin! Was interessiert mich der beschissene Router? Der wurde damals vom Anbieter übers Netz eingerichtet und seitdem steht der da. Und wenn er nicht funktioniert, repariere ich den bestimmt nicht selbst."
„Wie ist das denn, wenn Leute zu Besuch kommen? Kriegen die das Passwort?"

„Ja, klar. Wozu soll man sein Volumen aufbrauchen, wenn man es nicht muss? Ich wähle mich auch überall ein, wo es geht. Macht doch jeder!"
Die Ermittlerin machte sich eifrig Notizen. „Können Sie mir vielleicht zumindest eine Auflistung derjenigen Personen geben, die das Passwort von Ihnen bekommen haben?"
Marvin Cantus schien tatsächlich zu überlegen und nahm sich einen Moment Zeit, bevor er antwortete: „Ganz ehrlich, in unserer WG geht's zeitweise zu wie in einem Taubenschlag. Wir haben einen riesigen Freundeskreis und von einigen kenne ich gerade mal den Vornamen oder sogar nur den Spitznamen. Allein deshalb wird es nicht möglich sein, alle aufzulisten. Aber ich kann Ihnen gern die Namen meiner Freunde aufschreiben, wenn es hilft."
Toni Krogmann nickte. „Ich habe dann zurzeit keine weiteren Fragen mehr an Sie. Wenn mir noch was einfällt, melde ich mich wieder."
„Sie wissen ja, wo Sie mich finden. Aber jetzt habe *ich* noch eine Frage."
Cantus schaute sie erwartungsvoll an und Toni Krogmann zeigte ihm mit einer auffordernden Geste, dass sie ihm zuhörte. „Können Sie mir versprechen, dass Sie das Schwein schnappen, der Lene das angetan hat?"
„Das kann ich leider nicht, aber ich kann Ihnen versichern, dass wir alles in unserer Macht Stehende tun werden, um den Fall zu klären."
Als er ihr die Hand gab, hatte sie zum ersten Mal den Eindruck, dass unter diesem Kotzbrocken doch eine nette Person stecken könnte.
„Danke, Frau Krogmann! Auf Wiedersehen."

***

Im Büro von Guido D'Angelo läutete das Telefon und er nahm das Gespräch entgegen.
„Guten Tag! Mein Name ist Rebenzweig, Rechtsanwalt Rebenzweig. Ich bin für Frau Müller als Pflichtverteidiger bestellt worden. Ist meine Mandantin bei Ihnen?"
„Ja, ist sie."
Missfallen lag in seiner Stimme, als Rebenzweig sagte: „Sie haben doch nicht etwa schon mit der Vernehmung begonnen!?"

„Hören Sie, Herr Rebenzweig, ich kenne Sie nicht und weiß nicht, wer Sie sind oder besser gesagt, ich weiß nicht, ob Sie tatsächlich als Pflichtverteidiger bestellt wurden. Hier ist jedenfalls keine Nachricht darüber eingegangen.“

„Also, wenn das mein Anwalt ist“, mischte sich Frau Müller ein, „dann sagen Sie ihm, er soll gefälligst antanzen und mich hier rausholen.“

Das hatte auch der Anwalt am anderen Ende der Leitung mitbekommen. „Hören Sie, Herr Kommissar? Meine Mandantin wünscht ausdrücklich meine Anwesenheit. Also darf ich Sie bitten, mit der Vernehmung noch zu warten, bis ich eingetroffen bin. Oder wollen Sie die Rechte meiner Mandantin noch weiter missachten?“

„Kommen Sie doch erstmal her, bevor Sie anfangen, am Telefon große Reden zu schwingen. Alles andere wird sich finden.“

Rebenzweig reagierte nicht auf diese Aussage, sondern insistierte: „Warten Sie bitte mein Erscheinen ab. Bis dahin wird meine Mandantin keine Aussage machen. Geben Sie mir doch mal eben Frau Müller ans Telefon!“

„Es tut mir leid, Herr Rebenzweig“, sagte D‘Angelo bestimmt. „Wie gesagt, ich kenne Sie nicht. Eine Vollmacht liegt mir ebenfalls nicht vor und deshalb reiche ich den Hörer ganz sicher nicht weiter. Sagen Sie mir lieber, wann Sie hier im Präsidium eintreffen werden. Das wäre ein Anfang.“

„Ich fahre sofort los. Die Kanzlei ist auf dem Hohenzollernring und wenn die Brücke frei ist, dauert es nicht lang.“

„Dann bis gleich.“ D‘Angelo legte auf und drehte sich zu Sigrid Stotzem-Randerath um. „Rechtsanwalt Rebenzweig. Das ging schnell mit der Pflichtverteidigung. Ich gehe mal rüber zu Paul und frage, ob er davon Kenntnis hat.“

Als D‘Angelo Westhovens Büro betrat, beendete dieser gerade ein Telefonat. „Alles klar, Sarah!“ Er legte den Hörer auf und wandte sich D‘Angelo zu. „Das war eben Sarah Steinmann. Rechtsanwalt Rebenzweig wird sich melden. Er ist …“

„… als Pflichtverteidiger bestellt“, beendete D‘Angelo den Satz. „Alles klar! Er hat eben schon angerufen und ich wollte dich fragen, ob du davon weißt.“

„Er hat sich schon gemeldet? Das ging ja schnell. Was hat er denn gesagt?“

D‘Angelo zuckte die Achseln. „Was alle Strafverteidiger sagen. Ohne seine Anwesenheit werde seine Mandantin keine Aussage machen! Und dass er auf dem Weg sei.“

„Der wird nicht lang brauchen, bis er hier ist.“

„Hattest du schon mal das Vergnügen mit ihm?“

„Ja. Mit Rebenzweig ist nicht gut Kirschen essen. Und das Schlimme ist, dass er richtig gut ist in dem, was er tut. Und das sag ich nicht, weil es mir gefällt, sondern weil es so ist. Er sucht immer das Haar in der Suppe. Deshalb dürfen wir uns keine Fehler erlauben, denn nur allzu gern macht er Nebenkriegsschauplätze auf. Sonst kommen wir zu allem anderen, aber nicht mehr zu unserem eigentlichen Fall.“

„Echt jetzt?“, fragte D‘Angelo erstaunt. „Das klingt ja fast so, als ob du großen Respekt vor ihm hast.“

Westhoven nickte. „Ja, echt jetzt! Rebenzweig ist Strafverteidiger durch und durch. Dieser Typ hat schon Fälle vor Gericht gewonnen, bei denen wir eigentlich fest davon ausgegangen sind, dass mehrere Jahre verhängt werden.“

„Trotzdem! Ich habe doch keine Angst vor einem Rechtsverdreher und vor dem sicher auch nicht. Wir arbeiten gründlich und gewissenhaft. Und wenn das am Ende vor Gericht nichts nutzt – bitteschön! Aber dann hat es nicht an uns gelegen.“

„Das war doch keine Kritik an euch, Guido“, meinte Westhoven beschwichtigend. „Ihr solltet nur wissen, wer Rebenzweig ist. Das sollte nicht heißen, dass ihr nicht vernünftig arbeitet. Im Gegenteil, ich bin immer froh, wenn ihr in meinem Team seid.“

Mit stolz geschwellter Brust machte sich D‘Angelo wieder auf den Weg zurück zum Vernehmungsbüro. Dort angekommen, flüsterte er Sigrid ins Ohr, dass man nun doch auf den Anwalt warten werde. Heike Müller runzelte die Stirn. „Dürfte ich vielleicht mal erfahren, weshalb jetzt hier geflüstert wird?“

D'Angelo wandte sich ihr zu. „Wenn die Informationen alle für Sie bestimmt gewesen wären, hätte ich sie laut gesagt. Sind sie aber nicht. Aber vielleicht interessiert es Sie zu wissen, dass Ihr Anwalt auf dem Weg ist und wir sein Eintreffen abwarten."
„Die beste Nachricht des Tages würde ich sagen!", schnaubte Heike Müller. „Dann kann ich gleich endlich nach Hause."
Die beiden Ermittler schauten sich an und rollten mit den Augen. D'Angelo erwiderte: „Offenbar sprechen wir eine Sprache, die Sie nicht verstehen oder verstehen wollen. Um es mal anschaulich zu formulieren: Selbst wenn der Kaiser von China hier reinspazieren würde, um Sie zu verteidigen, bei diesem Vorwurf gehen Sie ganz sicher nicht nach Hause."
Schnippisch konterte Heike Müller: „Das werden wir ja sehen! Wenn Sie sich da mal nicht irren. Und soweit ich weiß, haben Sie das sowieso nicht zu entscheiden."
„Sonst noch was?", fragte D'Angelo verärgert.
„Ja, ich würde gern mal zur Toilette gehen. Ist das möglich?"
„Kommen Sie!" Sigrid stand auf. „Ich begleite Sie."
Heike Müller machte ein Gesicht, als hätte sie in eine Zitrone gebissen. „Das ist wirklich nicht nötig. Ich brauche kein Kindermädchen, um zur Toilette zu gehen. Sagen Sie mir nur, wo ich hinmuss. Den Rest schaffe ich allein."
Sigrid schüttelte den Kopf. „Sorry, aber das ist keine Option. Sie sind schließlich festgenommen und könnten rein theoretisch flüchten wollen. Und außerdem darf sich hier auf den Fluren niemand Fremdes frei bewegen. Ich warte vor der Tür."
„Flüchten! Lachhaft! Als ob ich ein Schwerverbrecher wäre. Unfassbar!" Damit verschwand sie in den Toilettenbereich.

Zwischenzeitlich hatte sich Rechtsanwalt Rebenzweig beim Pförtner angemeldet und D'Angelo war auf dem Weg dorthin, um ihn abzuholen. Bis auf ein kühles „Guten Tag" und belanglosen Smalltalk fand keine Konversation zwischen den beiden statt.
Als wenige Minuten später alle vier Personen im Vernehmungszimmer

anwesend waren, bat Rebenzweig die Ermittler höflich, den Raum zu verlassen, damit er mit seiner Mandantin unter vier Augen sprechen könne. Selbstverständlich kamen sie diesem Wunsch nach, denn eine andere Wahl hatten sie sowieso nicht.
Nach einer guten Viertelstunde öffnete Rebenzweig die Tür. „Meine Mandantin wünscht nun eine Aussage zu machen."

***

Toni Krogmann philosophierte einstweilen mit Westhoven über potenzielle Tatverdächtige und deren mögliche Motive. „Bei den Cantus-Brüdern könnte es doch so gewesen sein, dass sie sich um Lene gestritten haben. Sie kam dann dazu, machte sich über sie lustig und, zack, ist alles eskaliert. Das würde auch erklären, weshalb in der Wohnung gar keine Spurenlage zu finden war. Die zwei hätten ja genügend Zeit gehabt, bevor sie zur Polizei gegangen sind."
„Klingt interessant, Toni. Aber das Motiv ‚verschmähte Liebe, die einen verhöhnt' scheint mir persönlich in diesem speziellen Fall zu dünn. Eher hätten sich die Brüder geprügelt." Er dachte nach. „Für mich hat noch immer der Professor das stärkste Motiv, dicht gefolgt von seiner Frau. Immerhin stand seine Karriere auf dem Spiel. Und nicht zum ersten Mal. Eine geschwängerte Studentin wäre zweifelsohne für ihn ein Karriereknick, wenn nicht sogar sein Karriereende gewesen. Und nicht zuletzt hat er sowieso Neigungen zur Gewalt. Motiv und Gelegenheit passen doch ziemlich gut, würde ich mal sagen."
Toni schüttelte den Kopf. „Paul, glaub mir, dieser saubere Professor ist der Letzte, für den ich eine Lanze brechen würde, aber das mit seinen Gewaltfantasien ist wohl eher rein sexueller Natur. So ein kleiner, verkappter Sadotyp. Nee, ich denke nicht, dass er es war. So doof das klingt, aber dann würde er ja sein schönes ‚Spielzeug' kaputtmachen. Dann schon eher seine Frau."
„Dagegen kann ich nicht gut argumentieren, außer er hat vielleicht sein ‚Spielzeug' versehentlich zerstört. Aber mal angenommen, Kowaljow hat die Wahrheit gesagt. Dann gab es von Heike Müller einen klaren

Tötungsauftrag, der aber wohl nicht ausgeführt wurde. So wie die sich hier gibt, würde ich mich nicht wundern, wenn sie noch jemand anderen gesucht und gefunden hätte."
„Ja", ergänzte Toni, „oder sie hat es selbst gemacht. Sie hat sich unter dem Vorwand, die erpresste Summe zu zahlen mit ihr getroffen und sie dann getötet."
Westhoven kratzte sich am Kinn. „Hmmh! Klingt auf jeden Fall logisch. Wir müssen unbedingt überprüfen, ob sie sich außer den 5.000 € noch mehr Geld besorgt hat."

***

Rechtsanwalt Rebenzweig schrieb sich mit affektiertem Gehabe bei jeder Frage Notizen in sein kleines Büchlein. Vor jeder Beantwortung steckten er und die Beschuldigte kurz die Köpfe zusammen, um die Antwort abzustimmen.
Sigrid Stotzem-Randerath wollte sich das nicht länger anschauen. „Herr Anwalt, ich möchte nicht unhöflich sein, aber Sie dennoch bitten, sich nicht aktiv in die Vernehmung einzubringen. Frau Müller wird doch wohl auch ohne Ihr Einverständnis die Fragen beantworten können!"
Rebenzweig zog die Augenbrauen hoch. „Meinen Sie das ernst, was Sie da sagen? Ich soll meine Mandantin nicht beraten, weil es dann für Sie bequemer ist?"
„Nein, ich meine …"
Rebenzweig schnitt ihr mit finsterem Blick das Wort ab: „Mit Verlaub, Frau Kommissarin, aber was Sie meinen, ist irrelevant und tut nichts zur Sache! Ich mache hier meinen Job. Wenn Sie es bevorzugen, können wir auch nach jeder Frage kurz das Büro verlassen oder Sie gehen raus, damit ich mich mit meiner Mandantin beraten kann, ob und was sie antworten sollte!"
Ihrem breiten Grinsen nach zu urteilen, gefiel der engagierte Einsatz ihres Anwalts der Beschuldigten offenbar. Sigrid holte tief Luft. „Herr Rebenzweig, es ist nicht meine erste Vernehmung unter Beteiligung eines Rechtsbeistands. Aber bislang hat es niemand für erforderlich

gehalten, sich schon einzubringen, wenn es nur um die Aufnahme der Personalien und Erreichbarkeiten geht. Wenn das jetzt so weitergeht, werden wir die Vernehmung abbrechen!"

„Ich denke, Sie überschreiten hier eindeutig Ihre Kompetenzen, Frau Stotzem-Randerath."

„Sie dürfen denken, was Sie wollen! Können wir jetzt weitermachen?"

Rebenzweig machte eine gefällige Handbewegung. „Bitte sehr! Wir sind ganz Ohr."

Die Ermittlerin wandte sich wieder an die Beschuldigte: „Wie würden Sie denn Ihre Ehe beschreiben?"

Kaum hatte sie zu Ende gesprochen, riss Rebenzweig den Arm hoch. „Stopp! Das brauchen Sie nicht zu beantworten."

Die Kommissarin ließ sich nicht beirren. „War Lene Lemmerling die erste Affäre Ihres Mannes oder gab es andere?"

Die Situation wiederholte sich. „Das brauchen Sie nicht zu beantworten." Der Anwalt wandte sich an die Ermittlerin: „Was tut das zur Sache? Stellen Sie diese Frage doch dem Ehemann meiner Mandantin."

Sie blieb bei ihrer Linie. „Kommen wir zu was anderem. Sie haben ja gesagt, dass Lene Lemmerling 50.000 € gefordert hat. Richtig?"

Bevor Rebenzweig wieder den Arm hochreißen konnte, hatte Heike Müller schon genickt.

„Können Sie sich noch daran erinnern, wie Sie sich dabei gefühlt haben?"

Die Beschuldigte folgte nun offensichtlich der Strategie ihres Verteidigers. In überheblichem Tonfall antwortete sie: „Dazu möchte ich nichts sagen."

Als nächstes legte ihr die Ermittlerin das Foto von Iwan Kowaljow auf den Tisch. „Kennen Sie diesen Mann?"

Wie erwartet antwortete Rebenzweig: „Wer soll das sein?"

„Das kann uns sicher Ihre Mandantin beantworten", meinte Sigrid. „Also! Können Sie uns sagen, wer das ist?"

„Meine Mandantin macht dazu keine Angaben."

Auch nach einem Dutzend weiterer Fragen änderte sich nichts an Heike Müllers Aussageverhalten. Entweder blockte Rebenzweig ab oder die

Beschuldigte verstummte. Sigrid Stotzem-Randerath unterbrach die Vernehmung mit dem Hinweis, dass sie sich kurz mit der zuständigen Staatsanwältin besprechen wolle.
Nach wenigen Minuten kam sie zurück und wandte sich an D'Angelo: „Würdest du bitte die Vernehmung ausdrucken, damit Herr Rebenzweig und seine Mandantin sich diese in Ruhe durchlesen können?" Anschließend sah sie zum Anwalt. „Bevor Sie fragen: Die Vernehmung ist beendet. Ihre Mandantin beantwortet sowieso keine Fragen und bei mir erwecken Sie nur den Eindruck, dass Sie anhand unserer Fragestellungen lediglich erfahren möchten, was wir wissen. Daher macht die Fortführung wenig Sinn. Frau Steinmann ist in diesem Augenblick dabei, den Antrag für die Untersuchungshaft zu stellen."
Mit einem Mal kam Leben in Heike Müller. Hysterisch packte sie ihren Anwalt am Arm. „Ich will nicht in den Knast!", rief sie schrill. „Das halte ich nicht aus! Sie haben doch gesagt, dass ich mir keine Sorgen machen muss. Was ist das jetzt hier?!"
Rebenzweig machte beschwichtigende Handbewegungen. „Ich regle das schon."
Nach Erledigung des Papierkrams wurde die verängstigt wirkende Frau zum Polizeigewahrsam geführt und den dortigen Mitarbeitern übergeben. Mit der Bemerkung, dass die Vorführung vor den Ermittlungsrichter noch etwas dauern würde, verabschiedete sich Sigrid Stotzem-Randerath. Mit gesenktem Kopf folgte Heike Müller den Beamtinnen auf dem Weg zur Zelle.

***

Nach der Vorlesung ging Emma Bornhold lächelnd und mit dezentem Hüftschwung auf Professor Müller zu. Ihren Stapel Bücher hielt sie dabei vor ihrer Brust.
„Guten Tag, Herr Professor! Es war mal wieder eine wunderbare Vorlesung."
Er fühlte sich geschmeichelt. „Vielen Dank!"
„Haben Sie kurz Zeit für mich? Ich hätte noch ein paar Verständnis-

fragen. Aber nur, wenn es Ihnen nichts ausmacht. Sie haben ja bestimmt genug andere Dinge um die Ohren."

Mittlerweile hatten die anderen Studierenden den Hörsaal verlassen. Professor Müller sah sich unauffällig um. Dann beugte er sich zu ihr vor und fragte leise: „Was wollen Sie wirklich? Oder haben Sie tatsächlich noch Fragen zur Vorlesung?"

Mit einem strahlenden Lächeln antwortete sie: „Jetzt haben Sie mich aber erwischt. Sie haben Recht. Ich wollte fragen, wie es Ihnen geht. Ich meine, die Sache mit Lene hat uns ja alle ziemlich schockiert. Und wie ich vorhin gesehen habe, waren diese Leute von der Mordkommission schon wieder bei Ihnen."

Er nickte, wollte aber der Situation entfliehen. „Kann ich denn sonst noch irgendwie weiterhelfen?"

Sie öffnete leicht ihre Lippen und strich lasziv mit der Zunge darüber. „Genau das wollte ich Sie auch fragen. Ich könnte Sie auf andere Gedanken bringen." Sie zwinkerte ihm zu. „Wissen Sie", sie zupfte leicht an seiner Jacke, „ich bin nämlich ein unartiges Mädchen! Sie verstehen?"

Professor Müller hielt das für einen Trick und schob sich an ihr vorbei, um zum Ausgang zu gehen. „Ich weiß nicht, was das hier soll und was Sie von mir wollen. Ich muss jedenfalls los."

Sie eilte ihm nach und stellte sich ihm in den Weg. „Ich liebe Sie, ich habe Sie schon immer geliebt! Ich erfülle Ihnen jeden Wunsch. Ich weiß, worauf Sie stehen und dass Sie es gern mal ein bisschen fester haben. Lene hat mir immer alles erzählt, nachdem ich die Striemen an ihrem Hals entdeckt hatte."

Professor Müller schluckte unbehaglich. „Ich weiß nicht, wovon Sie sprechen. Und jetzt darf ich Sie bitten, mich vorbeizulassen."

Plötzlich drängte sie sich an ihn und küsste ihn auf den Mund, während ihre Hand in seinen Schritt wanderte. „Ich will das, was Lene hatte! Und ich brauche Züchtigung. Sie können mit mir machen, was Sie wollen", hauchte sie.

Er war hin- und hergerissen. Am liebsten hätte er diese rothaarige Schönheit an Ort und Stelle vernascht. Aber er konnte keinen klaren

Gedanken fassen. Seine Frau war gerade wegen Anstiftung zum Mord festgenommen worden und auch ihn hatten die Mordermittler im Visier. Trotzdem sah er vor seinem geistigen Auge für einen kurzen Augenblick Emma Bornhold und sich selbst, wie sie gefesselt vor ihm lag und er seine Hände um ihren Hals gelegt hatte. Dann aber stieß er sie mit einem leichten Ruck von sich weg. „Lassen Sie mich in Ruhe!", stieß er hervor und eilte aus dem Saal.
Emma Bornhold stand nun allein im Hörsaal. Ihre Emotionen waren im Aufruhr, Wut und Verlangen kämpften in ihr. Sie wollte den Professor! Er gehörte nur ihr! Hektisch wanderten ihre Augen hin und her. Als sie sich wieder beruhigt hatte, verließ auch sie den Hörsaal.

***

Heike Müller zuckte bei jedem Geräusch zusammen. Viele Male hörte sie durch die massive Zellentür hindurch Leute über den Flur gehen und wie anschließend, genau wie zuvor bei ihr, schwere Stahltüren verschlossen wurden. Das Getrommel einiger Insassen gegen die Türen oder ihr lautes, erbostes Brüllen war nahezu unerträglich für sie.
Als sich ihre Tür Stunden später öffnete, saß sie mit angezogenen Beinen zusammengekauert auf der unbequemen Holzpritsche und hielt sich die Ohren zu. Die weiblichen Bediensteten führten sie zum Büro des Ermittlungsrichters, in dem auch schon Rechtsanwalt Rebenzweig saß. Er nickte ihr freundlich zu. „Geht's Ihnen gut?"
Mit flattriger Stimme antwortete sie: „Ging schon besser."
Danach übernahm der Ermittlungsrichter das Wort, stellte sich kurz vor und fragte dann, ob sie etwas zum Tatvorwurf sagen wolle. Hilfesuchend blickte sie zu Rebenzweig. Der räusperte sich und sagte: „Meine Mandantin hat nichts mit dem Tod von Lene Lemmerling zu tun. Punkt! Mehr gibt es eigentlich dazu nicht zu sagen."
„Das behaupten Sie!", meinte der Richter. „Nach dem bisherigen Ermittlungsergebnis steht Ihre Mandantin im dringenden Tatverdacht, jemanden für Geld mit der Tötung beauftragt zu haben."

Rebenzweig schüttelte abwertend den Kopf, bevor er konterte: „Was ist schon die Aussage eines gedungenen Mörders wert gegen das Wort meiner bisher unbescholtenen Mandantin? Frau Müller ist eine Bürgerin unserer Stadt und sozial in verschiedenen Gremien aktiv. Sie genießt in der Öffentlichkeit ein gewisses Ansehen. Und wie dieser angeblich von meiner Mandantin beauftragte Mann gesagt haben soll, hat er Lene Lemmerling nicht getötet. Selbst wenn alles so stimmen würde, wie er behauptet: Erstens gibt es keinen Beweis dafür und zweitens bestünde hier wohl auch keine Wiederholungsgefahr. Schließlich ist Lene Lemmerling bereits tot, was ich natürlich außerordentlich bedauerlich finde. Aber dass die Mordkommission nun gemeinsame Sache mit der Staatsanwaltschaft macht und meine Mandantin zum Sündenbock abstempeln will, kann ich nicht nachvollziehen. Ich beantrage daher, den Antrag auf Untersuchungshaft abzulehnen und Frau Müller freizulassen."

Zu diesem Statement sagte der Richter nichts, sondern las noch einmal konzentriert die Ermittlungsakte und den Antrag der Staatsanwaltschaft. Nach einigem Überlegen verkündete er: „Also gut! Ihre Argumente müssen selbstverständlich in meiner Entscheidungsfindung berücksichtigt werden. Und demzufolge ergeht nachfolgender Beschluss: Frau Müller wird wieder entlassen, aber sie muss sich täglich auf der nächstgelegenen Polizeidienststelle melden."

Heike Müller liefen vor Erleichterung Tränen übers Gesicht. Rebenzweig hingegen war noch nicht ganz einverstanden. „Mit Verlaub, aber es besteht für meine Mandantin nicht der geringste Verdacht von Fluchtgefahr. Sie hat einen festen Wohnsitz und lebt in geordneten Verhältnissen. Ich möchte Sie bitten, von der Meldepflicht abzusehen. Wie peinlich ist das, sich täglich zur Polizeiwache zu begeben, um zu zeigen, dass man noch nicht geflüchtet ist? Meine Mandantin hat überdies Kinder, um die sie sich kümmern muss. Und bleiben wir doch mal bei der Realität: Wenn man unbedingt entfliehen wollte, bliebe zwischen diesen peinlichen Auftritten doch wohl genügend Zeit. Rein hypothetisch, versteht sich."

Heike Müller ergriff seinen Arm. „Kann ich nicht lieber so eine Fußfessel bekommen? Ich habe letztens darüber gelesen, dass es jetzt so was auch in Deutschland gibt."

Der Ermittlungsrichter hakte sofort ein: „Das ist rechtlich ausgeschlossen. Entweder täglich melden oder mir bleibt keine andere Wahl, als meine Entscheidung zu revidieren. Herr Rebenzweig, Sie dürfen sich gern kurz mit Ihrer Mandantin beraten. Ich erwarte aber alsbald eine Entscheidung. Das Gewahrsam ist heute ziemlich voll mit Haftsachen und die Staatsanwaltschaft hat zig Anträge gestellt. Ich habe also noch einige Anhörungen durchzuführen, Sie verstehen?"

Rebenzweig führte Heike Müller an die Tür. „Hören Sie, Frau Müller", sagte er sehr leise zu ihr, „der Ermittlungsrichter hat absolut Recht. Die rechtlichen Voraussetzungen für eine elektronische Fußfessel liegen in Ihrem Fall nicht vor."

Sie sah ihn verzweifelt an. „Aber ich würde das doch freiwillig machen! Hauptsache, ich muss mich nicht täglich bei der Polizei melden. Können Sie sich vorstellen, was das für einen Imageverlust für mich bedeutet?"

„Trotzdem! Es tut mir leid. Erstens haben Sie keine mindestens dreijährige Freiheitsstrafe verbüßt oder eine Maßregel der Besserung und Sicherung erledigt", er zählte seine Argumente an den Fingern ab, beginnend mit dem rechten Daumen, „zweitens sind Sie nicht verurteilt. Drittens spricht nichts für eine konkrete Gefahr der Wiederholung und viertens muss diese Maßnahme notwendig sein, um Sie von einer weiteren solchen Tat abzuhalten. Also vergessen Sie das bitte mit der Fußfessel. Außerdem wollen Sie nicht wirklich so einen Klotz oberhalb Ihres Fußknöchels festgemacht bekommen. Das Gerät wiegt immerhin 180 g. Also?"

Wenige Minuten später verkündete der Ermittlungsrichter den Untersuchungshaftbefehl, aber er verschonte Heike Müller mit der entsprechende Auflage. Die tägliche Meldepflicht bei der Polizei blieb bestehen.

***

Sarah Steinmann wollte nicht glauben, was sie zu hören bekam. „Das ist jetzt ein Scherz? Sie haben nicht wirklich einen Verschonungsbeschluss erlassen?“
„Doch, Frau Staatsanwältin Steinmann, das habe ich! Und das aus rein juristischen Gründen. Sie wollen mich nicht ernsthaft glauben machen, dass Sie bei Frau Müller anhand der Aussage dieses Kowaljows und des nicht bewiesenen Geldflusses einen dringenden Tatverdacht bejahen?“
Sarah Steinmann holte tief Luft. „Dringender Tatverdacht! Fluchtgefahr hin oder her! Wir haben noch Finanzermittlungen zu führen und es sind auch noch weitere Zeugen zu befragen. Man hätte hier auch die Annahme der Verdunkelungsgefahr großzügig prüfen können.“
„Wie dem auch sei, die Finanzermittlungen können Sie immer noch durchführen und für Verdunkelungshandlungen gab es keine Anhaltspunkte, die eine Inhaftierung rechtfertigen würden. Auf jeden Fall aber muss sie sich täglich bei der Polizei melden. Darüber hinaus haben Sie ja noch nicht einmal den Versuch unternommen, diesen Kowaljow vorzuführen. Wo ist denn da der Unterschied zu sehen?“
Sarah Steinmann biss sich auf die Zunge, denn sie wollte es sich für zukünftige Fälle nicht endgültig mit dem Ermittlungsrichter verderben. Sie riss sich zusammen und blieb freundlich. „Vielen Dank, dass Sie mich informiert haben. Ich wünsche Ihnen noch einen schönen Tag.“
„Nehmen Sie es nicht so schwer, Frau Steinmann. Liefern Sie mir handfeste Entscheidungsgrundlagen und ich hebe die Verschonung umgehend auf. Das wissen Sie doch, schließlich ist das nicht unser erster gemeinsamer Fall.“ Dann legte er auf. Sarah Steinmann behielt den Hörer gleich in der Hand und rief Westhoven an. Dieser reagierte ungewöhnlich gelassen. „Gefallen tut mir das auch nicht, Sarah. Aber so ist es jetzt. Ich will mich jetzt nicht darüber ärgern. Das heißt für uns nur, dass wir mit noch mehr Hochdruck ermitteln müssen.“
Sarah Steinmann zog die Augenbrauen hoch. „Wow! Ich bin überrascht. Du nimmst das ja richtig sportlich, Paul. Aber wenn wir hier einer Meinung sind, werde ich keine Rechtsmittel beim Beschwerde-

gericht[11] einlegen. Außerdem würde dies die Freilassung auch erstmal nicht aufhalten."
„Ach, weißt du, als junger Kriminalkommissar bin ich früher an so was echt verzweifelt. Wenn ich mich heute noch immer jedes Mal über solche Fehlentscheidungen aufregen würde, hätte ich bestimmt schon einen Herzinfarkt bekommen oder wäre mit einem Schlaganfall in der Nacht aufgewacht. Nein, danke! Kein Bedarf! Wir kriegen die schon noch dran, so dass sie sich verantworten müssen. Beide! Also ‚den Schmied' und die Müller."
„Na, wenn du das so sagst", meinte Sarah Steinmann skeptisch. „Aber mal was anderes: Ich habe gehört, dass Dember erkrankt ist. Grüß ihn bitte schön von mir und wünsche ihm gute Besserung."
Westhoven seufzte. „Mach ich. Bis dann."

***

Da der Leichnam von Lene Lemmerling durch die Staatsanwaltschaft zur Beerdigung freigegeben worden war und die Beisetzung am nächsten Morgen stattfinden sollte, hatte Westhoven kriminalistische Schritte geplant, die er in der abendlichen Besprechung mit dem gesamten Ermittlerteam der „MK Musik" erörtern wollte.
Als alle im Sozialraum zusammensaßen und jeder kurz von seinen Ermittlungsergebnissen erzählte, spendierte Westhoven die Kaltgetränke dazu.
„So, damit sind wir nun alle wieder auf dem gleichen Kenntnisstand. Morgen ist übrigens die Beisetzung von Lene Lemmerling auf dem Nordfriedhof. Ich möchte, dass zumindest zwei Teams dorthin fahren und die Augen offenhalten, ob sich jemand auffällig benimmt. Und ein Team muss den Fotografen mitnehmen, weil ich von jedem Anwesenden ein Foto haben will."
„Wofür soll das gut sein?", fragte Sigrid Stotzem-Randerath.
„Das ist eine reine Standardmaßnahme, Sigrid. Ich möchte zum Beispiel

---

[11] *Für den Fall, dass es jemand nachlesen möchte: §§ 307II, 120II StPO*

sehen, wer möglicherweise nicht zum letzten Geleit gekommen ist. Daraus kann man natürlich kein Motiv stricken, aber wer weiß schon, was es sonst für nützliche Hinweise bringen könnte? Und ich will wissen, wer neben wem steht und wer sich mit wem unterhält. Das kann mitunter ziemlich aufschlussreich sein."

„Okay! Und wer soll sich die vielen Fotos später anschauen und auswerten?"

„Wir alle! Wie gesagt, ein zarter Versuch eines möglichen Ermittlungsansatzes. Wenn es am Ende nichts gebracht hat, haben wir es wenigstens versucht. Unser Geschäft ist doch immer so: Wir nutzen jeden noch so kurzen Strohhalm, den winzigsten Hinweis, solange wir nichts Greifbares haben."

„Und was ist mit der Frau des Professors?", fragte Sigrid. „Die hat doch den Kowaljow beauftragt! Und immerhin ist Lene Lemmerling tot. Der ‚Schmied' kann uns doch auch einen riesigen Bären aufgebunden haben, oder? Quasi, um von sich abzulenken."

„Kann sein, kann aber auch nicht sein, Sigrid. Da ich ihn aber selbst vernommen habe, erlaube ich mir den Rückschluss, dass es für ihn in diesem Fall überhaupt keinen Sinn gemacht hätte, uns auf ihn aufmerksam zu machen. Kowaljow ist eine andere Geschichte. Und mein untrügliches Bauchgefühl signalisiert mir klar und deutlich, dass er sie nicht getötet hat."

***

Der Parkplatz des Nordfriedhofs war an diesem verregneten Morgen vollkommen überlastet. Einige der Trauergäste hatten selbst auf den unbefestigten Randstreifen und quasi mitten in der Zufahrt noch einen Abstellplatz ergattert. Auffällig und ungewöhnlich war, dass die meisten jungen Leute nicht in Schwarz gekleidet waren, sondern bestenfalls in dunklen Kleidungsstücken. Allein die betagteren Trauergäste kamen in Schwarz und gingen mit gesenktem Kopf und versteinertem Blick in Richtung Kapelle.

Vor dem massiven Holzsarg stand ein riesiger Trauerkranz in Herzform,

geschmückt mit weißen und roten Rosen und auf Seide aufgestickten Abschiedsworten der Eltern und Angehörigen. Auf dem Sargdeckel stand ein übergroßes Portraitfoto von Lene Lemmerling, eingerahmt in Mahagoniholz mit Trauerflor.
Ihre Eltern und engsten Verwandten saßen in der ersten Reihe. Die Mutter trug einen schwarzen Hut mit Schleier, der ihr Gesicht verhüllte. Ihr lautes Schluchzen war deutlich zu hören. Immer wieder trocknete sie sich mit einem weißen Stofftaschentuch die Tränen.
Nachdem der Pfarrer die Trauergäste begrüßt hatte und das erste Lied, „Halleluja", gesungen von Leonard Cohen, aus den Lautsprechern ertönte und den Anwesenden durch Mark und Bein ging, hatten alle große Mühe, ihren Emotionen nicht gänzlich freien Lauf zu lassen. Die Stimmung war spürbar bedrückend, und es schien niemanden kalt zu lassen, dass die junge Frau auf eine so schreckliche Art und Weise aus dem Leben gerissen worden war.
In blumigen Bildern erzählte der Pfarrer über Lene Lemmerling und erweckte tatsächlich den Anschein, sie wirklich gekannt zu haben. Während der Rede des Pfarrers stand Emma Bornhold auf und verließ mit Tränen in den Augen die Kapelle.

***

Die nachfolgenden Stunden verbrachte die „MK Musik" mit Aktenstudium und dem Auswerten weiterer Hinweise, die noch aus der Bevölkerung gekommen waren. Von der herzzerreißenden Beisetzung sehr ergriffen und zugleich auch motiviert, intensivierten die Ermittlungspersonen ihre Bemühungen, den Fall weiter aufzuklären.
Sigrid Stotzem-Randerath bekam das Bild der trauernden Eltern, die sich die ganze Zeit an den Händen hielten und vor Tränen kaum noch aus den angeschwollenen Augen gucken konnten, nicht aus dem Kopf. Selbst die sonst so toughe Ermittlerin schaffte es irgendwann nicht mehr, sich zu konzentrieren.
An diesem Tag schickte Westhoven seine Kommissionsmitglieder pünktlich in den Feierabend. Ihm war nicht entgangen, wie nah die

Beisetzung allen gegangen war. Und sogar er hatte, obwohl er nicht auf dem Friedhof dabei gewesen war, immer wieder den gleichen Gedanken: Hoffentlich passiert meiner Fiona nie so etwas. Schon darüber nachzudenken war für ihn unerträglich. Seine Tochter war zwar nicht immer einfach, aber wenn sie plötzlich gar nicht mehr da wäre … Nein, daran wollte er nicht denken. Mit diesen kreisenden Gedanken im Kopf fuhr er nach Hause und war fest entschlossen, an diesem Abend jedwedem Streit mit seiner Tochter aus dem Weg zu gehen.

***

Emma Bornholds emotionales und seelisches Gleichgewicht war mehr denn je in Schieflage geraten. Die heutige Leichenfeier ihrer einstigen Freundin hatte sie innerlich sehr aufgewühlt. Aber das lag nicht nur an der Beerdigung. Nein, nicht zu wissen, mit wem sich ihre heimliche Liebe nun traf, machte sie ebenfalls fahrig und eifersüchtig. Da sie sowieso nicht schlafen konnte, hatte sie sich auf die Lauer gelegt und schon gefühlte tausend Mal die Lamellen der Jalousie auseinandergeschoben und aus dem Fenster geschaut. Unter keinen Umständen wollte sie verpassen, wenn Professor Müller wieder ins Haus käme. Sie hatte es sich fest vorgenommen, diesmal herauszufinden, in welche Wohnung er verschwinden würde. Freilich, sie wusste nicht, ob er überhaupt am heutigen Tag hierherkommen würde, aber was das anging, war sie regelrecht paranoid. Wenn er ebenso Trost finden wollte wie sie selbst, dann wären die Aussichten gut.
Gedanklich hatte sie bereits alle Hausbewohnerinnen mit Lenes äußerem Erscheinungsbild verglichen. Sollte Professor Müller also seiner Vorliebe treu bleiben, so kämen nur drei Studentinnen in Frage.
Es ging auf Mitternacht zu, als sie sich gerade auf die Couch gelegt hatte, um mal für einen Moment die müden Augen zu schließen. Wenige Augenblicke später hörte sie ein lautes, bekanntes Motorgeräusch vor dem Haus. Hastig sprang sie auf und eilte zum Fenster. Ohne selbst gesehen werden zu wollen, schaute sie hinter der leicht vorgezogenen Jalousie nach draußen.

Tatsächlich: Professor Müller verschloss gerade seinen Wagen und eilte zur Tür. Emma Bornhold beeilte sich ebenfalls und öffnete leise ihre Wohnungstür. Das Licht im Treppenhaus wurde nicht eingeschaltet. Dadurch fiel es ihr aus ihrer Position auch nicht schwer, die Wohnung zu lokalisieren, in die der Professor ging: Ein schwacher Lichtschein aus der ersten Etage erhellte für einen Moment das Treppenhaus. Wenige Augenblicke später fiel leise eine Tür ins Schloss und alles lag wieder im Dunkeln.

Emma ließ ein paar Minuten verstreichen. Dann ging sie auf leisen Sohlen nach unten und lauschte an der Tür. Ihre Fantasie, gepaart mit fröhlichen Stimmen aus der Wohnung, ließ blitzartig ihr Kopfkino anspringen. Gegen den Film, der nun ablief, konnte sie nichts unternehmen. Ob sie wollte oder nicht, in ihrem Innersten brodelte es. Abermals spürte sie dieses einnehmende Wutgefühl, vereinigt mit einer gefährlichen Mischung aus Sehnsucht, Hoffnungslosigkeit und Eifersucht. Ihre Hand umschloss so fest den Griff des Taschenmessers in ihrer Jackentasche, dass die Knöchel weiß wurden. Mit dem Messer und einem Schraubendreher bewaffnet ging sie hinaus auf die Straße.

***

Am nächsten Morgen ging bei der „MK Musik“ alles wieder seinen gewohnten Gang. Die Fröhlichkeit war wieder zurückgekehrt und die Aufklärung des Falles hatte oberste Priorität.

Toni Krogmann erzählte Westhoven beiläufig, dass sie am Tag zuvor endlich den Vertrag für den Schrebergarten unterzeichnet habe.

„Meinen Glückwunsch!“, lächelte Westhoven. „Für mich wäre das nichts; die Leute in den Schrebergartenkolonien sollen ja schon ein Völkchen für sich sein.“

„Aha!“, meinte sie argwöhnisch. „Wie muss ich das jetzt verstehen?“

Westhoven hob abwehrend die Arme. „Auf jeden Fall nicht böse oder despektierlich. Ich freue mich wirklich für euch beide und ich hoffe, ihr schmeißt eine Einweihungsfete.“

„Darüber haben wir noch gar nicht nachgedacht, aber die Idee ist gut." Toni grinste. „Und einladen werden wir diejenigen, die uns irgendwie geholfen haben. Es gibt nämlich noch viel zu tun, bevor wir unsere Oase genießen können." Sie zwinkerte ihm zu.
„Ich habe schon verstanden. Kein Problem, aber beschwer dich später nicht. Mein grüner Daumen ist nämlich praktisch nicht vorhanden. In unserem Garten tobt sich ausschließlich Anne aus. Was Gartenarbeit angeht, habe ich leider zwei linke Hände. Selbst ein hartgesottener Kaktus hätte bei mir keine große Lebenserwartung. Aber vielleicht kann ich beim Tragen helfen oder so was. Sagt einfach Bescheid, wenn ihr Hilfe braucht."
„Mach ich. Und ich versteh schon, was du mit ‚Völkchen für sich' meinst, ich hatte anfangs auch so meine Bedenken. Aber sag mal, hat sich Dember eigentlich noch mal gemeldet?"
„Nö, bis jetzt nicht. Ich rufe ihn vielleicht später mal an und frage, wie es ihm geht."
Das Telefon klingelte. Westhoven nahm den Anruf entgegen und bedeutete Toni, noch zu bleiben. Es überraschte ihn, wer da am anderen Ende der Leitung war.
„Guten Morgen, Herr Westhoven, Professor Müller hier. Ich wollte Ihnen nur mitteilen, dass ich eine Anzeige erstattet habe, weil mein Auto beschädigt worden ist."
Westhoven runzelte die Stirn. „Dafür sind wir nicht zuständig, aber ich kann Ihnen gern die Durchwahl vom zuständigen Kommissariat geben. Sie können die Anzeige aber auch an jeder beliebigen Wache erstatten."
„Eine Anzeige habe ich doch schon erstattet, Herr Westhoven. Ich dachte nur, dass es Sie vielleicht interessieren könnte, dass meine Reifen zerstochen wurden und dass dann auch noch jemand das Wort ‚Hurenbock' in die Motorhaube geritzt hat. Zum Glück ist mein Verdeck heil geblieben."
„Aha! Wenn ich Sie also richtig verstehe, sehen Sie einen Zusammenhang zu unseren Ermittlungen in Sachen Lemmerling? Interpretiere ich das richtig?"
Professor Müller seufzte. „Keine Ahnung, aber ich könnte nicht damit

leben, wenn noch jemand ermordet würde und ich quasi daran schuld wäre."
„Wie kommen Sie denn jetzt auf so was? Haben Sie uns vielleicht etwas Wichtiges verschwiegen?"
Kurz herrschte Stille. Dann sagte der Professor leise: „Es ist zwar meine höchst persönliche Angelegenheit und ich bleibe bei meiner Meinung, dass das die Polizei nichts angeht, aber Sie werden es ja sowieso herausbekommen: Seit kurzem treffe ich mich mit einer meiner Studentinnen, und offenbar hat jemand damit ein Problem. Und da meine Frau ja hinter Schloss und Riegel sitzt, scheidet sie ja wohl aus."
„Aha! Wie kommen Sie denn zu dieser Weisheit?"
„Na, sie wurde doch von Ihnen verhaftet, soviel ich weiß!"
„Da sind Sie aber wohl nicht auf dem Laufenden, Herr Professor. Der Ermittlungsrichter hat Ihre Gattin wieder auf freien Fuß gesetzt. Jetzt sagen Sie nicht, das hätten Sie nicht gewusst."
Für gefühlte 30 Sekunden gab der Professor keinen Laut von sich.
„Sind Sie noch dran, Herr Müller?", hakte Westhoven nach.
„Ja, ich weiß gerade nur nicht, was ich sagen soll", stammelte der Professor.
„Mich geht das zwar nichts an", meinte Westhoven sarkastisch, „aber wenn ich Sie wäre, würde ich mal mit meiner Frau sprechen. Vielleicht klärt sich das dann auch mit dem Schriftzug am Auto und den platten Reifen."
„Wie gesagt, ich wollte Sie nur über die Sache informieren. Ich muss dann jetzt wieder. Auf Wiederhören!"
Westhoven legte auf. Toni Krogmann schaute ihn fragend an.
„Das war der Professor. Offenbar hat irgendwer ‚Hurenbock' in die Motorhaube seines Wagens geritzt und alle Reifen zerstochen. Reihenfolge beliebig. Recherchiere mal bitte nach dem Vorgang. Vielleicht hat es ja doch was mit unseren Ermittlungen zu tun. Man weiß ja nie."
„Hat er gesagt, wo das passiert ist?"
„Nein, aber das steht sicher in der Anzeige."
Tonis Finger flogen über die Tastatur, und nachdem sie Enter gedrückt hatte, erschien auch schon das Ergebnis. „Ach ne, das finde ich jetzt

aber komisch. Das ist doch die gleiche Adresse, wo auch die Bornhold wohnt."
„Was ist daran so ungewöhnlich? In dem Haus wohnen doch viele Studierende."
„Das weiß ich auch, aber das sind mir zu viele Zufälle. Immer wieder taucht der Name Bornhold auf."
Westhoven wurde ernst. „Toni, wenn du der Meinung bist, dass sie mehr in den Fall involviert ist als bisher angenommen, dann kümmere dich bitte noch mal intensiver um sie. Vielleicht hat sie ja eine dunkle Seite."
Toni schüttelte den Kopf. „Ach, ich weiß es ja auch nicht. Sie sieht so harmlos aus mit ihren roten Löckchen. Ich kann mir wirklich nicht vorstellen, dass sie Lene Lemmerling getötet hat. Was sollte sie für ein Motiv haben? Aber sicher ist sicher und deswegen geh ich noch mal alles durch, wo ihr Name auftaucht und überprüfe intensiv ihre Aussagen. Danach wissen wir mehr. Ich möchte mir auch nicht später den Vorwurf gefallen lassen, dass wir was übersehen hätten oder einem Hinweis nicht nachgegangen wären. Und den Anruf eben werte ich mal als Hinweis."
„Sehe ich auch so, also mach das. Und ich rufe jetzt mal unseren lieben Heinz an. Ich bin schon gespannt, wie lange er sich auskurieren muss."
Nachdem Toni Krogmann das Büro verlassen hatte, rief Westhoven Dember an. Er hatte sich fest vorgenommen, diesmal freundlicher zu sein. Trotzdem war er nicht sonderlich überrascht darüber, dass Dember sofort wehleidig darüber klagte, wie doll ihm sein Fuß wehtäte. Westhoven seufzte. „Mensch, wenn ich das so höre, bin ich heilfroh, dass ich so etwas nicht habe. Was sagt denn dein Arzt?"
„Ende der Woche liegen die Ergebnisse vor. Ich hoffe, die finden auch was, damit wir das behandeln können. Drück mir die Daumen, dann bin ich bald wieder da."
„Tja, mein Lieber, dann wünsche ich dir gute Besserung. Melde dich, wenn du mehr weißt."
„Mach ich. Danke dir."
„Und bestell bitte Doris liebe Grüße."
„Alles klar! Bis dann."

Emma Bornhold war an diesem Morgen zuhause geblieben. Bis in die frühen Morgenstunden hatte sie im Dunkeln auf den kalten Stufen im Hausflur gesessen und wie gebannt zur Wohnungstür in der ersten Etage heruntergeschaut. Neben ihr lagen das Messer und der Schraubendreher, an dem die Lackreste haften geblieben waren.
Nachdem sich gegen 03.00 Uhr morgens die Tür endlich leise geöffnet hatte, hatte sie gehört, wie sich Professor Müller und ihre Kommilitonin, Aurelia Schwabert, mit den Worten „Bis hoffentlich bald" und einem Kuss verabschiedet hatten. Gleichzeitig hatte Emma Bornhold wieder diese Wut gespürt, die ihr die Kehle zuschnürte. Am liebsten wäre sie hinuntergegangen, aber sie hatte nicht den Anblick ihres Angebeteten verpassen wollen. So hatte sie durch ein Fenster beobachtet, wie Professor Müller die aufgeschnittenen Reifen entdeckte. Einerseits hatte ihr sehr leidgetan, was sie getan hatte, aber andererseits geschah es ihm recht. Warum war er nicht zu ihr gekommen? Warum wieder so eine Blondine wie Lene?
Nachdem Professor Müller ins Taxi gestiegen war, wartete sie noch eine gute halbe Stunde, bevor sie zur Wohnungstür von Aurelia Schwabert schlich und mit ihren Fäusten ein kurzes, aber heftiges Trommelfeuer auf der Tür veranstaltete. Um nicht von ihr oder anderen erwischt zu werden, rannte sie eilig die Stufen nach oben und schloss schnell hinter sich die Tür. Erst jetzt fühlte sie sich ein wenig in der Stimmung dazu, sich hinzulegen und die Augen zu schließen.
Gegen 09.00 Uhr war sie jedoch noch immer nicht in der Verfassung, ausgiebig zu frühstücken. Mit einer kleinen Müslimahlzeit im Magen zog sie sich ihre Joggingsachen an. Sie wollte sich den Frust von der Seele rennen.
Ihre Laufstrecke ließ sie dabei wie immer von ihrer Sportuhr-App aufzeichnen, die nicht nur die Strecke speicherte, sondern auch Herzfrequenz- und Pulsmessungen durchführte.
Als sie nach rund einer Stunde zurückkehrte, sah sie, wie der weiße Porsche des Professors auf einem Abschleppwagen davongefahren wurde. Mit einem inneren Gefühl der Genugtuung genoss sie kurze Zeit später ihre heiße Dusche.

Nachdem sie sich schließlich doch noch aufraffen konnte, zur Musikhochschule zu fahren, hielt sie in einer Pause Ausschau nach Aurelia Schwabert. Sie passte den richtigen Moment ab, um sie scheinbar ungeschickt anzurempeln. Bühnenreif ließ sie dabei ihren eigenen Stapel Bücher zu Boden fallen. „Mist!"
„Tut mir leid! Ich habe dich gar nicht gesehen, sorry." Aurelia Schwabert ging ebenfalls in die Hocke und half ihr dabei, die Bücher wieder einzusammeln.
„War meine Schuld. Ich Dummerchen! Mir tut es leid. Ich hoffe, du hast dir nicht wehgetan?"
Aurelia schüttelte den Kopf. „Nein, nein! Alles gut."
Emma blickte sie von der Seite an und sagte beiläufig: „Sag mal, kennen wir uns nicht? Wohnen wir nicht im gleichen Haus oder verwechsele ich dich jetzt mit irgendwem?"
„Doch, doch! Ich wohne in der ersten Etage. Aurelia." Sie hielt ihr die Hand entgegen.
„Ich bin Emma. Emma Bornhold." Es gelang ihr perfekt, Freundlichkeit zu heucheln. „Hast du auch heute Morgen den Wagen von Professor Müller vor unserem Haus gesehen? Alle Reifen platt und dann dieser Schriftzug: ‚Hurenbock'. Der Arme!"
„Ach, der Porsche gehört unserem Dozenten?" Aurelia Schwabert tat überrascht. „Wusste ich gar nicht. Woher auch?"
„Vielleicht vertue ich mich ja auch, aber ich meine, ich hätte ihn mal in so einem Porsche gesehen. Aber ich frage mich, weshalb er vor unserem Haus parken sollte?"
Aurelia spielte weiter die Ahnungslose. „Wie gesagt, keine Ahnung. Auf so etwas achte ich gar nicht. Bis eben wusste ich noch nicht mal, welches Auto der überhaupt fährt. Ich fahre selbst sowieso nur Fahrrad oder mit der Bahn."
„Wahrscheinlich hast du Recht. Der Professor trägt ja auch einen Ehering und da passt ‚Hurenbock' ja mal so gar nicht. Bestimmt ist das Auto von jemand anderem."
Aurelia zuckte mit den Schultern. „Keine Ahnung!"
Emma Bornhold blieb ruhig und ließ sich nicht anmerken, dass sie

genau wusste, wie dreist sie gerade belogen wurde. „Kann ich mich irgendwie für den Rempler entschuldigen? Das ist mir so peinlich! Vielleicht trinken wir mal was zusammen und ich lade dich ein?"
„Das ist wirklich nicht nötig, ist ja nichts passiert."
„Würde ich aber gern." Sie klemmte sich ihren Stapel Bücher mit verschränkten Armen vor die Brust und bevor Aurelia noch etwas sagen konnte, verabschiedete sich Emma mit einem „Wir sehen uns!"

***

Nach dem Mittagessen in der Behördenkantine gingen die Ermittlungspersonen der „MK Musik" allesamt in den Besprechungsraum und sahen sich die Fotos von der Beerdigung an. Dutzende Bilder lagen verteilt vor ihnen auf den Tischen und es wirkte beinahe so, als ob eine Jury das beste Foto auswählen wollte, um es anschließend zu prämieren.
Westhoven nahm sich mehrere Fotos auf einmal, bildete einen kleinen Stapel, sah sich das vorderste an und steckte es hinter die anderen. „Na, das ist aber jetzt interessant." Er hielt das Bild vor sich und zeigte es in die Runde. „Schaut mal!"
„Das sind doch diese Bornhold und der Professor", meinte Guido D'Angelo.
Sigrid Stotzem-Randerath ergänzte: „Ja. Sie heult und er geht ihr offenbar nach, oder sehe ich das falsch?"
„Läuft da vielleicht was zwischen den beiden?", warf Toni Krogmann in die Runde. Sigrid schüttelte den Kopf. „Das denke ich nicht. Emma Bornhold war ja die Sandkastenfreundin von Lene Lemmerling. Wahrscheinlich wollte er sie nur trösten."
Ein „Ach, so nennt man das jetzt?" konnte D'Angelo sich nicht verkneifen und erntete sogleich böse Blicke von Sigrid und Toni. „Weshalb guckt ihr mich denn jetzt so an? Wir wissen doch alle, dass der feine Professor auch gern mal seine Studentinnen vernascht."
Da Toni D'Angelos Hypothese nicht ganz ausschließen konnte, erzählte sie von Müllers Anruf und seinem beschädigten Auto, das er offensicht-

lich vor Emma Bornholds Wohnanschrift geparkt hatte. Dies war das sprichwörtliche Wasser auf den Mühlen von D'Angelos Theorie. „Habe ich doch eben gesagt! Dieser Typ vögelt reihenweise seine Studentinnen. Eine nach der anderen. Und besonders diskret ist er ja offensichtlich nicht dabei, sondern auch noch so blöde, sein Auto direkt bei ihr vor dem Haus zu parken. Wo es jeder sofort sehen kann. Die Karre ist ja auch nicht gerade unauffällig." Und an Toni gewandt fuhr er sarkastisch fort: „Und ganz sicher war der feine Herr nur zum *Trösten* bei der Bornhold. Ich meine, was soll er auch sonst bei ihr? Nee, jetzt mal im Ernst, ich wette, dass seine Ehefrau ihm diesen Denkzettel verpasst hat. Oder?"

Westhoven wiegte den Kopf hin und her. „Man kann dieses Szenario nicht ganz von der Hand weisen. Zumindest hätte sie die Möglichkeit dazu gehabt. Der Richter hat sie ja entlassen."

„Hey, Leute!", Sigrid schüttelte den Kopf, „glaubt ihr ernsthaft, dass sie nach der Entlassung und mit dem Schock der Festnahme in den Knochen losgeht und als Erstes den Wagen ihres Mannes derart beschädigt?"

„Echt jetzt?", konterte D'Angelo. „Wir sprechen hier über eine offenbar jahrelang betrogene Ehefrau, die einen Killer beauftragt hat, die Geliebte ihres Ehemannes zu töten! Also, für mich ist die Sache klar: Wer jemanden beauftragt, einen anderen Menschen aus derart niedrigen Beweggründen zu ermorden, dem traue ich allemal auch eine Sachbeschädigung zu. Du hast sie doch selbst erlebt. Die Alte hat einen Nagel im Kopf und ich halte sie für extrem gefährlich. Wieso so jemand direkt wieder entlassen wird, ist mir ein absolutes Rätsel. Und es macht mich auch irgendwie wütend! Wo bleibt da die Gerechtigkeit für das Opfer?"

Westhoven wollte die Diskussion nun beenden. „So, jetzt sind alle wieder auf dem gleichen Stand. Und es liegt noch immer an uns, den Fall aufzuklären, um Gerechtigkeit für das Opfer zu bekommen. Also an die Arbeit. Zack, zack!", grinste er.

***

Es war kurz nach 14.00 Uhr, als sich der Pförtner bei Westhoven meldete und sagte, dass Herr und Frau Lemmerling da seien und gerne jemanden von der „MK Musik" sprechen würden. Westhoven entschied, dass er dies als Leiter der Kommission persönlich übernehmen sollte. Er hatte mit den beiden bereits gesprochen, als das Opfer eindeutig als Lene Lemmerling identifiziert worden war und fragte Toni Krogmann, ob sie Zeit habe, dabei zu sein.

Wenige Minuten später saßen die Ermittler Christiane und Christoph Lemmerling im Besprechungsraum gegenüber. Der Ermittler bot ihnen Kaffee und Wasser an. Die Eheleute winkten ab und Christiane Lemmerling sagte: „Nein, danke! Das ist wirklich sehr nett, aber im Moment nicht. Sagen Sie uns lieber, wer unsere Tochter umgebracht hat. Wir haben nämlich gehört, dass jemand verhaftet wurde." Ihre Stimme zitterte. Erwartungsvoll blickten sie und ihr Mann zu Westhoven. Der räusperte sich. „Das kann ich Ihnen beim besten Willen leider immer noch nicht sagen. Noch nicht."

„Aber Sie haben doch jemanden verhaftet!", rief Christoph Lemmerling. Westhoven überlegte für einen Augenblick, ob er nicht die Geschichte rund um Heike Müller und Kowaljow erzählen sollte, aber seine innere Stimme hielt ihn zurück. Nichts war klar! Sie war wieder entlassen und Kowaljow noch nicht mal eingesperrt. Er wollte einfach keine falschen Hoffnungen wecken. „Wir haben jemanden vorläufig festgenommen, weil wir einem Verdacht nachgegangen sind. Die Annahme hat sich bis jetzt aber nicht bestätigt."

„Wer war das denn?" Christoph Lemmerling ließ nicht locker.

„Bitte entschuldigen Sie, aber das darf ich Ihnen nicht sagen."

Christiane Lemmerling schimpfte: „Immer dieser Scheiß-Datenschutz. Datenschutz, um Mörder zu schützen! Wir leben wohl in einer Bananenrepublik! Was ist mit den Opfern? Für die interessiert sich niemand! Hauptsache, die armen Verbrecher werden therapiert und gehätschelt."

Toni Krogmann ergriff das Wort: „Ich kann Sie gut verstehen, Frau Lemmerling. Glauben Sie mir, wir sind auch nicht immer glücklich mit allen juristischen Entscheidungen. Aber wir möchten Ihnen auch keine Festnahme als Erfolg verkaufen, die am Ende keiner war. Das verstehen

Sie doch? Bis zur Verurteilung gilt immer noch die Unschuldsvermutung."
Das Ehepaar schüttelte den Kopf. Christiane Lemmerling griff nach der Hand ihres Mannes. „Das ist alles so schwierig für uns", sagte sie leise. „Seit Lenes Tod leben wir wie in einer Blase. Wir wünschen uns einfach unser altes Leben zurück und Gerechtigkeit für unser Kind. Sie war doch noch so jung, so sportlich und eine gute Studentin." Ihre Stimme brach, als sie fortfuhr: „Wissen Sie eigentlich, wie weh das tut?"
„Ich kann Ihnen versprechen, dass wir nichts unversucht lassen, um den Tod Ihrer Tochter aufzuklären", sagte Westhoven beruhigend. „Wir arbeiten dafür mit vielen Leuten und schauen dabei auch nicht auf die Uhr."
Toni Krogmann nickte beipflichtend und presste dabei die Lippen aufeinander. Aufgrund der vielen Ermittlungsergebnisse und dem Drumherum mit dem Professor und den Cantus-Brüdern versuchte Westhoven noch einmal auszuloten, ob die Eltern auch nur die geringste Ahnung vom Sexualleben ihrer Tochter hatten. Bei ihrem letzten Gespräch hatten sie angegeben, dazu nichts zu wissen und dass sie Lene nie gedrängt hätten, sich ihnen zu ihrem Liebesleben zu offenbaren. Im gleichen Moment fragte er sich, wie er reagieren würde, wenn man ihn danach in Bezug auf seine Tochter fragen würde. Dazu könnte er nämlich auch rein gar nichts sagen, von seinen Vermutungen über den Typ, mit dem sie rumhing, einmal abgesehen. Diese Thematik war nichts für elterliche Ohren. Dennoch wollte er es versuchen. „Können Sie heute vielleicht noch etwas mehr zu Freundinnen, Freunden, Bekannten Ihrer Tochter sagen? Welche Interessen hatte sie außer dem Studium noch? Hat sie irgendwas besonders gern gemacht? Jedes noch so kleine Detail könnte wichtig sein, auch wenn es im ersten Moment unwichtig erscheint. Gibt es da was?"
Die Antwort fiel aus wie erwartet. „Unsere Tochter lebte ihr Leben, wenn Sie wissen, was ich meine", sagte Christiane Lemmerling langsam. „Wir haben ihr nie Vorwürfe deswegen gemacht, sondern sie im-

mer nur ermahnt, vorsichtig zu sein. Sie hatte ja ihre ganze Zukunft noch vor sich. Natürlich hat sie nur darüber gelacht und gemeint, dass wir schließlich im 21. Jahrhundert leben würden."

Christoph Lemmerling ergänzte: „Ja, so war Lene. Wenn sie etwas wollte, dann hat sie sich auch nicht davon abbringen lassen. Zum Beispiel von ihrem Sport. Sie ging mehrfach die Woche joggen. Letzte Weihnachten hat sie sich dafür so eine Uhr gewünscht, die sie mit dem Telefon verbinden konnte. So eine Sportuhr, die jeden Pulsschlag und die Herzfrequenz aufzeichnet und die Strecke abbildet. Sie hat sie immer getragen. Da war sie sehr gewissenhaft. Sie hat sich immer ein Ziel gesteckt, das sie unbedingt schaffen wollte."

Die beiden Ermittler schauten sich an, denn diese Information hatte sie noch nicht erreicht. Sofort gingen sie in ihren Köpfen die elektronischen Geräte durch, die in Lenes Zimmer gestanden hatten. Aber an eine Smartwatch konnten sie sich nicht erinnern.

„Toni", meinte Westhoven, „das müssen wir unbedingt nochmal überprüfen. Vielleicht ... "

Sie unterbrach ihn: „Machen wir, Paul, lass uns das später klären." Die Ermittlerin wollte diese Möglichkeit nicht weiter vor den Eltern vertiefen, um nicht wieder Hoffnung zu schüren. Gedanklich war sie aber schon dabei herauszufinden, womit Lene Lemmerling ihre Laufstrecken aufgezeichnet hatte. Sollte dies tatsächlich noch recherchierbar sein, so wäre es möglicherweise der Durchbruch. Immerhin gab es bis jetzt nicht den winzigsten Anhaltspunkt zum Ort ihres Verschwindens und auch nicht, wie sie dahin gekommen war, wo sie gefunden worden war. Und da die Uhr definitiv nicht in der Wohnung lag, war das vielleicht endlich ein Ansatzpunkt. Toni fühlte regelrechte Euphorie in sich aufsteigen, ließ sich aber äußerlich nichts anmerken. Stattdessen wollte sie noch ein paar Eckdaten klären. „Können Sie uns vielleicht noch etwas zu Emma Bornhold sagen?"

„Wie ich Ihnen schon sagte, kennen wir die Emma schon von Kindheit an", meinte Christiane Lemmerling. „Sie war immer die beste Freundin von Lene. Emma hat uns viel Trost gespendet in dieser schwierigen Zeit."

„Hat sie Ihnen denn auch erzählt, mit wem Lene eine Beziehung hatte?“, hakte Westhoven nach.
Christoph Lemmerling seufzte. „Das haben uns die Beamten doch schon letztes Mal gefragt. Nein, wir haben nie nachgefragt.“
Westhoven runzelte die Stirn. „Das verstehe ich, ehrlich gesagt, nicht. Man möchte doch wissen, mit wem seine Tochter zusammen ist!“
Christiane Lemmerling schüttelte den Kopf. „Das haben wir immer anders gesehen. Wir hatten mit Lene vereinbart, dass, wenn es mal ernst würde, sie ihn uns schon vorstellen würde. Ansonsten sind die jungen Leute doch viel lockerer als wir früher. Lene hat immer sehr geschätzt, dass wir nicht so konservativ waren.“ Sie wandte sich ab und kämpfte mit den Tränen. „Offenbar ein Fehler.“
„So war das nicht gemeint“, meinte Westhoven beruhigend. „Aber man bekommt ja manchmal auch was mit, auch wenn man nicht fragt oder es erzählt bekommt. Hätte ja sein können.“
Westhoven erntete nur ein doppeltes Kopfschütteln. Aber er fragte dennoch nach: „Ich muss das jetzt fragen, auch wenn es schmerzhaft sein könnte. Haben Sie gewusst, dass Ihre Tochter schwanger war?“
Augenblicklich brach Christiane Lemmerling in Tränen aus und wandte sich ab. Christoph Lemmerling starrte Westhoven dagegen völlig entgeistert und mit offenem Mund an.
„Kann ich aus Ihrer Reaktion schließen, dass Sie es gewusst haben, Frau Lemmerling, und Sie eher nicht?“ Westhoven blickte Lenes Vater an, aber der suchte den Blickkontakt zu seiner Frau. „Christiane, hast du davon gewusst?“
Sie vergrub ihr Gesicht in den Händen und schluchzte laut ein kaum verständliches „Ja“. Nun begannen auch ihrem Mann Tränen über die Wangen zu fließen.
„Frau Lemmerling, wie haben Sie davon erfahren?“, fragte Toni Krogmann leise.
Doch Christiane Lemmerling vergrub weiter ihr Gesicht in den Händen. Sie zitterte so sehr, dass wohl alle Anwesenden Sorge bekamen, dass sie kollabieren könnte. Toni ließ aber nicht locker, beugte sich vor und legte behutsam die Hand auf ihre Schulter. „Frau Lemmerling, ich

weiß, es ist schwer, aber dennoch müssen wir das wissen: Wann und von wem haben Sie davon erfahren?"

Das interessierte Christoph Lemmerling mindestens ebenso sehr wie die Ermittler. „Schatz?", sagte er schwach und strich seiner Frau über den Rücken. Durch ihre Hände waren dumpf die Worte „von Lene" zu hören. Toni Krogmann brauchte gar nicht nachzufragen, denn diesen Part übernahm spontan ihr Mann. „Wie jetzt? Von Lene? Wieso hast du mir das nicht erzählt? Und von wem war sie schwanger? Jetzt sag schon!"

Christiane Lemmerling hob den Kopf. Ihre Augen waren rot und angeschwollen vom Weinen. Sie schniefte: „Kurz vor ihrem Verschwinden, ein paar Tage, nachdem wir nach Australien geflogen waren. Woher hätte ich denn wissen sollen, dass …" Sie bekam abermals einen nahezu hysterischen Weinkrampf.

„Jetzt reiß dich bitte zusammen!", platzte es aus ihrem Mann heraus, dem es selbst immer schwerer fiel, die Fassung zu bewahren, „und sag, verdammt nochmal, *was* du hättest wissen sollen!"

Christiane Lemmerling brachte kaum einen Laut heraus. Schließlich stammelte sie: „Sie … Lene … sie … wollte … das … regeln."

Christoph Lemmerling wurde immer gereizter. „Christiane, bitte! Du sprichst in Rätseln!"

Die beiden Ermittler lehnten sich gedanklich zurück und verfolgten die Vernehmung der etwas anderen Art. Zurzeit gab es keinen Grund für sie, die Konversation zwischen den beiden zu unterbrechen, auch wenn die Emotionen kurz vorm Überkochen waren. Zur Überraschung aller kam der nächste Satz wie aus der Pistole geschossen: „Lene hatte eine Affäre mit einem verheirateten Mann und sie hatte vor, Geld von der Ehefrau zu verlangen."

Ob dieser Antwort fiel Christoph Lemmerling sichtlich die Kinnlade herunter. Es war deutlich, dass er mit der Aussage nichts anfangen konnte, aber die Ermittler wussten sofort, dass es um den Erpressungsversuch bei Frau Müller ging.

„Schatz! Wie meinst du das, Geld verlangen?", drängte er. „Von wem? Und wer ist der Typ? Bitte erklär mir das!"

Christiane Lemmerling schniefte. „Seinen Namen hat sie mir nicht gesagt, nur dass es einer ihrer Dozenten war. Aber ich habe den Namen trotzdem herausbekommen."
Christoph Lemmerling wirkte wie gelähmt. Mit leerem Blick starrte er seine Frau an. „Wie?", fragte er tonlos.
„Die Emma hat es mir erzählt, als sie bei uns war. Ich habe ihr aber ins Gewissen geredet, es dir unter keinen Umständen zu sagen. Lene war doch immer dein kleines Mädchen! Das wollte ich dir nicht antun. Es hätte doch nichts geändert. Sie war doch schon tot." Wieder vergrub sie ihr Gesicht in den Händen und weinte bitterlich. Ihrem Mann fiel es sichtlich schwer, nicht irgendetwas vom Tisch zu reißen und gegen die Wand zu schmeißen. Er sprang auf, fasste sich an die Stirn und ging aufgebracht ein paar Schritte hin und her, um sich zu beruhigen. Dann aber drehte er sich zu den Ermittlern um. „Da haben Sie es doch! Worauf warten Sie? Meine Frau hat Ihnen eben doch gesagt, dass meine Tochter eine Affäre mit einem verheirateten Mann hatte, von ihm schwanger war und dessen Frau erpressen wollte, damit es niemand erfährt. Sie werden ja wohl herausfinden, wer das ist und die Frau verhaften."
Westhoven hielt mit seinem Wissen hinterm Berg. „Wir werden uns dieser Sache natürlich annehmen, aber wir nehmen nur jemanden fest, wenn es einen dringenden Tatverdacht gibt. In der Realität ist es nämlich nicht so, wie es oft in den deutschen Krimis gezeigt wird."
„Diese Frau wurde von meiner Tochter erpresst!", schrie Christoph Lemmerling. „Ist das nicht verdächtig genug für Sie?"
„Wie gesagt", entgegnete Westhoven fest, „wir werden uns darum kümmern. Und wenn besagte Frau was damit zu tun hat, kriegen wir es auch raus. Anders geht's nicht."
Auch Christoph Lemmerling verstand nun, dass er hier keine spontane Aktion auslösen würde. Er ließ sich wieder zurück auf den Stuhl fallen und atmete tief durch.
Toni Krogmann wandte sich an Frau Lemmerling: „Wie lief es denn eigentlich in der Wohngemeinschaft? Können Sie uns dazu etwas sagen?"
Sie zuckte die Schultern. „So richtig kennen wir die Jungs gar nicht.

Wir haben die nur ein paar Mal flüchtig gesehen, als wir Lene besucht haben. Und meine Tochter hat weder etwas Gutes noch etwas Schlechtes über sie gesagt. Für mich war das kein Thema."

Als Westhoven den Eindruck hatte, dass sich die Eltern ein wenig beruhigt hatten, beendete er freundlich das Gespräch. „Wenn Sie noch Fragen haben, dürfen Sie uns gern wieder kontaktieren."

Bei der Verabschiedung schaute Christoph Lemmerling Westhoven mit versteinertem Gesichtsausdruck in die Augen. „Versprechen Sie mir, dass Sie den Kerl schnappen, der meiner Lene das angetan hat."

Dem Ermittler gingen spontan mehrere Krimiserien durch den Kopf, wo diese Szene offenbar zum Standardrepertoire gehörte. Da er aber nicht unhöflich sein und erst recht keine falschen Hoffnungen schüren wollte, antwortete er diplomatisch: „Von Vater zu Vater würde ich Ihnen sagen: Wir kriegen dieses Schwein! Koste es, was es wolle. Aber als Ermittler kann ich Ihnen nur versprechen – und da können Sie mich beim Wort nehmen –, dass wir alles Erdenkliche tun werden, um diese schreckliche Tat aufzuklären. Und nur darauf gebe ich Ihnen mein Wort!"

Lemmerlings Gesichtszüge wurden weich, als er Westhovens ausgestreckte Hand zur Verabschiedung ergriff. Dankbar und sichtlich ergriffen legte er auch noch seine andere Hand darüber. „Danke!"

***

Kaum hatte sich die Fahrstuhltür mit dem üblichen stählernen Geräusch geschlossen, drehte sich Westhoven zu Toni um.

Sie kam ihm zuvor. „Paul, du brauchst gar nichts zu sagen. Ich mache mich sofort auf den Weg zu den Spezialisten und frage, ob es einen Weg gibt, an die Daten der Sportuhr zu kommen."

„Sehr gut, nichts anderes wollte ich gerade zu dir sagen. Wie sagt man so schön? Zwei Doofe, ein Gedanke!" Westhoven grinste. „Bis gleich dann! Sag mir auf jeden Fall Bescheid."

Toni Krogmann nahm ihr Notizbuch und machte sich auf den Weg zum Fachkommissariat. Zwar hätte sie auch dort anrufen können, aber sie brauchte nur zwei Etagen nach oben zu gehen und eine persön-

liche Erklärung und der unmittelbare Kontakt waren allemal besser. Sie schilderte ihrem Lieblingsauswertespezialisten, dem studierten Informatiker Ömer, worum es ging. Er hörte konzentriert zu und nickte, als sie den Sachverhalt schilderte, dann überlegte er kurz. „Das Mobiltelefon habt ihr nicht, richtig?"
„Nee, leider nicht. Das ist ja genau das Blöde an der Sache."
„Und die Sportuhr? Habt ihr die denn wenigstens?"
Toni schüttelte den Kopf.
„Aber ihr habt hoffentlich die Telefonnummer und den Provider?"
Aus ihren Notizen las sie ihm die Nummer vor und nannte ihm die Nummer des Providers.
„Wisst ihr, ob das ein Android oder iPhone war?"
„Keine Ahnung, aber ich meine, jemand hätte was von Samsung erwähnt." Sie hob die Hände. „Aber ohne Gewähr!"
„Das wäre gut! Lass uns mal davon ausgehen, dass es Android ist."
„Wieso ist das jetzt gut? Wir haben es doch immer noch nicht."
„Ganz einfach, Toni: Neben dem Aktivitätstracker musst du auf dem Gerät die passende App installieren. Und bei den auf Android basierten Geräten geschieht das über den Play Store und dafür brauchst du eine Mailadresse bei Google."
Sie schlug sich leicht mit der flachen Hand gegen die Stirn. „Aha, jetzt wo du es sagst, macht es direkt Sinn. Klar, ich habe auch mal vor Urzeiten ein Googlemail-Konto eingerichtet, aber seitdem nie wieder benutzt. Und mit Aktivitätstracker meinst du sicher die Sportuhr?"
Er nickte nur und runzelte dabei die Stirn: Was sollte er denn sonst meinen?
„Da gibt's nur eine kleine Hürde: Die Mailadresse haben wir auch nicht."
Ömer schnaubte. „Pah! Willst du mich beleidigen? Das ist eine meiner leichtesten Übungen. Standard! Gleich versende ich das entsprechende Auskunftsersuchen und melde mich, sobald die Ergebnisse vorliegen."
„Also muss ich jetzt selber nix mehr machen?", fragte sie.
„Was die Abfragen angeht jedenfalls nicht."
„Klasse! Vielen Dank! Und was meinst du, wie lange das dauern wird, bis eine Antwort kommt?"

Ömer presste kurz die Lippen aufeinander. „In der Regel dauert das nicht lange. Zur Sicherheit werde ich mit einem Edding in Großbuchstaben ‚EILT' auf den Antrag schreiben und dass es um die Aufklärung eines Kapitalverbrechens geht. Das sollte die Beantwortung auf jeden Fall beschleunigen."

***

Emma Bornhold war ihrer Nachbarin nach Kursende heimlich gefolgt, als diese nicht direkt mit dem Rad nach Hause gefahren war, sondern sich Richtung Stadtmitte bewegt hatte. Als Aurelia Schwabert im Veggie-Markt verschwunden war, stellte sie ihr Fahrrad ebenfalls dort ab und kettete es an das Hinterrad von Aurelias Drahtesel. Sie wollte sichergehen, dass sie sich auf jeden Fall begegnen würden und Aurelia nicht vor ihr losfahren konnte.
Im Laden hielt sich Emma immer genau parallel im nächsten Gang auf und beobachtete ihre Kommilitonin durch die Regale hindurch. Anschließend begab sie sich selbst in den Gang und packte die gleichen Lebensmittel in ihren Korb. Eigentlich kaufte sie sonst nie vegetarisch ein, denn auf ihrer Speisekarte stand regelmäßig Fleisch. Aber heute kam es darauf nicht an. Da an der Kasse nicht viele Leute anstanden, waren nur zwei Kunden zwischen ihr und Aurelia.
Als sie selbst gerade bezahlte, hörte sie von draußen verständnisloses Fluchen. Aurelia fragte sich, welcher Vollidiot denn sein Fahrrad an ihres gekettet hatte. Gleichzeitig fühlte Emma eine innere Befriedigung in sich aufsteigen. Dass sie sich gleich als Dummchen darstellen müsste, spielte keine Rolle. Schließlich war es Teil ihres Plans, mit Aurelia in Kontakt zu kommen.
Auf dem Bürgersteig angekommen, drehte sie sich in Richtung der abgestellten Fahrräder und tat überrascht: „Na, das nenn ich mal einen Zufall! Erst sieht man sich gar nicht und dann gleich zweimal in so kurzer Zeit. Gehst du etwa auch hier einkaufen?"
Aurelia bemühte sich um Fassung, denn sie war noch immer total wütend darüber, dass sie nicht wegfahren konnte. „Ach du, hey! Ja, ich

gehe hier öfters hin. Das ist der einzige Laden in Köln mit diesen superleckeren Reis-Nuggets." Dann wandte sie sich wieder ihrem Hinterrad zu und machte eine Trittbewegung in Richtung des fremden Fahrrades. „Scheißteil!"

Emma ließ sich ihre innere Boshaftigkeit nicht anmerken. „Was ist denn los?"

„Irgendein dämlicher Honk hat sein Fahrrad an mein Hinterrad gekettet."

„Oh je! Ich glaube, der Honk bin dann wohl ich. Das habe ich gar nicht gesehen. Tut mir leid. Ich habe vorhin telefoniert und gar nicht genau hingesehen, als ich mein Rad am Pfosten festgemacht habe. Moment, ich schließe sofort auf." Sie ging eilig auf Aurelia zu und streckte ihr die Einkaufstasche entgegen. „Kannst du mal grad halten, bitte?"

Während sich Emma mit den Worten „Wie kann ich nur so blöd sein?" herunterbeugte, blickte Aurelia in die offenstehende Tasche und räusperte sich verlegen. „Das mit dem Honk tut mir leid."

„Du hast ja recht. Es ist meine Schuld, aber ich bin grad nicht so richtig ich selbst. Der Tod meiner besten Freundin geht mir noch nach."

„Oh, das tut mir leid! Was ist passiert?"

Emma drückte sich ein paar Tränen raus. „Lene wurde ermordet und die Polizei weiß noch immer nicht, von wem."

„Lene Lemmerling?", fragte Aurelia überrascht. Emma nickte nur. Aurelia sah sie mitfühlend an. „Das ist mir auch sehr nahegegangen. Ich kannte sie aus einem Kurs. Sie war immer so fröhlich."

„Nicht nur das! Wir kannten uns schon von Kindheit an und teilten viele Interessen. Lene und ich gingen zum Beispiel oft zusammen spazieren oder joggen." Sie ließ ihren Tränen nun freien Lauf und Aurelia reagierte genauso, wie sie es sich erhofft hatte.

Nachdem sie die tröstende Umarmung wieder gelöst hatte, schlug Aurelia vor: „Wir könnten doch mal gemeinsam joggen gehen."

„Das würdest du tun?"

„Na klar! Wir wohnen doch schon zusammen in einem Haus. Da können wir doch auch mal gemeinsam eine Runde im Stadtpark oder so drehen. Aber ich muss dich warnen: Ich bin eine totale Schnecke."

„Dann pass ich mich deinem Tempo an." Emma wischte sich die Tränen ab und setzte eine freundlich-interessierte Miene auf. „Was hast du denn eigentlich Schönes eingekauft?"
Nachdem Aurelia neben den bereits erwähnten Nuggets einige weitere Einkäufe aufgezählt hatte, tat Emma überrascht: „Das glaube ich ja jetzt nicht. Wenn ich mich nicht irre, habe ich so ziemlich das gleiche eingekauft."
Aurelia grinste verschmitzt. „Wer weiß, vielleicht sind wir ja irgendwie seelenverwandt?"
Gemeinsam fuhren sie mit den Rädern nach Hause. Auf der Strecke lachten und alberten die beiden. Im Fahrradkeller fragte Aurelia, ob sie ein Geheimnis für sich behalten könne, was Emma selbstverständlich mit einem klaren „Ja" beantwortete.
„Da wir ja jetzt schon so was wie Freundinnen sind, will ich dir sagen, dass ich letztens nicht ganz die Wahrheit gesagt habe. Aber ich muss das unbedingt mal jemandem erzählen und dir vertraue ich."
„Das ehrt mich aber sehr! Ich bin gespannt."
„Du musst mir aber versprechen, dass das niemand erfährt. Ehrenwort!"
Emma fuhr sich mit aufeinandergepresstem Zeigefinger und Daumen über die Lippen. „Von mir erfährt keiner auch nur eine Silbe."
Aurelia sah sich um und sagte dann leise: „Ich wollte dir sagen, dass du letztens Recht gehabt hast, was den Professor angeht." Fast ein wenig kindisch kichernd flüsterte sie: „Wir treffen uns heimlich."
„Nein, das glaube ich jetzt nicht." Emma machte ein überzeugend verblüfftes Gesicht, in ihrem Inneren spürte sie jedoch den fad schmeckenden Ekel auf ihrer Zunge und den aufsteigenden Hass, der in ihr kochte. Sie war kaum noch in der Lage sich vernünftig zu verhalten und sich zu konzentrieren. Aurelias nächste Worte ließen sie wieder aufhorchen: „Du ahnst ja nicht, wie schön süß und gleichzeitig verdorben er sein kann. Ein Mann mit zwei Gesichtern."
Sie biss die Zähne zusammen und verstellte sich weiter. „Wie meinst du das, zwei Gesichter?"
„Du weißt doch! In der Uni ist er immer so etepetete, distanziert und

kühl, aber ich kenne seine dunkle Seite." Aurelia kicherte wieder und schwärmte dann: „Er kann so sanft und gleichzeitig hart sein. Ich muss zugeben, beim ersten Mal war ich etwas erschrocken. Aber dann hat es mich so was von angetörnt."

„Was denn genau? Jetzt spann mich nicht so auf die Folter."

Aurelia zögerte. „Das ist mir ein bisschen peinlich, so gut kennen wir uns ja noch nicht. Aber hast du den Film gesehen, wo es ein bisschen Sadomaso zugeht?"

„Du meinst diesen ‚Fifty-Sowieso'-Film?"

„Ja! Als ich den damals im Kino gesehen habe, hätte ich niemals gedacht, dass mal jemand mit mir so was macht und vor allem nicht, dass es mir gefällt."

Ihr schwärmerischer Gesichtsausdruck verursachte bei Emma weiteren Ekel. „Es gefällt dir, geschlagen und gefesselt zu werden? Im Ernst?"

„Ganz so ist es nicht! Es ist mehr und irgendwie drückt er immer bei mir die richtigen Knöpfe."

Bei diesen Worten fühlte sich Emma wieder als Frau zweiter Klasse. Warum immer nur andere, warum wollte er nicht sie? Während morbide Gedanken sie bedrängten, ließ sie gleichzeitig das falsche Lächeln in ihr Gesicht zurückkehren. Mit einem Mal sah sie Aurelia nicht mehr als ernsthafte Konkurrentin an. „Also, für mich wäre das nichts. So eine Gratwanderung zwischen Erotik und Gewalt ist so gar nicht meins. Nein, danke!" Im Grunde war diese Aussage das genaue Gegenteil von dem, was sie selbst gern mit ihrem Angebeteten erleben wollte.

Aurelia nickte. „Habe ich auch gedacht, glaub mir! Außerdem geschieht ja auch nichts ohne gegenseitiges Einverständnis. Also alles gut."

„Ich bin ein weltoffener Mensch, Aurelia", lächelte Emma. „Ich gönne jedem, was ihm gefällt. Hauptsache, es macht Spaß."

Aurelia grinste wie das bekannte Honigkuchenpferd. „Das tut es!"

„Und was ist mit seiner Frau? Hast du denn keine Sorge, dass sie es herausfindet?"

„Ach was! Das ist doch nicht mein Problem. Ich bin schließlich Single und kann machen, was ich will. Er ist doch derjenige, der aufpassen müsste."

„Müsste?"

„Ja! Die beiden führen wohl so eine Art offene Ehe, wo keiner dem anderen Fragen stellt oder Vorwürfe macht. Krass, ne?“
Emma schüttelte den Kopf. „Das wäre mir zu schräg. Ich hätte schon was dagegen, wenn sich mein Mann durch die Gegend bumst. Aber jeder, wie er es mag. Mal was anderes: Hast du vielleicht Lust, heute Abend hochzukommen und wir quatschen dann weiter und trinken was Schönes?“
„Würde ich sehr gerne, aber heute Abend bin ich nicht allein.“ Aurelia grinste wieder.
„Vielleicht ein anderes Mal. Wir könnten ja auch wirklich bald joggen gehen, wenn du willst.“
„Können wir machen, aber vor nächster Woche wird das bei mir nichts. Ich muss noch so viel Stoff nachholen, und nächste Woche wird schon wieder eine Klausur geschrieben.“
Mit einer kurzen Umarmung verabschiedeten sie sich und jede ging in ihre Wohnung. Nachdem Emma die Tür hinter sich verschlossen hatte, feuerte sie ihren Einkauf wutentbrannt in die Diele.

***

Am späten Nachmittag klingelte Tonis Telefon. Als sie die Nummer im Display sah, nahm sie erwartungsvoll den Hörer ab. „Ömer! So spät noch im Büro?“
„Ja, wenn du wüsstest, wie viel Rückstand wir hier haben und wie viele Telefone und Festplatten noch zu sichern sind! Nach jeder Durchsuchung bei diesen pädophilen Schweinen bringen die uns gleich den nächsten Karton voll.“
„Das ehrt dich, dass du dafür Überstunden machst, aber rufst du mich deswegen an?“
„Nein, ich will doch nicht über meine Arbeit jammern. Google hat geantwortet und ich habe die Mailadresse unseres Opfers:
L.Lmmrlng@gmail.com.“
„Super! Das ging ja wirklich schnell“, freute sich Toni.
„Hatte ich ja gesagt, dass ich es hinbekomme“, meinte Ömer trium-

phierend. „Ich habe meine Beziehungen spielen lassen."
„Prima. Jetzt müssen wir nur noch die richtige App finden und hoffen, dass was gespeichert ist."
„Überraschung, Toni! Ich weiß schon, welche App sie genutzt hat."
„Welche?"
„Die heißt ‚*Burnlethics*'. Jedenfalls misst sie wohl so ziemlich alles, was der Nutzer gemessen haben will. Kalorienverbrennung, Strecke, Herzfrequenz, Puls und so weiter."
„Dann müssen wir jetzt nur noch darauf hoffen, dass Lene diese App auch tatsächlich genutzt und nicht nur installiert hat. Kriegst du das raus?"
„Ich werde es versuchen. Wenn wir das Smartphone hätten, wäre es natürlich ungleich einfacher. Dann könnte man ‚Burnlethics' einfach öffnen und schon mal gucken. Aber das wird nicht ausreichen. Wir wollen schließlich sämtliche Daten haben und die könnten wir über den Account in eine Tabelle exportieren."
„Und dazu benötigst du wieder die persönlichen Anmeldedaten von Lene Lemmerling, die wir aber nicht haben."
„So ist es!"
„Und wie geht das sonst normalerweise?"
„Im Grunde ist das ein rein technischer Ablauf, der sich bei den meisten Anbietern ähnelt. Vermutlich muss man auch hier einfach nur auf einen Daten-Export-Button klicken und man bekommt dann eine E-Mail mit weiteren Anweisungen. Total easy. Mit ein paar Klicks stehen deine Sport-, Geschwindigkeits-, Herzfrequenz- und Pulsdaten bereit. Und für euren Fall sicher auch von Bedeutung: Bei ‚Burnlethics' werden die GPS-Daten ebenfalls mitgeteilt."
„Das wäre ja mehr als super. Vielleicht könnten wir dann ihren Weg zurückverfolgen. Klingt ziemlich gut, aber irgendwie zu einfach. Wo ist der Haken?"
„Was für ein Haken?", entrüstete sich Ömer. „Es gibt keinen Haken! Entweder es gibt die Daten oder eben nicht. Wir werden es bald wissen."
„Na dann, Ömer! Worauf warten wir noch?"
„Ich bin schon dabei! Mein Auskunftsersuchen maile ich gleich an

den Firmenaccount von ‚Burnlethics' und bitte um Bereitstellung und Übermittlung der begehrten Daten. Und mit ein bisschen Glück, also je nachdem, wer dort die Bearbeitung übernimmt, bekommen wir sie direkt."

„Und falls nicht", ergänzte Toni, „spreche ich mit Staatsanwältin Steinmann, damit sie den Beschluss beantragt. Weißt du zufällig, wo ‚Burnlethics' seinen Firmensitz hat?"

„Ja, sicher, das steht doch im Impressum. Der Hauptsitz ist in diesem neuen Kölner Mediencampus im Schanzenviertel. Quasi um die Ecke."

„Das ist ja großartig! Wäre ja gar nicht so weit weg, falls wir da mal persönlich vorstellig werden müssen, wenn sie die Daten nicht freiwillig rausrücken. Also dann: Viel Erfolg! Melde dich bitte sofort, wenn du was Neues weißt. Du kannst mich jederzeit auf dem Handy erreichen, auch abends."

„Alles klar."

Toni ging schnurstracks zu Westhoven, um ihm von den Neuigkeiten zu erzählen.

„Gut gemacht", kommentierte er lächelnd. Damit war der Feierabend eingeläutet.

Da es noch früh am Abend war, fuhren Toni und Laura zur Schrebergartenkolonie. Im Kofferraum lagen neben den Setzlingen alte Arbeitshosen, Stiefel, Spaten und Schüppe.

„Ich bin so happy, Liebling!" Laura ergriff Tonis Hand und ließ sie die ganze Fahrt nicht mehr los.

Toni lächelte. „Wir machen uns den Garten schön, mein Schatz! Das wird unsere Ruhe-Oase, unser Rückzugsort aus dem stressigen Alltag."

Laura strahlte übers ganze Gesicht. „Ich liebe dich! Dass du für uns diesen Garten besorgt hast, sagt mir mehr als tausend Worte." Sie lehnte sich zu Toni und küsste sie auf die Wange.

***

Draußen war es bereits dunkel geworden, als der Professor bei Aurelia klingelte. Seinen Wagen hatte er diesmal ein paar Straßen weiter weg geparkt. Die letzte Reparatur war nicht billig gewesen und mit der Vollkasko war auch noch nicht das letzte Wort gesprochen. Auf keinen Fall wollte er eine Wiederholung des Ganzen. Fast hätte Emma Bornhold seinen Besuch verpasst, und das, obwohl sie in den letzten zwei Stunden zwischen aus dem Fenster Gucken und in den Hausflur Horchen hin- und hergependelt war. Zu dem Zeitpunkt, als er klingelte, war sie kurz auf der Toilette gewesen.

Wenige Minuten nach seinem Eintreffen schlich sie wieder zu Aurelias Wohnungstür und lauschte den Geräuschen, die dumpf durch das Türblatt drangen. In diesem Moment fragte sie sich, warum sie sich selbst so quälte. Trotzdem lauschte sie weiter. Das anfängliche Feixen wandelte sich bald in eindeutige Laute und Emma malte sich aus, wie der Professor und Aurelia sich liebkosten und sich dabei engumschlungen auf dem Bett wälzten. Gleichzeitig spürte sie wieder diesen Ekel in sich aufsteigen, der sich in nahezu unbändiger Eifersucht, gepaart mit Wut, als gefährlicher Mix in jeder Faser ihres Körpers ausbreitete. Wie aus der Vogelperspektive betrachtet, sah sie vor ihrem geistigen Auge sich selbst, wie sie heftig die Tür eintrat, zu den beiden ins Zimmer stürmte, um kurz darauf Aurelias Haare zu packen, ihren Kopf hochzuziehen und ihr dann die Kehle mit einem Tranchiermesser aufzuschlitzen. Der Professor würde daraufhin nur noch Augen für sie haben müssen. Für sie, die alles für ihn tun würde.

Abrupt wurde sie ihrer Fantasie entrissen, als plötzlich die Treppenhausbeleuchtung anging und ein paar Leute eilig die Treppe herunterkamen. Da sie nicht beim Lauschen erwischt und auch nicht vor Aurelias Tür gesehen werden wollte, eilte sie hastig nach unten und verließ das Haus. Nach einigen Metern machte sie jedoch kehrt.

Gegenüber der Gruppe, die das Haus verließ, tat sie so, als ob sie gerade nach Hause käme und nach ihrem Haustürschlüssel kramte. Ein junger Mann hielt ihr freundlich grinsend die Tür auf.

Auf dem Weg nach oben hörte sie lustvolles Stöhnen aus Aurelias Wohnung. Mit angespanntem Körper ging sie weiter und bemerkte erst beim Aufschließen der Wohnungstür, dass sich ihre spitzen Fingernägel fast durch die Haut ihrer Handflächen gebohrt hatten. Sie setzte sich vor den Computer und suchte schon mal eine geeignete Laufstrecke für sich und Aurelia heraus. Um überhaupt später in den Schlaf zu finden, schluckte sie eine Schlaftablette.

***

Als Toni Krogmann am nächsten Morgen noch etwas verschlafen auf ihr Büro zusteuerte, stand die Tür offen. Zu ihrer großen Überraschung saß Dember an seinem Platz.
„Hey, Dember! Wieder fit?"
Er hob seinen Fuß an und grinste. „Tut noch ein bisschen weh, aber es geht schon. Mir fällt zuhause die Decke auf den Kopf."
Toni zog die Augenbrauen hoch. „Wieso das denn? Mit Klein-Dember hat man doch sicher immer genug Beschäftigung!"
„Ganz ehrlich?" Dember beugte sich vor. „Hier im Büro habe ich mehr Ruhe. Aber erzähl das keinem!"
„Das höre ich nicht zum ersten Mal, dass die armen, gestressten Eltern froh sind, wenn sie mal rauskommen. Stell dir vor, es gäbe mal eine Pandemie und man dürfte das Haus nicht verlassen und auch nicht zum Dienst erscheinen. Was würdest du dann machen? Durchdrehen?"
Dember runzelte gekränkt die Stirn. „Du brauchst jetzt gar nicht so ironisch zu werden. Ich dachte, du freust dich, dass ich wieder da bin. Dass hier auch viel zu tun ist, weiß ich. Du brauchst auch keine Rücksicht zu nehmen, ich bin wieder voll einsatzfähig. Und eine Pandemie? Meine Güte, hast du eine Fantasie! Selbst wenn es die gäbe, so würden wir als Polizei sicher nicht zu Hause bleiben können. Das Gegenteil wäre wohl eher der Fall. Echt, deinen Humor möchte ich haben!"
Toni ging auf Dember zu und umarmte ihn kurz. „Alles gut! Ich verarsch dich nur. Schön, dass du zurück bist."
In der nächsten halben Stunde brachte Toni ihn auf den neuesten Stand der Ermittlungen.
„Das klingt ja ziemlich gut mit ‚Burnlethics'. Ich bin schon sehr ge-

spannt, ob Ömer die Antwort einfach so bekommt oder ob wir doch einen Beschluss benötigen."

„Und wenn schon! Hauptsache, wir kommen an die Daten. Ein paar Tage früher oder später spielt jetzt auch keine Rolle mehr."

„So sie denn noch vorhanden sind."

Toni knuffte ihn in die Seite. „Mensch, Dember, hör auf zu unken, du elender Pessimist! Die sind noch da. Basta." Sie schaute auf die Uhr an ihrem Handgelenk. „Komm mit, jetzt ist Besprechung."

Mit Dember in der Runde war die „MK Musik" wieder vollständig anwesend. Nach einer freundlichen Begrüßung zur Rückkehr erzählte Westhoven nur das Wesentliche aus einer Telefonkonferenz. Danach übergab er das Wort an Toni, damit alle über die neue Spur „Burnlethics" Bescheid wussten. Nachdem sie ausführlich berichtet hatte, rief er alle zur absoluten Verschwiegenheit auf. „Es wäre nicht das erste Mal in der Geschichte der Polizei, dass solche Informationen nach außen dringen. Damit will ich nicht sagen, dass ich euch derartiges unterstelle. Ich möchte einfach nur dringend an euch appellieren, keinem davon zu erzählen. Auch nicht dem besten Kollegen, den man ja schon 20 Jahre kennt und dem man vertraut. Einfach niemandem. Das ist für unsere Ermittlungen das Beste."

Für seine Ansprache erntete er zustimmendes Nicken. Zu oft schon hatte er in der Vergangenheit Dinge in der Zeitung gelesen, die nur aus dem engeren Kreis stammen konnten. Und dies galt nicht nur für die Mordkommission, sondern auch für viele andere Deliktsbereiche. Zwar war die Zusammenarbeit mit den Medien ein Geben und Nehmen, aber es gab auch Grenzen. Und mögliches Täterwissen oder heiße Spuren weiterzugeben, kam für ihn nicht in Frage.

Im Anschluss an die Besprechung bat Westhoven Dember noch einen Moment zu bleiben. Er zeigte auf Dembers Fuß. „Und? Alles wieder fit?"

„Fußtechnisch ja! Aber …", Dember tippte sich mit dem Finger an seinen Kopf, „… jetzt ist es eine Kopfsache. Ich habe nämlich jetzt die Sorge, dass ich das nochmal bekomme, so einen blöden Gichtanfall. Das ausgerechnet ich so was kriege, in meinem Alter!"

„Dann drück ich dir mal die Daumen. Vielleicht war es ja auch eine einmalige Sache."
„Danke! Dein Wort in Gottes Ohr. Und selbst?"
Westhoven spürte sofort, wie er innerlich verkrampfte, aber er blieb ruhig und ließ sich nichts anmerken. „Was meinst du?"
Dember zuckte die Achseln. „Nichts Bestimmtes, ich wollte einfach nur nachfragen. Du warst ja vor einiger Zeit etwas dünnhäutig. Alles wieder okay?"
„An meiner damaligen Antwort hat sich nichts geändert: alles gut", meinte Westhoven knapp. „Ist denn sonst noch was? Ich muss gleich zum Chef."
Dember schüttelte den Kopf. „Nö, sonst ist nichts. Ich bin einfach froh, wieder hier zu sein."
„Alles klar, Dember! Wir freuen uns auch alle. Dann hoffe ich, dass der Fuß nicht mehr anschwillt."
Danach trennten sich ihre Wege. Dember ging zurück zum Büro und Westhoven zum Leiter des Kriminalkommissariats 11. Während der paar Schritte dorthin hatte er die kleine Auseinandersetzung mit Fiona wieder vor Augen, die sich am Morgen ereignet hatte. Es war zwar nur um die lapidare Sache gegangen, weshalb sie so lange im Bad geblieben war und er auch mal langsam hatte fertig werden wollen, aber die Stimmung war wieder mal dahin gewesen.

***

Als Dember das Büro betrat, sah ihn Toni fragend an. „Und?"
„Ach, alles gut. Paul wollte mir nur sagen, dass er sich freut, dass ich wieder zurück bin."
Toni rührte sich nicht und musterte ihn weiter mit durchdringendem Blick.
„Sonst nichts, wirklich!", versicherte ihr Dember. „Ich habe ihn gefragt, ob bei ihm auch alles okay ist. Das war es."
Toni wandte sich ihrem klingelnden Telefon zu und nahm den Anruf entgegen. Sie hörte kurz zu, dann überzog ein Lächeln ihr Gesicht.

„Nee, echt? Geil! Wir kommen sofort zu dir."
Dember schaute sie fragend an.
„Komm schon", drängte sie. „Ömer hat was für uns."
Kurz darauf trafen Toni und Dember bei Ömer ein. Auch auf seinem Gesicht lag ein breites Grinsen. Er ließ sich jedoch nicht lange bitten, sondern forderte die beiden Ermittler auf, sich hinter ihn zu stellen und auf seinen Bildschirm zu gucken. Er öffnete eine Excel-Tabelle und deutete triumphierend darauf. „Da!"
Toni war beeindruckt. „Wie hast du das hinbekommen? Das sind ja wohl eindeutig die Daten aus dem Aktivitätstracker von Lene Lemmerling!"
„Nicht verzagen, Ömer fragen!", meinte er zufrieden, ganz wie in dem alten Werbeslogan. „Also, ganz so einfach war es nicht. Ich musste schon ein bisschen Überzeugungsarbeit leisten. Heute Morgen rief mich der Datenschutzbeauftragte von ‚Burnlethics' an und wollte noch etwas Hintergrundwissen. Als ich ihm sagte, dass es um die tot aufgefundene Musikstudentin ginge, war es für ihn kein Problem mehr, uns die Daten zur Verfügung zu stellen. Auch mit dem Wissen, dass wir diese mittels Beschluss vom Gericht sowieso bekommen würden. Er sah es quasi als seine Pflicht an, bittet aber darum, das nicht an die große Glocke zu hängen."
„Also haben wir die Daten jetzt offiziell oder nur für nice to know?", hakte Dember nach.
„Natürlich offiziell!", entgegnete Ömer entrüstet. „Er wollte halt nur nicht, dass wir nun denken, wir bekämen jetzt für andere Verfahren in einfacheren Deliktsbereichen auch so mir nix dir nix eine Antwort ohne Beschlusslage. Der kannte sich aus mit diesen juristischen Feinheiten."
Toni blickte wieder auf den Computer und bat um eine kurze Erläuterung zum Lesen der Tabelle.
„Das ist ganz einfach." Ömer klickte von Seite zu Seite in der Excel-Tabelle und fuhr mit dem Mauszeiger auf die entsprechenden Stellen. „Hier zum Beispiel sind sämtliche Daten, also Tage, an denen sportliche Aktivitäten aufgezeichnet wurden. Und hier, eine Spalte weiter,

die Streckenlänge und hier die Pulsfrequenz und so weiter. Also ganz einfach."

„Super, Ömer. Geh mal bitte zur letzten Aufzeichnung. Vielleicht wissen wir dann endlich den genauen Todestag."

Der IT-Spezialist scrollte bis ans Ende. Die letzte Aufzeichnung hatte am 27. April stattgefunden.

„Geh mal weiter nach rechts", meinte Dember.

Als Ömer die passende Spalte mit Uhrzeit und Herzfrequenzmesser aufrief, mussten alle drei schlucken. Toni deutete auf die Tabelle. „Interpretiere ich das hier richtig?"

Ömer verzog den Mund und nickte. „Ich sehe das genauso wie du, Toni. Wir können hier genau sehen, wie die Herzfrequenz und der Puls runter auf null gehen. Mit ein bisschen Fantasie hört man fast diesen schrillen Ton wie bei den Geräten auf der Intensivstation, wenn die Nulllinie erreicht wird."

Dember sprach laut aus, was alle dachten: „Dann wissen wir wohl jetzt den exakten Todeszeitpunkt: 21:43:10 Uhr! Boah, das ist jetzt aber irgendwie gruselig. Sogar bis auf die Sekunde genau. Das hatte ich bis jetzt auch noch nicht."

Mit etwas belegter Stimme fragte Toni: „Passt denn der aufgezeichnete Streckenverlauf auch zum Auffindeort der Leiche?"

Als Ömer bejahte, meinte sie: „Guck mal bitte den genauen Streckenverlauf an. Ich will wissen, wie sie dahin gekommen ist."

Während Ömer suchte, kommentierte Dember: „Ich würde mal sagen, dass die Karten neu gemischt sind. Mit dieser genauen Zeitangabe können wir sämtliche Angaben in den vorliegenden Aussagen und Alibis bestens überprüfen. Auch die von diesem Kowaljow."

„Vorausgesetzt, es handelt sich hier um die Echtzeit", gab Ömer zu bedenken, „aber das kläre ich noch mit ‚Burnlethics', ob wir hier noch eine Stunde rauf- oder runterrechnen müssen oder alles so bleibt."

Toni meinte: „Jetzt müssen wir zunächst mal sämtliche Aussagen dahingehend durchforsten. Es sind so viele Zeugen und Zeuginnen befragt worden, da verliert man schnell den Überblick." Sie wandte sich an den IT-Spezialisten: „Ömer, ich habe da noch eine Idee. Vielleicht etwas abenteuerlich, aber so eine Auflistung hätte ich mir auch nicht träumen lassen. Können wir noch im Nachgang eine Funkzellenauswertung durchführen, quasi für die gesamte letzte Strecke von Lene Lemmerling? Und dann überprüfen wir die jeweiligen Anschlussinhaber und schauen mal, ob ein bekannter Name auftaucht! Und frag bitte mal bei deinem Spezi von ‚Burnlethics' nach, ob er eine Möglichkeit sieht, gezielt zu recherchieren, ob sich jemand mit dem Programm zum Tatzeitpunkt am Tatort oder dort in der Nähe befunden hat. Vielleicht geht so was ja auch noch."

Ömer nickte. „Gute Idee, Toni. Ich werde das gleich mit abklären, wenn ich wegen der Uhrzeit bei denen nachfrage. Aber spätestens dann will der Hausjurist dort bestimmt eine richterliche Anordnung haben. Du weißt schon: Datenschutz!"

„Na logisch, das ist ja immer so! Schließlich wollen wir nichts Illegales oder irgendwas unter der Hand erfahren, sondern es gerichtsfest für die Akte haben. An einem Beweisverwertungsverbot habe ich kein Interesse. Nee, alles gut, Ömer. Für die Erhebung der Verkehrsdaten bräuchten wir sowieso einen richterlichen Beschluss." Toni seufzte. „Nicht gerade mein Lieblingsthema, darüber wird doch seit Jahren vor allem mit Blick auf den Datenschutz gestritten. Ich kann es nicht mehr hören! Mir kommt jedes Mal die Galle hoch bei diesem Täterschutz. Sollen sich doch unsere Juristen damit herumschlagen und prüfen, ob das analog auch für die Anfrage bei ‚Burnlethics' zwingend erforderlich ist. Mich interessiert nur das Endergebnis. Ich schreibe gleich den Antrag."

Auf dem Rückweg zum Büro philosophierten Dember und Toni Krogmann über weitere Dinge, die aus ihrer Sicht eher den Täter schützten und die Ermittlungen erschwerten bis unmöglich machten, so dass am Ende die Opfer leer ausgingen. Dann rief Toni Staatsanwältin Steinmann an, mit der auch sie seit einigen Wochen per du war.

„Hallo, Sarah, hier ist die Toni. Hast du grad einen Moment Zeit?"

„Hi, Toni, aber nur, wenn es schnell geht. Ich habe nur ein paar Minuten Verhandlungspause. Eine Sitzung jagt die nächste und der Richter

kennt mal wieder keine Pause. Gottseidank hat die Verteidigung eine kurze Unterbrechung beantragt. Aber sag schon, was gibt's denn so Pressantes?"
Nachdem die Ermittlerin in kurzen, knappen Sätzen erzählt hatte, worum es ging, bedurfte es keinerlei Überredungskünste mehr, um Sarah Steinmann zu überzeugen. „Super, Toni! Das sind ja großartige Nachrichten! Endlich kommen wir weiter. Am besten schickst du deinen Antrag als Worddatei und ich kopiere das in meine Beschlussanträge. Dann brauche ich nicht alles abzuschreiben und das spart mir viel Zeit, die ich grad nicht habe. Aber jetzt muss ich zurück zur Sitzung!"
„Kein Problem! Klasse! Schick ich dann rüber, sobald ich fertig bin."
Die beiden verabschiedeten sich. Dember mutmaßte: „Ich habe zwar nicht gehört, was Sarah gesagt hat, aber aus deinen Worten schließe ich, dass sie den Beschluss nach unseren Vorstellungen beantragen wird."
Toni zwinkerte ihm zu. „So ist es, mein Lieber."

***

Während sich die Kommissionsmitglieder in den nächsten zwei Tagen um die Überprüfung der Alibis kümmerten, verfolgte Emma Bornhold weiter ihren Plan, näheren Kontakt zu Aurelia zu knüpfen. Daher lag sie regelrecht auf der Lauer, um nicht zu verpassen, wenn Aurelia die Wohnung verließ. Deswegen entging ihr auch nicht, dass diese mit einer Mülltüte in der Hand in den Keller zu den Mülltonnen ging.
In Windeseile eilte sie in die Küche, riss den Müllbeutel aus dem Eimer und eilte ihr nach. Auf einer der Zwischenebenen geriet sie ins Straucheln, weil sie mehrere Stufen auf einmal genommen hatte. Sie stürzte zwar nicht, prallte stattdessen aber mit der Schulter gegen die Wand. Den stechenden Schmerz blendete sie aus und biss die Zähne zusammen.
Aurelia hatte ihren Müll längst entsorgt und stand nun vor der Gemeinschaftswaschmaschine, die im Schleudergang hin- und herwackelte und dabei neben dem Rumpeln ein herzzerreißendes, quietschendes Geräusch von sich gab. Wortlos näherte sich Emma ihr von hinten. Durch den tosenden Lärm bemerkte Aurelia auch nicht, wie Emma he-

rankam, bis ihre Körper sich fast berührten. Erschrocken zuckte sie darum zusammen, als Emma sie ansprach und gleichzeitig eine Hand auf ihre Schulter legte: „Ich kann dir gern beim Wäsche aufhängen helfen."
„Hast du mich erschreckt! Ich habe dich gar nicht gehört. Boah, hab ich eine Gänsehaut." Aurelia präsentierte ihren Unterarm. „Hier, guck mal!"
„Oh, das tut mir total leid. Das wollte ich nicht. Ehrlich! Aber ich habe dich eben zufällig gesehen, als ich von den Mülltonnen zurückkam."
„Durch die geschlossene Tür?" Aurelia rümpfte die Nase, aber Emma war schlagfertig. „Natürlich nicht. Als ich zum Müllkeller ging, schloss sich gerade langsam hinter dir die Tür. Deswegen!"
Aurelia gab sich mit dieser lapidaren Erklärung zufrieden und lächelte Emma an. „Dann ist ja gut. Ich dachte schon, du stalkst mich."
Emma setzte auch ein Lächeln auf, falsch, aber ganz die Freundlichkeit selbst. Sie winkte ab. „Ach Quatsch. Ich stehe nicht auf Frauen, sondern auf richtig heiße Typen, du weißt schon. Um mal Dampf abzulassen nach der ganzen Büffelei. Sollen wir nicht mal zusammen ausgehen, uns ein paar Jungs aufreißen und Party machen? Was meinst du?"
„Grundsätzlich liebend gern, aber zurzeit habe ich dafür keinen Kopf. Nächste Woche steht eine Prüfung an und die muss ich diesmal bestehen. Aber danach vielleicht."
„Ich würde mich freuen. Viel Erfolg nächste Woche, aber wahrscheinlich sehen wir uns vorher sowieso noch." Emmas Lächeln war diesmal sogar ehrlich.
„Danke!" Aurelia seufzte. „Der Stoff ist so umfangreich. Ich sitze von morgens bis abends und lerne alles auswendig. Total ätzend."
In diesem Moment entdeckte Emma leichte Rötungen rechts und links an Aurelias Hals. „Was sind das denn für Kratzer auf deinem Hals? Hast du dich verletzt oder war es vielleicht eine wilde Katze?"
Aurelia winkte ab. „Ach, das ist gar nichts. Nicht der Rede wert." Sie wollte Emma nicht sagen, dass diese Striemen durch den Würgegriff des Professors entstanden waren, als dieser beim Höhepunkt beson-

ders fest zugepackt hatte und sie regelrecht nach Luft hatte schnappen müssen. Vor allen Dingen ging es Emma nichts an, dass sie dadurch ebenfalls bis dato unbekannte Lustgefühle empfunden hatte.
„Sieht aber echt krass aus. Wenn ich es nicht besser wüsste, würde ich sagen, du bist gewürgt worden." Emma wusste durch Lenes Erzählungen sehr wohl, worauf der Professor stand, aber dieses Wissen wollte sie nicht mit Aurelia teilen.
„Wie gesagt, es ist nichts." Aurelia wechselte abrupt das Thema. „Hilfst du mir jetzt bei der Wäsche, oder was?"
Emma schaute demonstrativ auf die Uhr. „Ach Mist, so spät ist es schon. Tut mir leid, ich habe völlig die Zeit vergessen. Ich muss sofort los. Nächstes Mal aber. Versprochen!" Damit rannte sie fast aus dem Wäscheraum. Aurelia sah ihr verdutzt hinterher. Sie wurde einfach nicht schlau aus Emma. Als sie fort war, gingen ihr die Situation und das Gespräch im Keller noch minutenlang durch den Kopf. Sie hätte aber nicht sagen können, was genau sie daran so irritierte.
Emma hetzte die Treppen nach oben und war ein wenig kurzatmig, als sie die Wohnungstür hinter sich ins Schloss warf. Schnurstracks eilte sie ins Badezimmer. Schon in ihrer Teenagerzeit hatte sie für sich eine Möglichkeit entdeckt, mit ihren explosiven und teils unkontrollierbaren Emotionen umzugehen. Jahrelang hatte sie diesen selbstzerstörerischen Drang mit Hilfe ihrer Therapeutin unter Kontrolle gehabt und war nicht rückfällig geworden. Dem ab und zu auftretenden Impuls, sich ritzen zu müssen, hatte sie stets widerstehen können, indem sie sich wahlweise mit einem Gummiband schnippste, eine eiskalte Dusche nahm oder sich sportlich verausgabte.
Aber als Lene Lemmerling mit ihrem, Emmas, Schwarm, Professor Müller, zusammengekommen war, hatte das ihr Leben wieder auf den Kopf gestellt, und ihr imaginärer Schatten war zurück. Alles war wieder von vorne losgegangen und die Spirale hatte sich immer enger gezogen. Die immer lauter werdende innere Stimme hatte fordernd nach körpereigenen Opiaten verlangt. Zuerst war sie stark geblieben und hatte die oftmals unerträglichen emotionalen Spannungszustände mit Jägermeister heruntergespült, aber so richtig geholfen hatte es ihr nicht. Und

obendrein war ihr auch jedes Mal speiübel danach gewesen. Jedweder Gedanke an ihre Freundin Lene und den Professor hatte ihre Gefühle wie einen Dampfkessel an den Rand einer Explosion gebracht. Erst mit Lenes Tod war es wieder besser geworden und die vielen Wunden waren zwischenzeitlich verheilt. Jetzt aber saß Emma wieder da, auf dem Badewannenrand, und blickte auf ihre freigelegten, vernarbten Oberschenkel. In der rechten Hand blitzte die frische Rasierklinge. Sie konnte nicht anders, der innere Schweinehund hatte wieder gewonnen. Mit einer geübten Handbewegung ritzte sie die Klinge oberflächlich ins Fleisch, bis das Blut in einem Rinnsal herauslief und langsam auf den Fliesenboden tropfte.
Jetzt war sie zwar wütend auf sich selbst, aber dieses befreiende Gefühl war noch stärker. Nach einigen tiefen Atemzügen spürte sie, wie sie sich langsam beruhigte und die Anspannung von ihr abfiel. Auch das starke Verlangen, den Schmerz stellvertretend für sich einer anderen Person zuzufügen, war verschwunden. Routiniert versorgte sie die Verletzung, richtete ihre Kleidung und wenige Minuten später sah sie sich ein paar potenzielle Laufstrecken an, die ihren ganz besonderen Absichten entsprachen.

***

Die Mannschaft der „MK Musik“ saß im Besprechungsraum und tauschte die Ermittlungsergebnisse der letzten beiden Tage aus. Nur D'Angelo fehlte. Niemand wusste, warum er nicht da war. Im Hinblick auf die nun bekannte Todeszeit von Lene Lemmerling mussten sämtliche Aussagen noch einmal unter die Lupe genommen werden. Selbstredend wurden die Alibis von Iwan Kowaljow und Heike Müller besonders akribisch überprüft. Da diese beiden für alle Anwesenden interessant waren, bat Westhoven Toni als Erste um ihre Ergebnisse. Sie beugte sich vor und stützte sich auf der Tischplatte ab. „Also, ich habe mich ja um das Alibi vom ‚Schmied‘ alias Iwan Kowaljow gekümmert und es gründlich abgeklopft. Wie wir ja alle annehmen, hat Heike Müller diesem zwielichtigen Schmierlappen 5.000 € für die Ermordung von

Lene Lemmerling angezahlt. In seiner ersten Vernehmung hat er Paul ja erzählt, dass er Gewissensbisse bekommen und Lene nicht getötet habe. Tja, was soll ich sagen: Ergebnis meiner Recherchen ist, auch wenn es kaum zu glauben ist, dass er wahrscheinlich die Wahrheit sagt. Die russische Botschaft hat sogar relativ unkompliziert bestätigt, dass er zum Tatzeitpunkt in Russland gewesen sein muss. Und vom Flughafen kam die Rückmeldung, dass er tatsächlich eingecheckt hat und somit im Flieger gesessen haben muss. Wasserdichter geht's wohl nicht. Bei den 5.000 € ist es wohl tatsächlich geblieben, einen entsprechenden Geldfluss über weitere 5.000 € habe ich jedenfalls nirgends gefunden. Auch nicht verteilt auf mehrere Zahlungen. Wenn überhaupt, kann es nur in bar gelaufen sein."

„Natürlich bar, was denn sonst?", unkte Dember. „Oder was soll im Verwendungszweck stehen? Auftragsmord sowieso? Und bist du sicher, dass er nicht nur eingecheckt hat, sondern auch eingestiegen ist? Vielleicht hat sich auch jemand für ihn ausgegeben? Solchen Typen traue ich alles zu. Ich meine, an einen gefälschten Pass zu kommen, ist doch in solchen Kreisen die leichteste Übung."

Toni nahm die Unterarme wieder vom Tisch, lehnte sich zurück und schlug die Beine übereinander. Mit dieser Frage hatte sie gerechnet, denn sie selbst hätte sie wohl auch gestellt. „Du wirst lachen, aber auch ich hatte diesen Gedanken. Was wäre er auch für ein lausiger Auftragsmörder, wenn er sich kein wasserdichtes Alibi verschaffen würde? Außerdem glaube ich auch nicht, dass er sonst freiwillig hier aufgekreuzt wäre, wenn er sich nicht absolut sicher sein könnte, dass wir ihn nicht doch noch festnehmen würden und er in U-Haft kommen könnte."

„Und?", fragte Dember neugierig.

„Unter Umgehung aller datenschutzrechtlichen Bestimmungen gab es wie durch ein Wunder noch Videoaufzeichnungen vom Terminal. Deswegen bin ich gestern zum Flughafen gefahren, wo ich mir die zunächst vorab in Ruhe anschauen konnte. Und siehe da: Kowaljow ist tatsächlich an Bord gegangen!" Sie schlug einmal fest die Handflächen gegeneinander, als ob sie eine Fliege in der Luft fangen wollte. „Aus die Maus! Der hat Lene definitiv nicht getötet."

Dember war immer noch skeptisch. „Also, du hast nur gesehen, wie er Richtung Flugzeug ging, aber nicht, wie er eingestiegen ist? Dann hätte er doch noch auf der Gangway durch einen Notausstieg rausgehen können, oder?"
Toni seufzte. „Theoretisch ja! Aber meine Güte, glaubst du das wirklich? Du hast wohl zu viele Actionfilme geguckt, wo die Helden über die Reifen rein- und rausklettern. So was gibt's im wahren Leben aber nicht."
Unbeeindruckt zuckte Dember mit den Schultern. „Keine Ahnung, ich wollte nur nachfragen. Für mich reicht das eigentlich nicht, um ihn gänzlich zu entlasten. Aber wenn es für dich reicht – okay."
Toni wurde sauer. „Jetzt pass mal auf, Dember! Bist du jetzt ein verdammter Anwalt, der alle Argumente zerpflückt oder was?"
Sofort ruderte Dember zurück. „Jetzt beruhig dich mal. Ich wollte dir ganz sicher keine Ermittlungsfehler vorwerfen, aber wir kennen alle diese Rechtsverdreher, die nichts unversucht lassen, um vor ihren Mandanten gut dazustehen. Und wenn ich Anwalt wäre, dann …"
Toni fiel ihm ins Wort: „Bist du aber nicht."
Westhoven griff ein: „Ist doch kein Problem. Toni, du kannst doch bestimmt deinen Kontakt noch mal anzapfen. Vielleicht gibt es auch eine Aufzeichnung, wo wir ihn bei der Rückkehr sehen."
„Gute Idee, Paul! Das mache ich gleich als Erstes. Aber Dember kommt dann bestimmt mit der Idee, dass er ja von Russland aus mit einer anderen Maschine zwischendurch noch mal hergeflogen ist."
Dember hob die Arme und ließ seine Handinnenflächen nach oben schauen. „Das würde ich jedenfalls machen, wenn …"
„Ist gut jetzt, Heinz", unterbrach ihn Westhoven, um jede weitere Eskalation zu vermeiden. „Sonst trete ich dir gleich mal gepflegt auf den Fuß." Westhoven grinste zwar, aber Dember wusste ganz genau, dass dieses Grinsen nur aufgesetzt war. „Erzähl du jetzt lieber mal, wie wasserdicht oder auch nicht das Alibi von Frau Müller ist."
„Was den Todeszeitpunkt angeht, ist ihr Alibi absolut wasserdicht. Am 27. April war sie mit über hundert Leuten auf einer Benefizveranstaltung zugunsten herzkranker Kinder auf Schloss Hugenpoet in Essen.

Laut Internetpräsenz dauerte die Veranstaltung mehrere Stunden und endete gegen 23:00 Uhr. Zwischen den einzelnen Gängen des Menüs gab es Redebeiträge verschiedenster Leute, auch von Heike Müller. Immerhin war sie die Initiatorin. Und jetzt ratet mal, um wie viel Uhr sie mit ihrem Beitrag an der Reihe war? – Genau, von ca. 21:30 Uhr bis 21:45 Uhr. Und die Todeszeit war bekanntermaßen 21:43 Uhr. Daher scheidet sie als Täterin endgültig aus. Wer Interesse hat, kann sich auch gern das YouTube-Video mit ihr anschauen. Da sind auch das Datum und die Uhrzeit eingeblendet."

Das war die Gelegenheit für Toni, sich zu revanchieren. „Na ja, Daten kann man auch manipulieren. Für mich ist sie jetzt erst recht verdächtig, wenn sie ausgerechnet eine Rede zur exakten Todeszeit hält. Ich meine – hallo!? Das stinkt doch gewaltig zum Himmel oder bin ich die Einzige hier, die das so sieht? So viele Zufälle? Nee! Nix da endgültig. Für mich bleibt sie im Rennen."

Dember blieb gelassen. „Ich stimme dir ja grundsätzlich zu, aber es gibt massig Zeugen dafür, dass sie auf diesem Schloss war. Aber das heißt für mich noch lange nicht, dass sie nichts damit zu tun hat. Das sind doch zwei verschiedene Paar Schuhe. Man müsste es allerdings auch erst noch beweisen. Und dafür sehe ich derzeit schwarz."

„Hält die Gute sich denn an die Auflagen des Verschonungsbeschlusses?", fragte Westhoven. Dember nickte. „Ja, tut sie. Das habe ich natürlich auch überprüft. Sie erscheint jeden Tag zur exakt gleichen Zeit auf der Wache und meldet sich. Ich kann mich nur wiederholen, zurzeit haben wir nichts, das wir ihr vorwerfen könnten."

„Das sehe ich anders!", warf Toni ein. „Immerhin hat sie einem Auftragskiller 5.000 € gezahlt und ihm weitere 5.000 € nach Erledigung des Jobs in Aussicht gestellt."

„Sagt Kowaljow!", konterte Dember. „Auch dafür gibt's keinen Beweis, außer seiner Aussage. Ihre Konten sind sauber. Vielleicht lügt der Typ auch! Schon mal daran gedacht?"

Toni presste die Lippen zusammen. „Komm schon, Dember, das glaubst du doch wohl selbst nicht. Bestimmt hat sie es aus der Schwarzgeldkasse ihres Mannes genommen."

„Lass gut sein, Toni“, meinte Dember. „Wir ermitteln weiter, und wenn wir sie am Ende doch noch überführen können, dann überlasse ich dir gern das Anlegen der Handschellen. Wegen mir kannst du dann auch so einen TV-Krimi-Spruch bringen wie: ‚Sie sind verhaftet.‘“
„Witzig! Wusste gar nicht, dass du jetzt unter die Komiker gegangen bist!“
„Leute!“, griff Westhoven beschwichtigend ein. „Ist gut jetzt. Reißt euch zusammen und konzentriert euch lieber auf den Fall.“
Das Telefon klingelte und Westhoven nahm ab.
„Hier ist Guido, sorry, dass ich mich erst jetzt melde. Aber mich hat es heute Morgen dermaßen geschmissen. Ich musste mich erst mal berappeln.“
Westhoven runzelte verwirrt die Stirn. „Wie jetzt – geschmissen?“
„Das hat meine bayrische Freundin früher immer gesagt, wenn jemand hingefallen ist. Ich dachte, das kennt jeder. Heute Morgen auf dem Weg zur Haltestelle hab ich mich voll hingesemmelt. Es war dunkel, es hat geregnet und ich hatte einen Schirm in der Hand. Offenbar waren meine Sohlen zu glatt und patsch, plötzlich lag ich am Boden. Hand kaputt, Hose nass und am Knie zerrissen. Aber wenigstens den Schirm hatte ich noch.“
„Schön, dass du deinen Humor nicht verloren hast, Guido. Bist du denn jetzt krankgeschrieben? Warst du beim Arzt?“
„Nein, ich bin einfach nur wieder nach Hause gegangen und habe mich umgezogen. Erst da habe ich gemerkt, dass ich mir auch ordentlich das Knie verletzt habe. Bis jetzt habe ich mich einfach ausgeruht und meine Wunden versorgt. Sei mir nicht böse, aber heute bleibe ich lieber zuhause. Morgen bin ich wieder da, okay?“
„Alles klar, Guido, gute Besserung. Bis morgen!“
Westhoven schaute in die Runde. „Der arme Guido hat sich an der Haltestelle hingelegt, weil er wohl den Hans-guck-in-die-Luft imitieren wollte.“
„Aha“, kommentierte Toni grinsend, „da hat es den Hans, äh, Guido also richtig hingelöffelt.“
Kurzes Gelächter füllte den Raum und zur Erheiterung der anderen gab

jeder zum Besten, wie er sich selbst mal langgelegt hatte. Jeder hatte da so seine ganz eigene, mitunter skurrile Sturzgeschichte. Der Gewinner unter den „Besten Stürzen“ war schließlich Tonis Treppensturz. Sie erzählte, wie sie mit einem vollen Wäschekorb unterm Arm über die eigenen Schuhe gestolpert war und gleich mehrere Stufen auf einmal genommen hatte. Westhoven bedankte sich amüsiert für die St(K)urzgeschichten. „Da bin ich aber froh, dass ich nicht der einzige bin, den es mal so richtig langgelegt hat. Aber nun zurück zu unserer Ermittlung: Sigrid, was gibt's bei dir zu berichten? Ihr hattet euch ja nochmal mit den Aussagen der Studierenden beschäftigt.“

Sigrid nickte. „Aus meiner Sicht kommt keiner von denen in Frage. Entweder kannten sie Lene Lemmerling gar nicht oder nur flüchtig aus einem gemeinsamen Kurs. Eine richtig enge oder freundschaftliche Beziehung hatte sie eigentlich zu niemandem. Also, eine Motivlage sehe ich hier überhaupt nicht.“

„Wie wurde sie denn beschrieben?“, fragte Westhoven. „Zurückhaltend? Einzelgängerin? Seltsam? Oder was?“

Sigrid schüttelte den Kopf. „Das kann man so nicht sagen. Es kam eher keine Beschreibung als eine, die sie schlecht dastehen ließe. Lene war einfach eine unter vielen, so würde ich das einordnen. Eben auch unauffällig.“

„Ja, okay! Und was ist mit den Brüdern, mit denen sie in der Wohngemeinschaft zusammengelebt hat? Da war sie ja wohl kein Kind von Traurigkeit. Immerhin war sie mit beiden Brüdern intim und hat sich nebenbei noch mit dem Professor auf SM-Spielchen eingelassen.“

„Die Brüder haben nach meinem Dafürhalten nichts mit ihrem Tod zu tun“, meinte Sigrid. „Das passt einfach nicht. Mein siebter Sinn hat sich da ziemlich festgelegt. Dann schon eher diese angebliche Freundin von ihr, die uns so viel erzählt hat, diese Emma Bornhold. Einige der Studierenden haben sie als durchgeknallt beschrieben. So richtig an was Bestimmtem festmachen konnte es niemand, aber durch die Bank hat keiner ein gutes Haar an ihr gelassen. So oder so hat sie es immer wieder geschafft, sich bei uns in den Mittelpunkt zu rücken, ohne verdächtig zu sein.“

„Das wäre ja sehr dreist und außerdem ein alter Hut", kommentierte Dember. „Die Zeugin versorgt uns gezielt mit Informationen und lenkt gleichzeitig von sich ab. Wow! Ich hoffe, wir liegen falsch."
Westhoven schüttelte skeptisch den Kopf. „Also ehrlich, wir sind doch nicht bescheuert. Das wäre uns doch aufgefallen. Nur weil sie viel weiß, macht sie das doch nicht automatisch zur Verdächtigen."
Toni legte den Kopf schief. „Aber es ist schon komisch, dass das Auto des Professors genau vor ihrer Tür beschädigt wurde. Vielleicht war das gar kein Zufall? Vielleicht vögelt der gute Professor mittlerweile die nächste Studentin, aber eben nicht sie. Und aus Eifersucht beschädigt sie seinen Wagen. Könnte doch sein!"
Westhoven antwortete: „In meiner langen Zeit bei der Mordkommission habe ich schon die irrsinnigsten Motive gehört. Und Eifersucht ist eigentlich immer wieder gang und gäbe, wenn es mal nicht um Geld geht. Also wieso nicht? Verfolgen wir mal diesen Gedanken weiter."
Er wandte sich an Sigrid: „Am besten sprichst du noch mal mit dem Professor und fragst ihn, ob er noch immer ein Verhältnis mit einer seiner Studentinnen hat. Wenn unsere vage Theorie zutrifft, wäre diese ja dann in Lebensgefahr."
Die Anwesenden ließen diese These kurz sacken. Widerspruch oder eine andere Theorie gab es nicht.
„Alles klar!", stimmte Sigrid zu, „dann rufe ich ihn mal an und bitte ihn herzukommen. Wer von euch kann dabei sein? Guido ist ja heute nicht da."
Dember hob die Hand. „Ich mach das. Sag einfach Bescheid, sobald er da ist. Dann komme ich dazu."
„Prima! Danke dir."

***

Keine zwei Stunden später parkte Professor Müller vor dem Polizeipräsidium und stieg aus seinem frisch lackierten Porsche aus. Als Sigrid Stotzem-Randerath ihn beim Pförtner abholte, wollte sie ihn eigentlich freundlich begrüßen, aber er ließ ihr keine Gelegenheit dazu. Unge-

halten blaffte er sie an: „Also wissen Sie, ich empfinde das langsam als Schikane, dass ich ständig von Ihnen belästigt werde! Das muss ich Ihnen mal sagen!“
Die routinierte Beamtin blieb gelassen. „Schön, dass Sie kommen konnten, Herr Professor. Kommen Sie bitte mit.“ Sie öffnete mit ihrem Transponder die Sicherheitstür und ging voran. Auf dem Weg zum Büro erklärte sie ihm beiläufig, dass er möglicherweise eine Schlüsselfigur in ihrem Fall sein könnte, deshalb sei seine Befragung auch so wichtig.
„Schlüsselfigur?“, fragte er verwirrt. „Ich habe nichts damit zu tun, dass Lene tot ist. Das schwöre ich!“
„Möchten Sie vielleicht einen Kaffee oder ein Wasser, bevor wir beginnen?“
Der Professor seufzte resigniert. „Frau Stotzem-Randerath, stellen Sie bitte Ihre Fragen, damit ich hier schnell wieder herauskomme. Ich habe heute Nachmittag noch ein wichtiges Meeting, das ich nicht verschieben kann. Das heißt, ich möchte nichts, danke!“
Nachdem Dember dazugekommen war, schloss Sigrid die Tür und erklärte: „Wir haben innerhalb der Kommission nochmal die Sachbeschädigung an Ihrem Fahrzeug aufgegriffen. Und wir sind zu dem Schluss gekommen, dass diese möglicherweise im Zusammenhang mit der Tötung von Lene Lemmerling stehen könnte.“
„Dafür zitieren Sie mich hierher?!“, echauffierte sich Professor Müller. „Als ich damals Herrn Westhoven deswegen angerufen habe …“, er blickte nun anklagend von Sigrid zu Dember, „… haben Sie mich wahrscheinlich alle als Spinner abgetan. Jedenfalls habe ich nicht in Erinnerung, dass es Sie interessiert hätte. Und heute, nachdem schon einige Zeit verstrichen ist, beordern Sie mich genau deswegen hierher. Das ist ungeheuerlich, um nicht zu sagen, eine Dreistigkeit!“
Dember konnte seine Verärgerung zwar durchaus nachvollziehen, aber er hatte nicht vor, Westhovens Maßnahmen vor dem Professor zu rechtfertigen. „Herr Müller, wir würden Sie nicht hierherbitten, wenn es nicht wichtig wäre. Heute wäre es wichtig, dass Sie uns den Namen der Studentin geben, mit der Sie sich momentan treffen.“

Der Professor legte die Hände vors Gesicht und murmelte dumpf: „Was ist das nur für eine verdammte Scheiße!“ Dann hob er den Kopf. Er wirkte auf einmal völlig abgekämpft. „Hören Sie, Herr Dember, können wir sie nicht da heraushalten? Ich kann es mir nicht leisten, dass meine Frau Wind von der Sache bekommt.“

Sigrid Stotzem-Randerath platzte der Kragen. „Was soll das denn, bitte schön, heißen? Glauben Sie etwa, wir interessieren uns für Ihr Seelenheil? Dafür sind Sie allein selbst verantwortlich. Also sagen Sie uns jetzt endlich den Namen, sonst kann ich nicht dafür garantieren, dass wir unsere Befragung nicht auf Ihre Frau ausdehnen.“

„Das ist Erpressung!“, ereiferte er sich.

„Nein!“, beharrte Sigrid. „Das ist Fakt! Ich will Ihnen bloß erklären, wie wichtig uns diese Spur ist. Und wenn Sie uns nicht helfen wollen, dann müssen wir eben andere Personen befragen, um an den Namen zu kommen. Gewiss dann auch Ihre Frau, denn die war bei Ihrem letzten Seitensprung ja auch außerordentlich gut im Bilde. Ihre Entscheidung!“ Sie musterte ihn mit durchdringendem Blick. Dember hatte nichts hinzuzufügen. Der Professor biss sich auf die Lippen. Man sah ihm an, dass er mit sich haderte. Doch schließlich holte er tief Luft. „Aurelia Schwabert!“, stieß er hervor. „Aber, bitte, sie hat doch mit der ganzen Sache nichts zu tun.“

Sigrid zog die Augenbrauen hoch. „Woher wollen Sie das wissen? Verschweigen Sie uns was? Und außerdem wissen Sie doch gar nicht, was wir mit ihr besprechen wollen.“

Professor Müller wirkte betreten. „Tun Sie mir wenigstens den Gefallen und kommen nicht schon wieder zu meiner Arbeitsstelle, also in die Musikhochschule. Ich kann mir weitere Gerüchte nicht erlauben. Frau Hammerschmidt, Sie wissen schon, unsere Kanzlerin, hat mir schon die dunkelrote Karte gezeigt.“

Keiner der beiden anwesenden Männer im Raum hätte jetzt Sigrids Gedanken lesen wollen. Unter anderem hatte sie sofort die Textzeile „Männer sind Schweine“ als Ohrwurm im Kopf. Dember räusperte sich. „Sie haben doch sicher die Telefonnummer von Frau Schwabert?“ Er nahm den Kugelschreiber zur Hand und notierte die Nummer. Dann fragte

er: „Was können Sie uns eigentlich zu Emma Bornhold sagen? Haben oder hatten Sie mit ihr auch eine Affäre?"
„Also wirklich!" Professor Müller konnte nicht verbergen, dass er am liebsten explodiert wäre, doch er behielt mit Mühe die Fassung. Schweißperlen standen auf seiner Stirn, als er mit hochrotem Kopf herausbrachte: „Jetzt reicht's mir aber langsam, Herr Kommissar! Ich verbitte mir diese Spekulationen! Sie scheinen offenbar zu denken, zumindest aber unterstellen Sie mir, dass ich mit jeder meiner Studentinnen intim werde. Oder um es klarer auszudrücken: in die Kiste springe. Dem ist aber nicht so!" Seine Tirade gewann immer mehr an Lautstärke. „Außerdem bin ich sehr wählerisch und darüber hinaus auch glücklich verheiratet. Und ganz gewiss würde ich nichts mit dieser Psycho-Bornhold anfangen. Wirklich! Kein Interesse!"
Diese Antwort hatte der Ermittler nicht erwartet. „Wie jetzt? Psycho? Was soll das denn jetzt heißen?"
Professor Müller warf die Arme hoch. „Ich kann das nicht anders erklären, diese Frau ist einfach … komisch."
Dember ließ sich nicht mit dieser lapidaren Äußerung abspeisen. „Jetzt sind wir erst recht neugierig." Er schaute kurz zu Sigrid, die zustimmend nickte. „Also, wir sind ganz Ohr! Dann lassen Sie mal hören!" Dember blickte den Professor direkt an und spürte genau, wie unangenehm diesem das war. Er atmete schwer und rang sichtlich um Worte. Wie konnte er ausdrücken, wie es wirklich um ihn, seine Ehefrau und sein geheimes Sexualleben stand? Der Professor räusperte sich schließlich und sagte dann leise: „Herr Dember, Frau Stotzem-Randerath, was ich Ihnen jetzt sage, muss unter uns bleiben, bitte!" Er faltete flehend die Hände, und zum ersten Mal erweckte er damit einen zarten Eindruck von Schwäche. „Mit dem, was ich Ihnen gleich erzählen werde, möchte ich ein für alle Mal Ihren Verdacht, dass ich etwas mit Lenes Tod zu tun hätte, aus der Welt schaffen. Ich habe nichts damit zu tun! Das schwöre ich bei meinem Leben! Und ehrlich gesagt fällt es mir auch schwer zu glauben, dass meine Frau diesen dubiosen Auftragsmörder engagiert haben soll. Wir hatten eine interne Absprache. Das lief vielleicht nicht immer glatt, aber ein

solches Maß an Eifersucht bei meiner Frau …Nein, das kann ich mir nicht vorstellen."

„Tja", meinte Dember zweifelnd, „solche Absprachen lassen sich vielleicht nicht immer so einfach durchhalten. Dafür sind Menschen und ihre Gefühle einfach zu komplex. Und viele Entwicklungen sind nicht unbedingt vorhersehbar. Immerhin war Lene schwanger und wollte damit Ihre Frau erpressen. Und ich behaupte mal, dass das nicht Teil Ihrer internen Absprache war. Oder?"

Der Professor zuckte die Achseln. „Keine Ahnung, vielleicht haben Sie Recht. Mein zweiter Vorname lautet nicht gerade Empathie, das ist definitiv nicht gerade meine stärkste Seite."

Sigrid räusperte sich und unterbrach damit das „Männergespräch". „Soll ich vielleicht noch ein Stück Kuchen besorgen oder können wir jetzt weitermachen?", lächelte sie. Durch ihre resoluten Worte und ihre unnachahmliche, charmante Art hatte sie wieder die erstrebte Aufmerksamkeit, sowohl vom Professor als auch von ihrem Kollegen Dember. „Sagen Sie uns doch mal etwas zu dieser ‚internen' Absprache." Beim Wort „internen" malte sie mit beiden Zeigefingern Anführungszeichen in die Luft und musterte Professor Müller genau. Sie ahnte schon, was sie nun zu hören bekommen würde.

Müller druckste anfänglich herum, aber dann sprudelte es aus ihm heraus: „Wo soll ich anfangen? Meine Frau und ich kennen uns schon seit unserer Jugend. Ich bin für sie der erste Mann gewesen und sie war meine erste Frau. Sie wissen schon, die erste große Liebe, die sprichwörtliche Sandkastenliebe! Im Laufe der Jahre haben wir immer mehr andere Interessen entwickelt, uns auseinandergelebt und irgendwann herrschte dann eine ziemliche Flaute in unserem Schlafzimmer. Sie wissen schon. Wir wollten uns aber nicht trennen, schließlich hatten wir uns vor Gott ein Eheversprechen gegeben, das uns etwas bedeutete. Aber wir wussten auch, dass es so nicht weitergehen konnte. Dazu sind wir viel zu realistisch. Um unserem Liebesleben wieder mehr Schwung zu verleihen, fingen wir dann an, damit zu experimentieren. Ich weiß heute nicht mehr, wer die Idee hatte, aber immer öfter gingen wir gemeinsam in Swinger Clubs. Sie wissen schon, wo man die Bekleidung

an der Garderobe abgibt und alles nach dem Motto ‚Alles kann, nichts muss' abläuft. Natürlich nicht in Köln, weil wir damals noch Angst vor einer Entdeckung hatten, aber im Rheinland gibt es auch so genug. Ich sehe schon an Ihrem Gesicht, was Sie mich gleich fragen wollen. Deshalb hier schon mal die Antwort: Ja, zugegeben, mir hat es am Ende mehr Spaß gemacht als meiner Frau. Sie wurde nie richtig warm damit, mit anderen Männern zu schlafen und hat es lediglich für mich, für uns getan. Zwischen uns wurde es auch eine Zeitlang wieder besser und unser Sexleben erlebte einen buchstäblichen Kick. Irgendwann wollte sie das nicht mehr, aber mir hat sie es auch nicht verboten. Ihre einzige Bedingung war, dass es niemand aus unserem Bekanntenkreis erfahren dürfte und dass alles so weiterlaufen sollte wie bisher. Also eine schöne Fassade nach außen hin. Immerhin sind wir verheiratet und uns verbindet das halbe Leben. Das wirft man nicht so einfach weg."
Dember hörte sehr aufmerksam zu und fragte sich, ob es mit ihm und Doris auch irgendwann mal so enden würde, während Sigrid eher genervt bis gelangweilt alles protokollierte. Für sie käme so etwas nie in Frage. Sie hatte eine streng katholische Kindheit gehabt und war noch heute aktives Mitglied in der örtlichen Gemeinde. Sie stellte die nächste Frage: „Über welchen Zeitraum reden wir hier eigentlich? Seit wann geht das denn schon so?"
„Hmmh, lassen Sie mich kurz überlegen. Ich würde sagen, ein paar Jahre, ein genaues Datum weiß ich auch nicht."
Die Ermittlerin zog die Augenbrauen hoch. „Ich bin jetzt ein wenig verwundert. Ist das Prinzip eines solchen Etablissements nicht der Partnertausch? Das heißt, man geht doch als Paar hin. Sie haben eben selbst gesagt, dass Ihre Frau das nicht mehr wollte. Wie ging es denn dann weiter?"
Der Professor hatte schon längst nicht mehr vor, Tatsachen zurückzuhalten. Daher zuckte er nur resigniert mit den Schultern. „Na, wie schon? Einige meiner Studentinnen himmeln mich an und würden alles für mich tun. Sie fressen mir sprichwörtlich aus der Hand, und so konnte ich die eine oder andere dafür begeistern, mitzugehen."
Sigrid Stotzem-Randerath platzte fast der Kragen. „Aha! Also Sex für

gute Noten oder wie soll man Ihre letzte Äußerung interpretieren?“

Er winkte ab. „Na, offenbar interpretieren Sie alles, was ich sage, sowieso, wie Sie es wollen. Aber eins kann ich Ihnen versichern, Frau Kommissarin: Ich habe es nicht nötig, den Mädels gute Noten zu versprechen. Auf die Gefahr hin, dass ich mich wiederhole: Auch wenn Sie es sich nicht vorstellen können, die standen alle auf mich. Alles war freiwillig und ohne Zwang oder sowas. Das habe ich auch gar nicht nötig.“ In einer selbstzufriedenen Geste breitete er ausladend die Arme aus. Sigrid schnaubte verächtlich. „Ja nee, ist klar! Das können Sie Ihrer Großmutter erzählen. Ich denke, dass wir anderslautende Antworten bekämen, wenn wir mal Ihre Liebschaften befragen würden.“

Müller spürte ihre abgrundtiefe Abneigung ihm gegenüber und wandte sich daher hilfesuchend an Dember: „Herr Kommissar, es ist so gewesen, wie ich es gesagt habe. Ich habe keine guten Noten gegen Sex verteilt. So einer bin ich nicht. Es ist sogar einmal vorgekommen, dass mich eine Studentin in letzter Sekunde hat abblitzen lassen. Auf einer Bildungsreise nach Paris bin ich mit einer zu einem geheimen Swinger Club gefahren, und als sie merkte, dass sie nicht mit mir allein sein würde, hat sie ‚Frauenprobleme‘ vorgeschoben. Tja, blöd gelaufen. Ich war total sauer, aber schlechte Noten hat sie deswegen nicht bekommen.“

Dember zuckte mit den Schultern und nickte leicht.

„Herr Müller“, warf Sigrid Stotzem-Randerath ein, „könnten Sie bitte wieder zu mir sehen? Zurzeit stelle ich nämlich die Fragen.“ Widerstrebend wandte Müller sich wieder zu ihr.

„Wenn ich Sie richtig verstanden habe“, fuhr Sigrid fort, „dann kann ja Lene Lemmerling nicht die Erste gewesen sein und, wie wir ja von Ihnen auch schon wissen, nicht die Letzte.“

„Ja, klar! Wieso? Ich dachte, das wäre mehr als deutlich geworden. Aber wissen Sie was, Frau Kommissarin: Ob Sie es glauben oder nicht, ich habe dabei auch immer an meine Frau gedacht und sie nicht vergessen in dieser Gleichung.“

„Jetzt kommt‘s!“, platzte es aus ihr heraus. „Sie wollen uns jetzt erzählen, dass sie doch mitgemacht hat?!“

„Ach Nonsens!", winkte der Professor ab. „Das habe ich doch schon gesagt. Nein, ich habe meine jungen Doktoranden ermutigt, sich um meine Frau zu kümmern."

Der streng katholischen Ermittlerin klingelten die Ohren. So ungeniert hatte vor ihr bisher noch kein Fremder sein Sexleben ausgebreitet. Sie hatte auch kein Interesse an solchen Geschichten, aber hier hatte sie keine Wahl. Es ging um die Aufklärung eines Verbrechens und da musste sie eben mal die Zähne zusammenbeißen und persönliche Belange hintenanstellen.

„Wie jetzt?", hakte Dember nach. „Sie haben Ihre Doktoranden ermutigt …?"

„Da muss ich ein bisschen weiter ausholen, sonst hört sich das für Dritte komisch an. Das war auch nicht so geplant, aber durch eine glückliche Fügung hat es sich auf einer großen Veranstaltung an der Musikhochschule so ergeben. Eine meiner Studentinnen wollte unbedingt mit mir reden." Er zwinkerte grinsend Dember zu, weil er ihn für einen Gleichgesinnten hielt. „Sie können sich denken, was sie eigentlich wollte. Und da ich nicht nein sagen konnte, dachte ich mir, dass mein Raum im Hochschulgebäude bestens dafür geeignet sei. Meine Frau war aber auch auf dem Fest und ich hatte bemerkt, dass sie immer wieder mit zwei meiner Doktoranden plauderte und dabei übers ganze Gesicht strahlte. Man könnte es auch als flirten bezeichnen. Ich habe mir die beiden Jungs zur Seite genommen und ihnen unmissverständlich gesagt, dass sie meine Frau glücklich machen sollten. Die haben mich erst angeguckt wie ein Auto, aber dann haben sie begriffen, dass es mir ernst war."

Sigrid blieb der Mund offenstehen. Dember dagegen war fasziniert und fast schon ein bisschen neidisch auf den Professor. Wären nicht Doris und Klein-Dember in sein Leben getreten, so wäre es vielleicht auch so oder so ähnlich verlaufen. Auch bei der Polizei hätte er vielleicht die richtige Funktion gefunden, um sich auszuleben. Aber weiter darüber nachzudenken, würde ihn nur frustrieren und außerdem war er mit seiner kleinen Familie im Grunde glücklich. Schnell stellte er die nächste Frage: „Jetzt sagen Sie aber nicht, dass Ihr Plan aufgegangen ist.

Also dass Sie zum ‚Reden' in Ihren Raum und Ihre Frau mit den beiden Doktoranden …?"
Müller zuckte nur kurz mit den Schultern. „Mir ist nichts Gegenteiliges bekannt."
„Und die Doktoranden?"
Müller wirkte verwirrt. „Was soll mit denen sein? Die haben die allerbesten Noten bekommen und allesamt promoviert. Ich verstehe die Frage nicht!"
Sigrid Stotzem-Randerath hakte nach: „Also gibt's doch gute Noten für Sex? Sie haben doch vorhin behauptet, dass …"
Müller unterbrach sie: „… dass meine Studentinnen das nicht nötig hatten. Das stimmt. Und die Jungs waren einfach gut. Ende der Geschichte. Mehr gibt's dazu auch nicht von mir zu hören. Und an Namen kann und werde ich mich auch nicht erinnern. Das sind alles hervorragende Musiker geworden."
„Vorausgesetzt, wir glauben Ihnen das alles, dann hätten weder Sie noch Ihre Frau ein wirkliches Motiv gehabt, Lene Lemmerling umzubringen, oder?", fasste Dember zusammen.
„Das versuche ich Ihnen schon die ganze Zeit klar zu machen, Herr Kommissar, aber Ihre Kollegin will mir einfach nicht glauben."
Sigrid holte tief Luft. „Jetzt reicht es aber, Herr Müller. Sie können sich ausleben und mit Ihrer Frau intern absprechen, was immer Sie für richtig halten. Aber dass Sie uns weismachen wollen, es gäbe kein Motiv? Bullshit! Es ist mehr als deutlich, dass Ihre Frau eben nicht glücklich mit Ihren Affären ist, das haben Sie selbst bei unserem ersten Gespräch deutlich gemacht. Reden Sie sich nichts anderes ein!"
Professor Müller wich ihrem Blick aus. „Wir sind gerade in einer schwierigen Phase und müssen einiges an unserer Absprache noch mal neu austarieren. Trotzdem …"
„Und Lene Lemmerling war von Ihnen schwanger und wollte damit Ihre Frau erpressen. Das ist ein mehr als ein eindeutiges Motiv."
Er verzog das Gesicht. „Das sagen Sie! Woher wollen Sie denn wissen, dass sie von mir schwanger war? Sie war doch auch mit mir in Swinger Clubs und hat es dort mit anderen getrieben. Hören Sie endlich auf, ei-

nem Gespenst nachzujagen. An Ihrer Stelle würde ich mich lieber noch mal mit Emma Bornhold befassen, anstatt Ihnen und mir die Zeit zu stehlen. So, das musste jetzt mal gesagt werden."

„Ja, das haben Sie schon gesagt. Sie haben aber nicht gesagt, warum Emma Bornhold Ihrer Meinung nach ‚psycho' sein soll." Sigrid musterte ihn mit durchdringendem Blick. Plötzlich kam ihr etwas in den Sinn, was sie vor einiger Zeit gelesen hatte: In sämtlichen Zeitungen war über die Sex-Vorwürfe gegen einen Professor für Musikwissenschaft in Süddeutschland berichtet worden, dem mehrfache Vergewaltigung und Drogenbesitz vorgeworfen worden war. Sie legte den Kopf schief. „Mal was anderes, was mir gerade einfällt: Sie haben nicht zufällig Verwandtschaft in Süddeutschland oder haben dort an einer Musikhochschule unterrichtet?"

Während Dember keinen blassen Schimmer hatte, worauf Sigrid anspielte, stieg dem Professor schlagartig die Zornesröte ins Gesicht. Eine Ader an seiner Stirn trat pulsierend hervor. „Was hat das, bitte schön, mit meiner Aussage hier zu tun?!"

Sie zuckte mit den Schultern. „Das weiß ich noch nicht! Sagen Sie es mir! Deshalb frage ich ja. Vielleicht waren Sie ja zufälligerweise Studiengenossen. Was weiß ich?"

„Frau Kommissarin, wenn Sie jetzt ernsthaft versuchen, eine Verbindung zwischen dem dortigen Professor und mir zu konstruieren, dann tun Sie mir, ehrlich gesagt, leid. Außerdem zeigt es mir deutlich, dass Sie bisher rein gar nichts ermitteln konnten, wenn Sie mir mit so was kommen."

Dember sah erwartungsvoll zu seiner Kollegin. „Sigrid, klär mich mal bitte auf, worum es geht."

„Ja genau, Frau Kommissarin!", meinte Professor Müller in eisigem Ton, „erklären Sie Ihrem Kollegen mal diesen absurden Gedanken."

Sigrid wandte sich an Dember: „Heinz, hast du von dem Skandal an der Musikhochschule in Bayern nichts mitbekommen? Laut Presseberichten war das ein regelrechter Sündenpfuhl. Unfassbar, was im Prozess alles ans Tageslicht gekommen ist. Daran haben mich die Geschichten von unserem guten Herrn Müller erinnert. Der seinerzeit beschuldigte

Professor hat wohl auch seinen Unterricht ins Schlafzimmer verlegt und seine Studentinnen bestiegen. Unter anderem wurden gemeinsam Pornos geguckt und die Szenen dann wohl auch nachgestellt. Eine Frau, die sich um eine Stelle an der Musikhochschule beworben hatte, wurde anal von ihm vergewaltigt. Im Prozess rechtfertigte sich der Professor, dass er dabei Lustschreie der Frau gehört haben wollte, während sie dem Gericht von Schmerz und Angst berichtete. Auch von so Machosprüchen wie ‚Jetzt ist der Schreibtisch eingeweiht!' soll die Rede gewesen sein. Es gab wie hier gemeinsame Reisen und Konzerte mit den Studentinnen und im Haus des Beschuldigten wurden später säckeweise Medikamente und Drogen gefunden. Das ist nur ein grober Abriss. Alles habe ich auch nicht mehr im Kopf. Aber die Ähnlichkeit ist doch frappierend, oder findest du nicht? Da kann man sich schon mal fragen, ob die nicht alle zusammen verreist sind."

„Ach!", ereiferte sich Müller nun. „Drogenmissbrauch wollen Sie mir jetzt auch noch anhängen, oder was? Also langsam reicht es mir. Entweder Sie machen mich zum Beschuldigten oder Sie zügeln Ihre Fantasie ein wenig! Von mir erfahren Sie ab sofort gar nichts mehr." Er verschränkte trotzig die Arme. Dann erschien ein provokantes, übertriebenes Lächeln auf seinem Gesicht. „Übrigens, was ich Sie die ganze Zeit schon fragen wollte: Kann es sein, dass Sie ein wenig untervögelt sind?"

Sigrid Stotzem-Randerath sprang erbost auf und zeigte mit dem Finger auf ihn. Eigentlich wollte sie lospoltern und ebenfalls ein paar Beleidigungen loswerden. Doch sie gewann ihre Fassung zurück, atmete tief durch und ließ sich wieder auf ihren Stuhl zurückfallen. „Das ist es wirklich nicht wert, sich darüber aufzuregen!", sagte sie kühl.

„Herr Müller!", mischte sich nun Dember ein, „seien Sie froh, dass meine Kollegin so cool reagiert und keine Anzeige erstattet. Es wäre mir ein Vergnügen gewesen, in dieser Sache gegen Sie auszusagen. An Ihrer Stelle würde ich mich mal ein bisschen zusammenreißen!" Er schaute zwischen Sigrid und Müller hin und her. „Sind denn jetzt alle Nettigkeiten ausgetauscht, können wir weitermachen?"

Müller räusperte sich. „Ich möchte eins noch mal klarstellen: Mein ‚Tätigkeitsfeld' beschränkt sich ausschließlich auf Köln."

Sigrid Stotzem-Randerath seufzte nur leicht, sagte aber nichts mehr zu diesem Thema. Vielmehr dachte sie sich ihren Teil. Er würde seine gerechte Strafe schon noch bekommen, wenn die Wahrheit ans Licht käme. Aber wenn seine Ehefrau genauso agieren würde wie die in Bayern, dann Prost Mahlzeit. Diese hatte damals vor Gericht alle Vorwürfe heruntergespielt und von einem „Vernichtungs- und Rachefeldzug“ gegen ihren Mann gesprochen. Sogar seine Unschuld hatte sie wohl unentwegt beteuert und das, obwohl er wegen sexueller Nötigung schon zu einer mehrmonatigen Haftstrafe auf Bewährung verurteilt worden war. Dennoch war sie bis zum Schluss bei ihrer Aussage geblieben, dass hier der „König auf dem Schafott“ gelandet sei, so wie 1793 bei Marie-Antoinette. Die Ermittlerin hatte vor, genau zu verfolgen, was sich hier noch tun würde.

Dember kam aufs Wesentliche zurück. „Herr Müller, vorhin haben Sie Emma Bornhold als ‚Psycho‘ bezeichnet, das aber nicht weiter ausgeführt, weil Sie es angeblich nicht anders beschreiben können. Das reicht mir, ehrlich gesagt, nicht. Daher überlegen Sie bitte noch mal. Das ist sehr wichtig für uns!“

Müller verdrehte die Augen. „Sie können mich das noch hundertmal fragen, aber ich kann es nicht anders beschreiben. Trotzdem versuche ich es mal. Vor ein paar Tagen ist sie nach einer meiner Vorlesungen so lange im Hörsaal geblieben, bis niemand anderes mehr da war. Sie hat sich mir regelrecht an den Hals geworfen, mich auf den Mund geküsst und ihre Hand auf meine Hose gepresst. Sie faselte was von Liebe und dass sie mich schon immer hätte haben wollen und so einen Blödsinn. Als ich nicht darauf eingegangen bin, sagte sie, sie sei ein unartiges Mädchen und bräuchte dringend Züchtigung. Dabei hat sie sich selbst mit der flachen Hand feste auf den Hintern geschlagen und lüstern gegrinst.“

„Ach“, kommentierte Sigrid, „wie furchtbar. Eine junge Frau macht Ihnen Avancen und das erschreckt Sie? Ich dachte, das sei normal für Sie oder habe ich alles falsch verstanden?“

Professor Müller schüttelte den Kopf. „Dieser starre Blick, diese eiskalte Miene. Da schaudert es mich heute noch. Ich habe sie von mir weggeschoben und eilig den Hörsaal verlassen. In dem Moment spürte ich diese unbändige Wut und Enttäuschung bei ihr. Auf dem Weg zur Tür habe ich schon fast damit gerechnet, dass sie mir gleich ein Messer ins Kreuz rammen würde. Ich sag Ihnen, so ein ungutes Gefühl hatte ich schon lange nicht mehr.“ Er schüttelte sich.

Sigrid und Dember wechselten einen Blick. „Glauben Sie, Lene hat ihr damals was erzählt?“, wollte Dember wissen.

„Erzählt? Was denn erzählt?“

„Na, was schon? Wir wissen doch, dass Sie gern mal gröber werden bei Ihren Spielchen. Und dass Emma Bornhold von ‚unartig‘ und ‚Züchtigung‘ spricht, kommt doch nicht von ungefähr.“

„Ja, stimmt, jetzt, wo Sie es sagen: Als sie mich so bedrängt hat, hat sie mir gesagt, dass Lene ihr alles erzählt habe.“ Müller zuckte die Achseln. „Das kann man jetzt glauben oder nicht, ist mir auch egal. Für mich ist die völlig durchgeknallt. Das habe ich bei Lenes Beerdigung noch gedacht. Ich bleibe lieber auf Distanz zu ihr.“

Dember dachte darüber ganz anders. Er erinnerte sich nur zu gut an die rothaarige Versuchung damals im „Brutto“-Discounter, wo eine Kassiererin verstorben war[12]. Und diese Emma mit ihren roten, langen Haaren wäre schon was für ihn, zumindest in der Fantasie. „Wissen Sie zufällig, ob sich Emma Bornhold und Aurelia Schwabert kennen?“

„Keine Ahnung! Aber ich vermute mal ja. Die studieren ja beide bei mir und wohnen im gleichen Haus.“

Sigrid zählte eins und eins zusammen. „Also da, wo Ihr Auto so beschädigt wurde?“

Das ließ Professor Müller zögern. „Sie glauben, dass …?“

Sigrid schüttelte den Kopf. „Zum Glauben gehe ich in die Kirche. Nein, wenn ich das alles hier so höre, habe ich mehrere mögliche Szenarien vor Augen. Mehr nicht! Ich war ja nicht dabei!“

Professor Müller rutschte unruhig auf seinem Stuhl hin und her. „Kann ich denn jetzt gehen oder haben Sie noch weitere Fragen an mich? Ich würde nur ungern erklären, weshalb ich den wichtigen Termin verpasst habe.“

---

[12] *KRIMINAListenROMAN „Melaten Macchiato“*

Dember brachte Müller nach draußen und bat ihn darum, weiterhin zur Verfügung zu stehen.
„Was soll das heißen? Dass ich die Stadt nicht verlassen darf?"
„Das heißt einfach nur, dass wir Sie nochmals kontaktieren werden, wenn wir Sie noch brauchen. Wir sind hier nicht in einem Vorabendkrimi oder so. Auf Wiedersehen!"
Als Dember zurück ins Büro kam, fragte Sigrid: „War noch was? Du guckst so finster."
„Ach nix! Der Typ hat sie echt nicht alle. Ich weiß jetzt, warum du so auf ihn reagierst. Ich hätte ihn vorhin am liebsten auch rausgestiefelt."
„Rausge-was?"
Dember machte zur Verdeutlichung eine Trittbewegung in die Luft. Sigrid grinste. „Und nun? Was machen wir als Nächstes?"
„Wir reden erstmal mit Westhoven. Aber um diese Emma müssen wir uns nochmal kümmern. Wer weiß? Ich habe schon die sprichwörtlichen Pferde kotzen sehen."
Sigrid war skeptisch. „Nach dem, was wir gerade gehört haben, kommt sie schon als Verdächtige in Frage. Aber komm schon, mein Lieber! Du traust dieser zierlichen Person nicht wirklich eine solch grausame Tat zu."
„Ich bin zwar erst ein paar Jahre bei der Mordkommission, aber für mich gibt es schon lange nichts mehr, was es nicht gibt. Und ich war schon mehr als einmal verwundert, welche Kräfte bei jemandem freigesetzt werden können, der in die Enge getrieben wird. Erinner dich doch nur an die Tat in Deutz, wo wir die Säcke mit den Leichenteilen gefunden haben[13]. Mit der Lösung des Falls hat damals auch niemand von uns gerechnet. Das ist doch das beste Beispiel für meine These."

***

Emma Bornhold hatte sich für diesen Tag etwas ganz Besonderes überlegt. Die letzte Nacht hatte sie sehr unruhig geschlafen, sich hin-

[13] *KRIMINAListenROMAN „Puzzlemord in Deutz"*

und hergewälzt, um dann nach wenigen Stunden endgültig aus dem Schlaf gerissen zu werden. Ein sehr intensiver Albtraum beendete gegen 04.30 Uhr ihren Schlaf auf bizarre Weise. Für sie hatte es sich ganz real angefühlt, dass es in ihrem Zimmer von Schlangen, Eidechsen und fetten Kröten nur so wimmelte, die es auf sie abgesehen hatten. Als sie im Halbdunkeln den ersten Fuß auf den Boden setzte, trat sie zudem auf etwas Weiches, Bewegliches neben dem Bett. Beinahe hätte sie das ganze Haus vor Schreck zusammengebrüllt, fühlte dann aber erleichtert, dass es nur ihr Dildo war, der vom Nachttisch gefallen war. Nach diesem Schreck hatte sie auch keine Lust mehr, sich wieder hinzulegen und machte sich daher einen großen Cappuccino und aß eine Handvoll Kekse dazu, die sie letztens aus einem Café mitgenommen hatte. Parallel dazu ging sie erst in Gedanken und dann am Computer Meter für Meter die Laufstrecken durch, die in Frage kamen und ihren Absichten entsprachen. Schlussendlich entschied sie sich für eine Strecke unweit der Stelle, wo Lene Lemmerling tot aufgefunden worden war. Um ganz sicher zu gehen, nahm sie sich vor, diese Strecke vorher zu verschiedenen Uhrzeiten in Augenschein zu nehmen, mal als Joggerin und ein anderes Mal mit dem Fahrrad oder als Spaziergängerin, auf jeden Fall aber immer so, dass sie dabei ihr Gesicht verdeckte. Sie wollte kein Risiko der Wiedererkennung eingehen, für den Fall, dass sie doch jemandem begegnete.
Es wurde langsam hell und die Wolken der Nacht verzogen sich allmählich, als Emma den einsamsten Abschnitt der Strecke passierte. Ein schmaler, unebener und wurzelträchtiger Weg nahe dem Baggersee, der von dichtem Unterholz gesäumt war, strahlte eine beklemmende Ruhe aus. Die Stelle war perfekt. Von keiner Seite aus war sie einsehbar. Offenbar hatte sie den idealen Ort entdeckt, der ihren Vorstellungen entsprach, um mit Aurelia ein paar letzte Worte zu wechseln. Zu diesem Zweck würde sie sich nun abermals einen Schlagring und ein Stilett aus dem 3D-Drucker ausdrucken lassen. Bei diesem Gedanken stiegen unweigerlich wieder die Bilder in ihrem Kopf hoch. Sie sah Lenes jämmerlich flehenden Blick, nachdem sie ihr hinterrücks den ersten Stich verpasst hatte. Immer wieder hatte

sie „Warum?“ gefragt und dabei Blut gespuckt, bevor ihr Emma mit dem Schlagring wie von Sinnen auch noch das Nasenbein zertrümmert hatte. Als Lene nicht aufgehört hatte, um ihr Leben zu flehen, hatte sie ihr mit Panzerband den Mund zugeklebt, bevor sie ihr die weiteren tödlichen Stiche versetzt hatte.

Als Lene nicht mehr atmete, hatte Emma ihr noch die Arme gefesselt und ihr die Strumpfhose heruntergerissen. Alles sollte wie die Tat eines Mannes aussehen, der sein Opfer gefesselt, vergewaltigt und aus Angst vor einer Entdeckung getötet hatte. Und so wie es aussah, war ihr der Plan bislang auch ziemlich gut gelungen. Niemand von der Mordkommission hatte bislang eine Frau verdächtigt. (Dass die Polizei Heike Müller im Verdacht hatte, einen Profikiller angeheuert zu haben, wusste Emma ja nicht). Auch diesmal fühlte sie sich siegessicher. Sie würde alles so arrangieren, dass vermutlich wieder der Professor in den Fokus geraten könnte. Das würde ihr Zusammensein mit ihm zwar verzögern, aber am Ende würde die Polizei keine einzige Spur finden, mit der sie ihm den Mord nachweisen könnte. Und falls sie noch DNA von ihm in oder an Aurelia nachweisen würden, so hätte er dafür eine plausible und glaubhafte Erklärung. Immerhin wusste die Polizei, dass er sich mit ihr nicht zur Nachhilfe traf. Und danach stünde dann hoffentlich endlich ihrer Beziehung mit ihrem Angebeteten nichts mehr im Weg. Das zauberte ein Lächeln auf ihr Gesicht. Sie fühlte sich wie eine Prinzessin, die bald den Frosch küssen durfte. Beflügelt von diesem Gedanken joggte sie wieder nach Hause.

Als sie an Aurelias Wohnungstür vorbeikam, hörte sie laute Musik aus der Wohnung. Sie klingelte und wenige Augenblicke später stand Aurelia vor ihr.

„Hi“, begrüßte Emma sie fröhlich, „ich will ja nicht lange stören, aber ich habe Musik gehört und wollte fragen, ob du vielleicht morgen mit mir eine Runde joggen gehst. Oder übermorgen oder auch danach. Allein laufen ist immer so schrecklich öde. Außerdem habe ich eine schöne neue Strecke ausfindig gemacht, die auch nicht allzu schwer ist.“ Sie fuhr sich mit den Fingern durch die Locken, setzte ihren Rehblick auf und lächelte, so freundlich sie konnte. „Was sagst du?“

Aurelia war sichtlich überfordert damit, Emma abzuwiegeln, denn schon mehrfach hatte sie ihr gesagt, dass sie derzeit eigentlich keine freie Minute mehr habe. „Also, wenn das so ist! Du weißt, ich habe eigentlich keine Zeit im Moment, aber was wäre ich für eine Freundin, wenn ich jetzt nein sagen würde?“

Emmas Miene erhellte sich noch mehr, nur das diesmal die Freude echt war. „Wirklich? Klasse! Wann soll ich dich abholen? Ich richte mich ganz nach dir.“

„Morgen schreibe ich eine Klausur und übermorgen sind auch noch welche. Dafür muss ich definitiv büffeln, sonst falle ich bei Professor Müller durch.“

Emma wurde wütend, denn sie spürte ganz genau, dass das eine Lüge war. Sie konnte sich nicht vorstellen, dass der Professor ausgerechnet die Person nicht bestehen lassen würde, mit der er regelmäßig rumvögelte. „Nee, klar, verstehe ich. Also überübermorgen?“

„Okay, das müsste ich hinkriegen. Wann sollen wir denn los?“

Emma dachte kurz nach, was am günstigsten war. „Lass uns ruhig abends gehen. Da ist nicht mehr so viel los und wir müssen nicht ständig im Zickzack um die Spaziergänger laufen. Das ist total nervig. Und vielleicht können wir danach noch ein Gläschen Wein oder so trinken?“

„Klingt gut! Wir sehen uns.“ Aurelia schloss die Tür und Emmas Gedanken hüpften vor Freude. Während sie ihre Wohnungstür aufschloss, murmelte sie leise: „Das Gläschen werde ich ganz sicher allein trinken!“ Sie grinste abermals übers ganze Gesicht, ging an ihr Geheimversteck im Schlafzimmerschrank und kramte die Sportuhr von Lene Lemmerling hervor, um sämtliche Daten zu löschen. Bisher hatte sie das immer vor sich hergeschoben, aber nachdem sie heute Morgen ihren eigenen Aktivitätstracker zurückgesetzt hatte, tat sie es nun auch mit diesem. Sie hatte Lene die Sportuhr abgenommen, bevor sie ihre Leiche zurückgelassen hatte und beschwingt nach Hause gejoggt war. Für den Abend plante sie, am Tatort das Panzerband zu deponieren und sich die 3D-Ausdrucke zu besorgen. Aurelia würde weder das Stilett noch den Schlagring vorher bemerken. Emma war enthusiastisch bei dem Gedanken, dass die lästige Nebenbuhlerin bald Geschichte sein würde.

***

Bei den Westhovens gab es heute Pauls eigene Version von Spaghetti Bolognese. Im Moment herrschte ein fast schon verdächtiger Frieden mit Fiona. Sie hatte sich auf einmal ruhiger verhalten und Westhoven wollte auf keinen Fall Streit provozieren, indem er auf einer Aussprache zum Geschehenen bestand. Er hoffte nur inständig, dass es für eine Weile so friedlich bleiben würde.
Fiona hatte ausnahmsweise mal keinen Besuch und keine Verabredung und Anne war froh, dass sie nach langem mal wieder von Paul bekocht wurde. Auch sie war unendlich glücklich über die momentane Harmonie im Haus. Während sie mit Fiona auf den Barhockern saß und an ihrem Rotweinglas nippte, bereitete er vor ihren Augen die Zutaten für seine berühmte Sauce vor. Er presste den frischen Knoblauch, schnitt feinste Zwiebelringe und Möhrenscheiben und röstete alles in der heißen Pfanne an. Anschließend gab er die 500 g Bio-Rinderhack aus der örtlichen Metzgerei hinzu. Als dieses eine bräunliche Färbung bekommen hatte, verteilte er die frisch gehackten Tomaten darüber und löschte die Sauce schließlich mit einem großzügigen Schuss Rotwein ab.
Während Anne und Fiona genüsslich ihre Spaghetti Bolognese im Löffel drehten und seine Kochkünste lobten, stocherte er nur nachdenklich zwischen den Nudeln herum.
„Paul, hast du eigentlich gehört, was wir gesagt haben?“ Anne lächelte ihn an.
„Was? Ja, na klar!“
„Du wirkst ein wenig abwesend, mein Schatz. Wo bist du mit deinen Gedanken?“
Er seufzte schwer. „Ach, Sternchen, dieser Fall macht uns noch alle madig. Wir kommen nicht richtig weiter und können froh sein, dass die Presse im Moment andere Themen hat.“

„Habt ihr denn überhaupt keine Idee, wer etwas mit dem Tod der Studentin zu tun haben könnte?“
„Doch, das ist es nicht! Klar haben wir einige Spuren, aber wir kommen nicht wirklich damit weiter. Die Frau des Professors scheidet für mich persönlich zwar als unmittelbare Täterin aus, ist aber sehr wohl noch im Rennen. Immerhin hat sie einen Auftragsmörder engagiert. Und dann diese mysteriöse Emma, die immer wieder in den Fokus gerät.“
„Erzähl uns doch mal von ihr. Wir beiden Frauen haben vielleicht das richtige Gespür.“ Anne schaute ihn liebevoll an und auch Fiona schien neugierig zu sein.
„Ach, ich will euch die leckere Bolognese nicht vermiesen“, meinte Westhoven ausweichend. „Außerdem haben wir doch auch Frauen in der Kommission.“
„Komm schon, Papa!“, grinste Fiona. „Ein anderer Blick auf die Dinge hat doch noch nie geschadet. Deine Worte!“
Diesem Argument konnte er sich nicht verschließen, sonst hätte er sich vor seiner Tochter unglaubwürdig gemacht. Außerdem freute es ihn so, dass es für den Moment besser bei ihnen lief, so dass sie sich sogar einmal ohne Streit unterhalten konnten. Deshalb fasste er in groben Zügen den Fall der „MK Musik“ zusammen, ohne auf zu viele Details einzugehen. Wenige Minuten später hatten seine Zuhörerinnen beide wie bei einem Krimidinner eine Lösung parat. Fiona wollte ihre zuerst präsentieren. „Ist doch voll klar, wer das war. Diese Emma ist doch total krass, wie die sich benimmt. Für mich ist sie die Täterin. Sie ist dermaßen eifersüchtig auf alle anderen Frauen, auf die dieser Professor steht. Sie möchte selbst mal die Nummer Eins für ihn sein. Und seine Frau hat den Auftragskiller doch nur beauftragt, um Geld zu sparen. Die hatte einfach keinen Bock auf die Erpressung und ganz sicher nicht auf das Kind. Aber da der das ja wohl nicht gemacht hat, bleibt doch nur diese Emma. Also, für mich ist der Fall sonnenklar. Ich weiß gar nicht, warum ihr das noch nicht gesehen habt.“ Sie grinste ihn an.
„Also, ich hätte es nicht besser sagen können“, meinte Anne. „Fiona hat Recht! Schnappt euch diese Emma!“ Auch sie schaute ihn grinsend an.

„Siehste! Frag uns, dann brauchst du auch nicht so viele Überstunden machen."
„Ja, ja. Und die beiden Brüder spielen wohl gar keine Rolle, oder was?"
Unisono bekam er die Antwort: „Nein!"
Westhoven seufzte. „Na, dann ist ja alles klar. Sollen wir dann gleich nach dem Essen los und Emma festnehmen?" Diesmal drehte er genießerisch die Nudeln auf und schob sie sich in den Mund.
Als er später im Bett lag und wieder mal nicht einschlafen konnte, ging ihm die Erklärung seiner Liebsten nochmal durch den Kopf. Er fragte sich, ob die Lösung tatsächlich so naheliegend sein könnte.

***

In den nächsten beiden Tagen ging die „MK Musik" wiederholt die Akten durch. Es wurden nochmals alle Aussagen und Vermerke akribisch ausgewertet. Als Ergebnis prangten schließlich zwei Flipchart-Blätter nebeneinander an der Wand. Darauf war mittig der Name Lene Lemmerling zu sehen und davon abgehend etliche Striche zu allen Beteiligten. Dabei fiel nicht nur Westhoven auf, dass tatsächlich viele Pfeile zu Emma Bornhold führten.
„So, Leute, ich habe heute Morgen schon mit Sarah Steinmann telefoniert und wir sind übereingekommen, dass sie einen Antrag bei Gericht stellen wird, um Emma Bornhold längerfristig observieren zu lassen. Warum diese Entscheidung begründet ist, kann man an unserem Schaubild deutlich sehen. Weiterhin ist bereits eine Straftat von erheblicher Bedeutung begangen worden. Das heißt natürlich auch, dass wir die gesamte Palette an technischen Überwachungsmaßnahmen nutzen werden."
Toni Krogmann hob die Hand. „Nur zum Verständnis, wie kommt es denn jetzt, dass Emma Bornhold plötzlich den Beschuldigtenstatus hat? Die Gesetzeslage des §163f StPO ist doch hier eindeutig, oder wissen wir hier alle etwas nicht, was du weißt?"
Westhoven seufzte genervt. „Muss ich das jetzt wirklich erläutern?" Er atmete tief durch. „Aber na gut! Wir wissen, dass Emma Bornhold mit

Aurelia Schwabert in einem Haus wohnt und dass diese mit Professor Müller ein Verhältnis hat. Wir wissen auch, dass Emma den Professor anschwärmt und ihm auch schon eindeutige Avancen gemacht hat. Und Eifersucht war schon seit jeher ein Motiv. Wenn sie nicht selbst die Täterin ist, so gibt es hoffentlich die vage Möglichkeit, über sie den Zugang zum Aufenthaltsort des Täters respektive der Täterin zu erlangen. Außerdem ist sie für mich eine Verdächtige und zwar deshalb, weil sie nicht frei von Verdacht ist. Klingt logisch und das reicht auch als Begründung. Sarah wird schon das Passende schreiben. Hoffen wir nur, dass das Gericht das auch so sieht. Hat jemand sonst noch Fragen oder vielleicht andere Vorschläge?"

Toni ergriff erneut das Wort: „Sollten wir dann nicht auch den ‚Schmied' observieren lassen?"

Westhoven nickte. „Auch das haben wir heute besprochen. Es gibt aber zwei Gründe, aus denen wir das nicht machen. Erstens stehen uns gar nicht so viele Kräfte zur Verfügung, die uns zwei Personen 24/7 überwachen könnten und zweitens haben wir gegen Kowaljow im Moment noch weniger in der Hand als gegen Emma Bornhold. Wir behalten das aber im Auge und kommen vielleicht noch mal darauf zurück. Ich hoffe aber, dass wir das nicht müssen. Sonst noch was?"

„Habt ihr auch darüber gesprochen, einen verdeckten Ermittler oder besser noch eine verdeckte Ermittlerin einzusetzen? Wäre doch als angebliche Kommilitonin unproblematisch."

„Gute Idee, Toni. Auch darüber haben wir gesprochen und es vorerst verworfen. Das würde einfach zu lange dauern. Wir versprechen uns von der Observation einfach mehr. War es das jetzt?" Westhoven hatte das eigentlich rein rhetorisch gemeint, aber Toni hatte es anders verstanden. „Eins noch! Wann können wir loslegen?"

„Ich hoffe, heute noch. Sarah wollte versuchen, jemanden bei den Ermittlungsrichtern zu erreichen, um den Antrag vorab zu besprechen. Sie meldet sich bei mir, wenn es eine Tendenz gibt. Aber ich bin mir sicher, dass wir den Beschluss bekommen. Und da du dich offenbar gut mit der Materie auskennst, möchte ich dich bitten, alle Daten, die

infolge der Observation erhoben werden, sorgfältig zu dokumentieren. Ich habe nämlich keine Lust darauf, dass es später an einer Formalie scheitert, weil wir das versäumt haben."
Toni nickte, während sie sich insgeheim auf die Zunge biss und dachte: *„So ein Scheiß, hätte ich mal nichts gesagt."*

***

Emma Bornhold blickte gedankenversunken aus dem Fenster und trank dabei eine Schale orientalischen Tee. Jede Faser ihres Körpers war wie elektrisiert. Sie konnte es kaum erwarten, dass ihr Leiden bald vorbei und der Weg zum Professor endlich frei sein würde. In den vergangenen beiden Tagen hatte sie zu unterschiedlichen Zeiten noch einmal die von ihr gewählte Stelle auf der Laufstrecke ausgekundschaftet. Dabei hatte sie darauf geachtet, dass auch auf dem Weg dorthin oder entlang der Strecke keine privaten oder gewerblichen Videoüberwachungskameras hingen. Erst kürzlich hatte sie in einer Krimiserie gesehen, dass die Ermittler in einem Radius von ein paar Kilometern unter anderem alle Geschäfte aufgesucht hatten, um an solche Aufnahmen zu kommen. Also ging sie davon aus, dass die Kölner Mordkommission das auch machen würde. Unter keinen Umständen wollte sie wegen einer Achtlosigkeit ertappt werden, denn sonst hätte sich die ganze Mühe ja nicht gelohnt und der Professor würde sich abermals eine andere Studentin suchen.
Nach dem letzten lauwarmen Schluck stellte sie die Schale auf die Fensterbank und begann mit der Generalprobe. Dabei achtete sie insbesondere darauf, dass das Messer und der Schlagring aus dem 3-D-Drucker sich nicht unter der Kleidung durchdrückten. Vor dem Spiegel am Schlafzimmerschrank machte sie aus diesem Grund auch noch Laufbewegungen und betrachtete sich dabei von allen Seiten. Alles schien perfekt und der Countdown konnte beginnen.

***

Westhoven war gerade dabei, sich noch mal die Tatortfotos anzusehen und aß mit einem leicht schlechten Gewissen den dritten Schokoriegel. Er schaute an sich herab und fragte sich, ob der Genuss die Kalorien wert war. Doch so lange Anne sich nicht über seinen Bauchansatz beschwerte, sah er keinen vernünftigen Grund, etwas zu ändern. Außerdem passten sogar noch die Hemden, die er vor zwei Jahren gekauft hatte und die Anzugsweste trug ebenfalls nicht auf. Als seine Finger wie von selbst den vierten Schokoriegel aus seiner Süßigkeiten-Schublade angeln wollten, läutete das Telefon. Er erkannte die Nummer auf dem Display und nahm eilig den Anruf an. „Hallo, Sarah! Bitte sag mir, dass wir die Beschlüsse bekommen!"

„Hattest du etwa Zweifel? Du weißt doch, dass ich sehr überzeugend sein kann, wenn ich was will. Schickst du jemanden vorbei, um die Ausfertigungen abzuholen?"

„Und es wurde alles genehmigt? Ohne Einschränkungen?"

„Beschlossen wie beantragt! Alles bestens."

„Super! Ich schicke gleich jemanden rüber."

„Und Paul?"

„Ja?"

„Viel Erfolg."

„Danke."

Nach Beendigung des Gesprächs bat Westhoven zuerst Sigrid Stotzem-Randerath, die Beschlüsse bei der Staatsanwaltschaft abzuholen. Danach organisierte er über die Führungsstelle die weiteren Kräfte, die sich so schnell wie möglich an Emma Bornholds Fersen heften sollten. Sie sollte keinen Schritt mehr machen können, ohne dass Westhoven davon wusste. Ferner sollten die Spezialisten der Telefonüberwachung ab sofort und engmaschig so genannte Stealthpings auf Emma Bornholds Mobiltelefon senden, um ein Bewegungsprofil von ihr zu erstellen. Anhand dieser stillen SMS wusste die „MK Musik" keine Stunde später, dass sich Emma an ihrer Wohnanschrift aufhielt.

Westhoven setzte die speziell geschulten Observationskräfte in einer knapp einstündigen Frontalveranstaltung über die Zielperson in

Kenntnis. Die Frauen und Männer des Observationsteams waren hoch motiviert und würden erstmal Ergebnisse für die nächsten 14 Tage liefern – und dies rund um die Uhr. Mit Einbruch der Dunkelheit war es dann soweit. Die Wohnanschrift von Emma Bornhold stand unter Beobachtung.

***

Aurelia Schwabert war vor dem Joggen noch mal zur Toilette gegangen, als es kurz danach an der Wohnungstür klingelte. Emma stand mit einem breiten Grinsen vor ihr. „Bereit?", fragte sie eifrig. Aurelia pustete durch die zusammengepressten Lippen. „Pff, bin gespannt, wie weit ich noch komme."

„Ach", winkte Emma ab. „Du wirst sehen, so unfit bist du bestimmt gar nicht! Und außerdem, so fit bin ich nun auch wieder nicht. Wir passen uns gegenseitig beim Lauftempo an und wenn es sein muss, gehen wir zwischendurch ein paar Schritte, okay?"

Aurelia wirkte skeptisch. „Na, hoffentlich wird es dir nicht zu lahm."

„Ach Quatsch!"

Unten im Hausflur angekommen schlug Emma vor: „Nehmen wir den Hinterausgang, so kommen wir schneller auf die Laufstrecke und müssen nicht erst um den Häuserblock laufen."

Sie schob derweil ihren Ärmel ein Stück hoch und aktivierte „Burnlethics". Aurelia schaute sie fragend an. Emma hob den Arm. „Das ist meine Sportuhr, damit laufe ich immer. Die zeichnet alles auf: Geschwindigkeit, Entfernung und so."

Aurelia lächelte schief. „Na super! Dann krieg ich es auch noch schwarz auf weiß dokumentiert, was ich für eine Schnecke bin."

„Blödsinn!" Grinsend lief Emma langsam los, und nach wenigen hundert Metern hatten sie die enge Bebauung hinter sich gelassen und befanden sich auf einem Feldweg neben einem frisch gepflügten Acker. Emma war die Angriffssituation schon x-mal gedanklich durchgegangen. An der schmalen Stelle in dem kleinen Wäldchen würde sie Aurelia einfach den Vortritt lassen, blitzschnell das Messer zücken und ihr in den oberen Rücken stechen. Wenn sie ihre Kontrahentin erstmal am Boden hätte, ginge danach alles ganz schnell. Mit jedem Schritt in Richtung der von ihr ausgewählten Stelle stieg ihr Adrenalinpegel und sie verspürte unbändige Kraft in ihrem Körper. Sie fühlte sich übermächtig, Aurelia haushoch überlegen, und ein flüchtiger Blick auf ihre Sportuhr verriet ihr, dass es nur noch knapp drei Kilometer bis zu Aurelias Ende sein würden. Ihre eisernen Gesichtszüge spiegelten ihre Entschlossenheit wider.

Neben ihr keuchte und prustete Aurelia. „Pff, boah! Ich glaube, ich muss mal ein paar Schritte gehen. Das ist doch viel anstrengender, als ich dachte. Wenn man die ganze Zeit nur noch lernt, hat man nicht die beste Kondition." Sie blieb kurz stehen, reckte die Arme hoch und atmete tief ein.

Emma hingegen tänzelte auf der Stelle. Es war ihr unmöglich ebenfalls stehenzubleiben, denn ihr Körper wollte nur noch vorwärts. Sie war dermaßen energiegeladen, dass sie es kaum aushielt. Das änderte sich schlagartig, als Aurelia atemlos sagte, dass es wohl das Beste sei, wenn sie zurück- und Emma die Runde allein weiterliefe.

„Das kommt überhaupt nicht in Frage! Wir Mädels müssen zusammenhalten. Ich lass dich doch jetzt nicht allein zurücklaufen. Wir machen eine kurze Pause und dann geht's weiter. Wirst schon sehen."

„Wie lang ist die Strecke denn noch?"

Emma überlegte kurz, ob sie ihr die Gesamtstrecke oder nur ihre restlichen drei Kilometer sagen sollte. Sie entschied sich für Letzteres, denn sie hatte Sorge, dass Aurelia ansonsten tatsächlich umkehren würde.

Aurelia holte tief Luft. „Na gut! Die paar Kilometer schaffe ich noch."

Sie liefen langsam wieder los.

***

Die Spezialisten der Telefonüberwachung schickten routinemäßig die nächste stille SMS auf Emma Bornholds Mobiltelefon. Als kurz danach das Ergebnis angezeigt wurde, informierte der Beamte Westhoven darüber, dass sich das Telefon in Richtung Kreuzfeld bewegen würde.

Allein diese Information ließ bei Westhoven alle Alarmglocken schrillen. Seine Nackenhaare stellten sich auf, während sich seine Gedanken überschlugen und sich in seinem Kopf diverse Szenarien abspielten. Lene Lemmerling war in Kreuzfeld gefunden worden, Emma Bornhold war verdächtig und nun bewegte sie sich genau dorthin. Westhoven griff sofort zum Telefon und rief den Einsatzleiter vor Ort an. Dieser konnte nicht bestätigen, dass Emma Bornhold allein oder in Begleitung das Haus verlassen hatte.
Westhoven reagierte aufgebracht, ganz in seiner unnachahmlichen Art: „Ach ja?! Dann bewegt sich das Telefon wohl von allein in Kreuzfeld, oder wie?“
Etwas ratlos fragte der erfahrene Objektführer eiligst über Funkverbindung bei den anderen Teams nach und bekam als Rückmeldung, dass niemand gesehen hatte, wie Emma Bornhold das Haus verlassen hatte.
„Dann habt ihr wohl nicht richtig hingeguckt“, meinte Westhoven erbost. „Nochmal, das Handy von der Bornhold bewegt sich in Kreuzfeld! Und wenn es kein Eigenleben führt, wovon ja wohl nicht auszugehen ist, dann ist auch Emma Bornhold in Kreuzfeld. Und ihr steht noch immer an der Wohnanschrift und tippt wahrscheinlich auf euren Smartphones herum oder macht sonst was und kriegt das nicht mit?!“
Der Beamte fragte: „Was sollen wir denn nun machen, um die Maßnahme nicht zu gefährden? Immerhin soll Emma Bornhold davon nichts mitbekommen.“
Westhoven schnaubte: „Klingelt sofort bei der Schwabert. Ich will wissen, ob die wenigstens zuhause ist.“
„Und was sollen wir der sagen, wenn die da ist?“
Westhovens Reizschwelle sank immer tiefer und entsprechend fiel auch seine Antwort aus: „Meine Güte, lasst euch was einfallen. Pizzalieferung für wen auch immer oder sowas. Verdammt noch mal! Muss ich euch alles vorkauen? Jetzt macht voran!“
Der Einsatzleiter eilte zur Haustür. Trotz intensivem Klingeln erfolgte keine Reaktion.
„Was jetzt?“, wollte er von Westhoven wissen.
„Klingel jetzt zur Sicherheit auch bei der Bornhold!“

„Aber die ist doch nicht da, oder?"
„Keine Diskussion! Drück lieber die Klingel."
Einen Moment später war klar, dass auch bei Emma Bornhold niemand da zu sein schien. Zumindest machte niemand die Tür auf.
„Sollen wir hier stehenbleiben und warten, bis sie zurückkommt?"
Bei dieser sinnbefreiten Frage musste Westhoven sich erstmal kurz mit langsamem Zählen – „21 - 22 - 23" – beruhigen. Danach gab er dem Einsatzleiter die Koordinaten und trug ihm auf, sofort mit den Teams dorthin zu fahren. „Und beeilt euch! Wir wissen nicht, was da los ist."
„Sollen wir das Blaulicht aufs Dach setzen und mit Sirene dorthin fahren?"
„Nein! Sonst könntet ihr ja gleich ein Telegramm schicken, dass ihr sie beobachtet! So weit ist es ja nicht weg. Das schafft ihr auch so in kurzer Zeit. Und wenn es falscher Alarm ist, fallt ihr wenigstens nicht auf. Wir setzen gleich den nächsten Ping. Ich melde mich, sobald wir die Verbindungsdaten haben."

***

Emma Bornhold spürte die Kraft des Adrenalins in sich aufwallen und fühlte sich unbesiegbar. Unbemerkt betastete sie vorsichtig die Umrisse des Messers. Aufgrund ihrer Erkundungsgänge wusste sie, dass es bis zu der engen Stelle im Waldstück keine 500 Meter mehr waren und ein Rückzieher nun nicht in Frage käme. Immerhin stand Aurelia nach wie vor als unüberwindbare Barriere zwischen ihr und ihrer großen Liebe – dem Professor.
„Gleich kommt ein Stück, da können wir nur hintereinander laufen."
Aurelia quittierte das mit einem schnaufenden Kopfnicken und einem luftarmen „Okay".
Emma Bornhold schaute sich so unauffällig wie möglich nach allen Seiten um, was Aurelia aber dennoch nicht entging. „Was ist denn?"
„Ach nichts, ich dachte, ich hätte was gesehen." Emma war froh, dass aufgrund von Aurelias Trainingsdefizits keine Nachfragen kamen, was das denn gewesen sein sollte. Jedenfalls bereitete sie den unmittelbar

bevorstehenden Angriff vor und wollte ihr an der engen Stelle den Vortritt lassen, aber Aurelia schüttelte den Kopf und stieß atemlos hervor: „Nee, lauf du mal vor. Ich bleibe hinter dir."
In Sekundenschnelle musste Emma nun entscheiden, ob sie von ihrem Plan ablassen und den Angriff besser verschieben sollte. Ohne rational weiter darüber nachzudenken, zog sie das Messer hervor, umklammerte fest den Griff und drehte sich blitzschnell zu Aurelia um. Völlig überrascht blieb diese stehen und entdeckte das Messer in Emmas Hand. Automatisch wich sie mit einem lauten Aufschrei zurück, als Emma mit eiskaltem Blick und mit aller Kraft zustach. Die Messerspitze traf dabei genau auf eine Rippe. Durch die Wucht des Aufpralls brach sie ab und blieb stecken.
„Scheiße verdammte!", fluchte Emma lautstark.
Aurelia konnte in der Schrecksekunde kaum begreifen, was da eben passiert war. Sie tastete vorsichtig nach der Stelle, von der ein intensiver, stechender Schmerz ausging. Noch immer wie paralysiert durch das Geschehene fühlte sie zuerst einen Teil der Klinge und dann etwas Warmes und Feuchtes – Blut! Als sie auf ihre blutverschmierte Hand und das Messer in Emmas Hand sah, schrie sie aus Leibeskräften. Sie spürte Todesangst: Emma würde sie gleich wieder attackieren! Sie würde hier sterben! Wie ferngesteuert taumelte ihr Körper noch ein paar Schritte nach hinten. Sie wollte kehrtmachen und fortlaufen, aber ihre Beine gehorchten ihr nicht. Dieses Gefühl kannte sie aus einigen Angstträumen, in denen sie weglaufen wollte und auch nicht von der Stelle kam. Nur war es diesmal kein Traum und sie würde nicht im warmen Bett aufwachen. Dies hier war echt.
Hysterisch schrie sie die Angreiferin an: „Warum?!"
„Du musst sterben!", zischte Emma und machte weiter unkontrollierte Stichbewegungen in Richtung von Aurelias Oberkörper. Ihr Gesicht war eine hassverzerrte Fratze, geifernd lief Schaum aus ihrem Mundwinkel. Sie glich einem beißwütigen Kettenhund, der bellend und zähnefletschend jeden Eindringling von Haus und Hof fernhalten will.
Schützend riss Aurelia die Arme hoch und versuchte schreiend, die Angriffe abzuwehren. Schmerzhaft durchdrang die abgebrochene Klinge

mehrere Male die Haut ihrer Hände. Gegen die rasende Angreiferin war sie machtlos, und so versuchte sie abermals ihren Beinen zu befehlen, davonzulaufen. Mit schnellen Schritten versuchte sie sich zu entfernen, aber Emma blieb ihr dicht auf den Fersen. Immer wieder holte sie mit dem Messer aus und verfehlte nur knapp ihr Ziel. Die Klinge sauste nur wenige Zentimeter an Aurelias Rücken vorbei. Aus dem Augenwinkel sah Emma in einiger Entfernung ein paar Personen, die irgendetwas Unverständliches riefen. Emma war jedoch völlig auf ihr Opfer konzentriert. Und zu ihrem Glück fuhr im gleichen Moment ohnehin ein Güterzug auf den Gleisen hinter ihr vorbei, der mit seinem Lärm jedes andere Geräusch überdeckte und die Personen aus ihrer Sicht verschwinden ließ. Und dann spielte ihr noch ein Zufall in die Hände: Wie in fast jedem Horrorfilm zu sehen ist, stolperte Aurelia plötzlich über eine Baumwurzel. Stöhnend fiel sie ungebremst der Länge nach hin, kroch ein bis zwei Meter und versuchte wieder hochzukommen. Allerdings war Emma unmittelbar hinter ihr und nutzte die Gelegenheit. Unsanft sprang sie auf Aurelias Rücken und setzte sich auf sie. Aurelias Versuch, sich durch Aufbäumen und Drehen zu befreien, ging ins Leere. Brutal packte Emma Aurelias Haare am Hinterkopf und drückte ihr Gesicht auf den Boden. Wie von Sinnen zog sie danach Aurelias Kopf mehrmals hoch, um ihn dann mit heftigen Bewegungen wieder und wieder auf den Waldboden zu schlagen. Aurelias anfängliche Gegenwehr hörte abrupt auf, sie war besinnungslos geworden. Emma holte tief Luft und machte eine kurze Verschnaufpause, denn die Anstrengung und der unglaubliche Stress hatten ihr den Atem geraubt.

Unter enormer Kraftanstrengung zerrte sie an Aurelias Armen und schaffte es schließlich, den erschlafften Körper auf den Rücken zu drehen, um sich dann auf ihren Bauch zu setzen. Aurelia war noch nicht wieder bei Bewusstsein, als Emma das Messer wegsteckte und den Schlagring hervorholte. Genüsslich streifte sie diesen über die Finger ihrer rechten Hand und küsste ihn. Mit den Worten „Der Professor gehört mir!“ schlug sie ihrer Rivalin mehrfach mit voller Wucht ins Gesicht und spürte, wie deren linker Wangenknochen immer mehr zerbrach. Das Blut, das aus der Wunde in ihr Gesicht spritzte, empfand sie als Trophäe, als seelische Genugtuung für die Qual, dass ihr Aurelia den Professor weggenommen hatte. Wie damals bei Lene Lemmerling stieg auch heute explosionsartig das berauschende Gefühl in ihr hoch, Macht über Leben und Tod zu haben. Aber diese Entscheidung war längst getroffen. Um die Sache nun ein für alle Mal zu beenden, holte sie zum nächsten Schlag aus.

***

Die Observationsteams hatten die Koordinaten ins Navigationssystem eingegeben und waren auf Westhovens Anweisung dorthin gerast. Kaum angekommen vernahmen die Beamten Schreie. Eiligst versuchten sie zu lokalisieren, aus welcher Richtung diese kamen, als sie in einiger Entfernung zwei weibliche Personen sahen. Eine der Frauen rannte, offenbar mit einem Messer in der Hand, der anderen hinterher. Lautstark riefen die Beamten der Verfolgerin zu, dass sie aufgeben solle. Danach wurde die Sicht durch einen herannahenden, langsam fahrenden Güterzug verdeckt. Es gab keine Möglichkeit, an dem Zug vorbei - oder schnell an einer anderen Stelle über die Gleise hinüberzukommen. Für die Polizisten fühlte es sich an wie eine Ewigkeit, bis die Bahn endlich vorbeigefahren war und den Blick wieder freigab.
Entsetzt konnten sie sehen, wie Emma Bornhold auf Aurelia saß und gerade schwungvoll zum Schlag ausholte.
„Stopp! Aufhören! Polizei! Gehen Sie von der Frau runter!“
Es war unmissverständlich, dass es hier um Sekunden ging, um das Leben von Aurelia Schwabert noch zu retten. Als Emma Bornhold nicht von ihr abließ und keine Reaktion auf die Rufe zeigte, zog einer der Beamten seine Waffe aus dem Holster und gab einen Warnschuss in die Luft ab.
Erst jetzt realisierte Emma, dass die Personen, die sie eben nur aus dem Augenwinkel wahrgenommen hatte, sich rasch näherten – und von der Polizei waren. Sie erstarrte. In diesem Augenblick änderte sich für sie alles: Ihr ausgeklügelter Plan war gescheitert. Man würde sie für eine

lange Zeit ins Gefängnis sperren. Sie fasste einen Entschluss: „Suicide by cop". Eingesperrt in eine kleine Zelle? Nein, das käme für sie nicht in Frage. Da würde sie doch lieber hier und jetzt von der Polizei erschossen werden, als die Schmach vor Gericht zu ertragen, um anschließend im Gefängnis zu verrotten. Mit dem Schlagring in der einen und dem Messer in der anderen Hand drehte sie sich zu den Beamten um und hielt Aurelia dabei die Klinge an den Hals.

„Stehenbleiben! Zurück!", schrie sie die Polizisten aus Leibeskräften an. „Noch einen Schritt weiter und ich steche ihr in den Hals!"

Tatsächlich blieben die Polizisten stehen. Der erfahrene Einsatzleiter erinnerte sich an die vielen Kommunikationstrainings mit dem Psychologen. In seinem Kopf zog er gedanklich mehrere Schubladen auf und kramte nach den passenden Worten für diese Situation. Unter allen Umständen musste er vermeiden, dass das Opfer noch länger der Gefahr ausgesetzt war, aber auch, dass Emma Bornhold am Ende doch noch erschossen werden müsste. Dem Kollegen, dem er am nächsten stand, raunte er zu: „Ruf sofort Westhoven an!" Danach widmete er Emma seine volle Aufmerksamkeit. „Hören Sie, Emma, machen Sie es nicht noch schlimmer und legen Sie jetzt das Messer weg. Die Frau braucht dringend Hilfe!"

„Noch einen Schritt weiter und ...!" Demonstrativ drückte sie die Klinge fester gegen den Hals der noch immer bewusstlosen Aurelia. „Ich meine es ernst!"

Um sie in Sicherheit zu wiegen, breitete der Einsatzleiter die Arme aus und legte seine Waffe auf den Boden, in dem Wissen, dass sich zwei seiner Leute gerade von hinten an Emma Bornhold heranschlichen, um sie zu überwältigen. „Sehen Sie, ich lege meine Waffe auf den Boden. Sie brauchen keine Angst zu haben. Ich bin unbewaffnet. Ich komme jetzt ein kleines Stück näher und möchte nur mit Ihnen reden. Wie geht's denn der Frau? Ist sie schwer verletzt?" Ganz bewusst fragte er nicht, ob sie schon tot war. Für diesen Fall hätte er sich jede weitere Verhandlung ja auch sparen können.

Emma zitterte. Ihr ganzer Körper war schweißnass. Diese extreme Anspannung hatte sie nicht vorhergesehen, und schon gar nicht war sie psychisch darauf vorbereitet. Ihr ursprünglicher Plan war gewesen, nur kurz Aurelia zu ermorden, dann zurück nach Hause zu joggen, ausgiebig zu duschen, danach ein Gläschen Wein zu trinken, sich einen schönen Film anzugucken und schließlich beseelt einzuschlafen.

Von ihr unbemerkt hatten sich mittlerweile zwei Beamte in ihrem Rücken postiert. Unter dem Schutz der dicht bewachsenen Umgebung schlichen sie vorsichtig immer näher an sie heran. Derweil lenkte der Einsatzleiter Emmas Aufmerksamkeit weiter auf sich. Einer der beiden hielt den Taser schussbereit in der Hand. Wenn sie nah genug an Emma herankämen, würde er sein Ziel mit dem grünen Laser anvisieren und den Abzug drücken. Einen Wimpernschlag später würden sich zwei kleine Pfeilelektroden durch ihre Kleidung und Haut bohren. Mit dem effektiven Distanz-Elektroimpulsgerät konnte er die Pfeile gradlinig abfeuern, ohne eine Flugbahn berechnen zu müssen.

Der Beamte kannte aus eigener Erfahrung den Effekt des Tasereinsatzes: Das gesamte Team hatte am Einweisungstag die Wirkung an sich selbst getestet. Über einen Zeitraum von fünf Sekunden war der Strom durch seinen Körper geschossen und hatte ihm unsägliche Schmerzen bereitet. Unter dem johlenden Beifall der Kollegen war er zwar weich auf die Matte gefallen, aber da sich alles in ihm verkrampft hatte, war er unkontrolliert gestürzt, quasi wie ein gefällter Baum, weil ihm seine Muskeln nicht mehr gehorcht hatten. Auf die Frage, wie es sich angefühlt hatte, hatte er damals geantwortet: Auf einer Schmerzskala von 1 bis 10 wäre dies eine glatte 11 gewesen. Zwar hatte der Schmerz nach wenigen Sekunden nachgelassen und er hatte wieder aufstehen können, aber er konnte getrost darauf verzichten, die Taserwirkung noch einmal am eigenen Körper zu spüren.

Leise schlich er weiter. Um die nötige Distanz zum Zielobjekt zu erreichen, musste er noch knapp 10 Meter an Emma Bornhold herankommen, ansonsten würden die angelhakenförmigen Spitzen ins Leere fliegen und sie hätte genügend Zeit, ihr Opfer mit dem Messer zu stechen.

Emma empfand den sich nähernden Einsatzleiter als massive Bedrohung. Sie umklammerte den Messergriff so fest, dass ihre Knöchel weiß hervortraten. „Bleiben Sie stehen! Noch einen Schritt weiter, dann…!"
Während der Einsatzleiter sicherheitshalber zurückwich, konnte er erkennen, dass sich Aurelia Schwaberts Brustkorb leicht hob und senkte. „Schon gut, schon gut! Kann ich Ihnen irgendwie helfen? Brauchen Sie was?"
„Seien Sie still, verdammt nochmal! Ich muss nachdenken!" Emmas Lippen bewegten sich fast tonlos. Es war nicht zu übersehen, dass sie nun mit sich selbst sprach. Die Worte „Ich dämliche Kuh!" waren deutlich zu verstehen.

Westhoven und Dember waren nun auch eingetroffen. Sofort sprangen sie aus dem Auto und rannten in ihren Straßenschuhen, so gut sie konnten, in Richtung Einsatzort. Aus der Ferne konnten sie schon den Einsatzleiter ausmachen, der in einiger Entfernung von Emma Bornhold beruhigend mit Händen und Armen gestikulierte. Die junge Frau hockte immer noch über Aurelia Schwabert und hielt ihr das Messer an den Hals.
Als Emma sie ebenfalls erblickte, weiteten sich ihre Augen voller Panik. „Kommen Sie nicht näher!", stieß sie hervor. Im nächsten Moment erstarrte sie plötzlich. Dann kippte sie zur Seite weg und stürzte zu Boden. Die Pfeilelektroden hatten ihr Ziel getroffen, Emmas Körper mit einer Spannung von 50.000 Volt geflutet und sie außer Gefecht gesetzt. Emma Bornhold konnte nicht begreifen, was mit ihr geschehen war. Ihr Geist war vor Schmerzen benebelt und ihre Extremitäten fühlten sich an, als hätte sie den schlimmsten Muskelkater. Sie war unfähig, sich zu bewegen. Der Befehl ihres Gehirns an ihre rechte Hand, das Messer in Aurelia zu stechen, kam nicht an. Dann sah sie, dass der Einsatzleiter auf sie zuraste. Der Beamte, der ihr die Elektrodenpfeile in den Körper geschossen hatte, eilte ebenfalls heran. Sekunden später lag Emma mit Handschellen gefesselt auf dem Bauch. Als Westhoven und Dember näher herangekommen waren, kam Emma gerade wieder zu sich, als sie in die Hocke gesetzt wurde.

„Ihr Schweine!“, stammelte sie. „Was habt ihr mit mir gemacht?!“ Außer sich vor Wut versuchte sie, sich durch Drehen und Winden zu befreien.
Westhoven sah sie ernst an. „Wir haben Sie gerettet! Seien Sie froh, dass die Kollegen eine Elektroschockpistole dabeihatten. Um ein Haar wäre sonst auf Sie geschossen worden. Dann wären Sie jetzt schwer verletzt oder sogar tot.“
„Scheiße verdammte! Von wegen gerettet!“, fluchte Emma, alles andere als erfreut. Jetzt würde man sie für die Ermordung von Lene und den Angriff auf Aurelia zur Verantwortung ziehen. Da wäre sie lieber erschossen worden – zumindest waren das ihre momentanen Gefühle.
Westhoven belehrte sie über ihre Rechte und Pflichten als Beschuldigte.
„… und deswegen nehme ich Sie wegen des Verdachts der Ermordung von Lene Lemmerling und des versuchten Mordes an Aurelia Schwabert vorläufig fest. Haben Sie alles verstanden?“
Emma Bornhold sah ihn nur missmutig an, schwieg und senkte den Kopf.
Bis zum Eintreffen des Notarztes versorgten die Einsatzkräfte Aurelias Wunden. Als diese kurz die Augen öffnete und die vielen Leute um sich herum wahrnahm, war sie nicht sicher, wo sie sich befand. Aufgrund der Frakturen im Gesicht war ihr Sprechen so gut wie unmöglich.
„Bin ich tot?“

***

In den darauffolgenden Tagen wurde Emma Bornhold stundenlang vernommen. In Gegenwart ihres Pflichtverteidigers legte sie ein umfassendes Geständnis ab. Eigentlich hatte er versucht, sie davon abzuhalten, aber sie ließ sich nicht von ihm bevormunden.
Als Westhoven ihr dann auch noch die Sportuhr und die dazugehörigen Protokolle vorlegte, war es im Grunde auch egal, ob sie gestand. Anhand der überprüften Daten in „Burnlethics“ war auch der Rückschluss begründet, dass Emma sich bei Lene aufgehalten hatte, als diese starb. Und Emmas Puls und Herzfrequenz waren nicht gen Null, sondern hoch gegangen, als Lenes Werte abgesunken waren.

Auch der „Stromausfall“ klärte sich: Emma Bornhold gestand, dass sie zufällig gehört hatte, als Marvin und Malte Cantus planten, zur Polizei zu gehen und Lene als vermisst zu melden. Da war ihr eingefallen, dass sie sich oft ins WLAN von Lenes Wohnung eingewählt hatte und man damit vielleicht auf ihre Spur kommen könnte. Mit Lenes Schlüssel hatte sie sich daraufhin Zutritt zur Wohnung verschafft und den Stecker des Routers gezogen, um alle Daten daraus zu löschen. Den Schlüssel hatte sie der Leiche dann wieder in die Tasche gesteckt.
Das Schwurgericht verurteilte Emma Bornhold später in einem medienträchtigen Prozess zu lebenslanger Haft wegen Mordes an ihrer Kommilitonin Lene Lemmerling und wegen versuchten Mordes an Aurelia Schwabert. Die besondere Schwere der Schuld wurde ebenfalls bejaht.

Heike Müller wurde wegen versuchter Anstiftung zum Mord an Lene Lemmerling angeklagt. Nach mehreren Prozesstagen wurde das Verfahren allerdings eingestellt. Der „Schmied“ hatte sich zwischenzeitlich abgesetzt und war nicht auffindbar. Die Beweiskette war somit zusammengebrochen und Heike Müllers Anwalt plädierte erfolgreich auf Freispruch.

Toni Krogmann und ihre Frau Laura verbrachten ihre erste Nacht in ihrem frisch renovierten Schrebergartenhäuschen. Sie genossen ihre Oase der Ruhe.

Im Hause Westhoven war wieder Frieden eingekehrt. Fiona hatte sich von ihrem Freund getrennt und konzentrierte sich wieder auf ihren Schulabschluss. Die Querelen mit Paul und Anne waren beigelegt und es wurde sogar der nächste gemeinsame Urlaub in Südfrankreich geplant.

Heinz Dember und seine Frau Doris hatten noch niemandem etwas gesagt, aber sie freuten sich auf weiteren Nachwuchs: Klein-Dember, Leon, würde eine kleine Schwester bekommen. Über den Vornamen wurde schon viel philosophiert. Dembers Favorit war Leonie, während Doris Elisa viel schöner fand.

Professor Müller wurde an eine weit entfernte Musikhochschule versetzt. Dennoch setzte er die Affäre mit Aurelia fort. Diese war nach einigen Gesichtsoperationen und wochenlangen Aufenthalten im Krankenhaus vollständig genesen, zumindest äußerlich. Die Narbe auf ihrem Rippenbogen würde sie immer an ihr schreckliches Erlebnis erinnern. Die Messerspitze hätte sie zwar gern als Erinnerung behalten und in Glas eingegossen, aber diese war ein Beweisstück und blieb deshalb in der Asservatenkammer der Staatsanwaltschaft.

Danksagungen

Mein Dank gilt all denjenigen, die mich bei diesem realitätsnahen KRIMINAListenROMAN unterstützt haben.

Insbesondere bedanke ich mich bei meinem Autorenkollegen Gereon A. Thelen, der die Entwicklung des Plots von Anfang bis Ende begleitet und zudem der Figur Kathrin Oehmchen erneut die kölsche Stimme eingehaucht hat.

Dank auch an Oberstaatsanwalt Bastian Blaut, der mich in juristischen Fragen beraten und das Skript vor dem Lektorat gelesen hat.

Vielen Dank auch an Heiko Schneider, der mich für die Geschichte des Geißbocks begeistern konnte und den einen oder anderen süffisanten Spruch parat hatte.

Dank auch an meine Kolleginnen und Kollegen, die mich mit ihren (auch privaten) Anekdoten überrascht haben, die ich im Buch verarbeiten durfte.

Ein großes Dankeschön gilt wie immer meinem Verlag und dem gesamten Team. Danke für das Vertrauen und die Veröffentlichung von Band 10.

Mein größter Dank gilt allerdings immer meiner Frau, denn ohne sie hätte ich gar nicht die Zeit, mich diesem Hobby zu widmen, geschweige denn, meine zahlreichen Werke in Zusammenarbeit mit der WORLD of DINNER GmbH&CO.KG auf meinen Shows „DER Hauptkommissar hautnah – Mord(s)stories zum Menü. Die pikante Dinnershow“ zu präsentieren.

Danke Miriam, msghTuZPfiue!

Bernhard Hatterscheidt

Weitere KRIMINAListenROMANE bei der Edition Lempertz:

Bernhard Hatterscheidt
Softcover, 216 Seiten, Format: 12,5 x 19 cm,
Preis: 9,99 €
ISBN: 978-3-945152-57-7

Puzzlemord in Deutz

Auf der Kriminalwache in Kalk herrscht in dieser heißen Sommernacht Hochbetrieb, als die Meldung hereinkommt, dass ein junges Pärchen im Pyramidenpark in Deutz schwarze Müllsäcke mit Leichenteilen gefunden hat. Tatsächlich findet die Kriminalwache zwei Arme und einen Torso. Bald tauchen weitere Körperteile auf. Die Bevölkerung ist beunruhigt und die Boulevardpresse titelt reißerisch: „Puzzlemord in Deutz – Kopflose Leiche!“ Kriminalhauptkommissar Westhoven und sein Team nehmen die Ermittlungen auf und machen bald eine weitere grausige Entdeckung. Außerdem beschäftigt nicht nur Westhoven ein alter Fall: ein bestialischer Doppelmord an einem Rentnerpaar, das im Vorjahr in einer Villa der noblen Leverkusener Waldsiedlung getötet wurde.

Bernhard Hatterscheidt/Ludwig Kroner
Klappenbroschüre, Format: 12,5 x 19 cm, 240 Seiten,
Preis: 9,99 €
ISBN: 978-3-939284-55-0

Feuer in Rondorf

In einem ausgebrannten Haus findet die Polizei eine stark verkohlte Leiche. Die Obduktion ergibt, dass dem Verstorbenen kurz vor seinem Tod beide Hände gebrochen wurden. Wer ist dieser Mann? Und wer hat ihm dies angetan? Auch in ihrem dritten Fall stehen Kriminalhauptkommissar Westhoven und sein Team vor vielen ungelösten Fragen und müssen bis an ihre Grenzen gehen, um den Fall zu knacken.